Maren Frank

Liebe in Schottland

Maren Frank

Liebe in Schottland

Maren Frank gewann mit diesem Roman den
Lesbischen LiteraturPreis 2009
von el!es

édition el!es

Internet: www.elles.de

E-Mail: info@elles.de

Umschlaggestaltung und Satz: graphik.text Antje Küchler

Coverphoto: © Louise McGilviray – Fotolia.com

ISBN 978-3-932499-92-0

N*och zehn Zentimeter mehr, und er sitzt mir auf dem Schoß,* dachte Nathalie und versuchte etwas weiter nach rechts zu rutschen. Was nicht so leicht war an einem Konferenztisch. Besonders nicht, wenn die Sitznachbarin zur Rechten einen so stattlichen Umfang wie Gwendolyn Meisner hatte.

Eine Hand schob sich unterm Tisch auf Nathalies Oberschenkel. Sie hielt die Luft an, schielte nach unten und trat zu. Ihre Schuhe waren normale Halbschuhe mit kleinem Blockabsatz, und Bernhard Feldleben trug seine üblichen italienischen Ledertreter. Doch Nathalie hatte genug Wut in den Tritt gelegt, daß Bernhard unterdrückt aufstöhnte. Hoffentlich würde er jetzt endlich seine Finger von ihr lassen.

Walter Feldleben schaute in ihre Richtung. Einen Moment länger als nötig blieb sein Blick an seinem ältesten hängen. Nathalie mochte ihren Chef. Walter Feldleben war ein gutmütiger Sechzigjähriger mit einem Gesicht voller Falten. Ein Tribut ans Alter und die viele Sonne, die er als Archäologe bei seinen Ausgrabungen abbekommen hatte. Er steckte voller Tatendrang und verstand es, seine Leute zu motivieren. Jeder mochte ihn. Leider hatte er seinem Sohn Bernhard so gar nichts von alldem vererbt ...

Herr Feldleben sprach weiter, führte aus, was sie in den nächsten Wochen planten. Nathalie hörte mit wachsender Begeisterung zu und konnte dabei fast vergessen, daß Bernhard ihr schon wieder auf die Pelle zu rücken versuchte. In zwei Wochen begann eine Ausgrabung in Mexiko. Walter Feldleben hatte bereits vor einigen Tagen durchblicken lassen, daß er sie, Nathalie, gern dabeihätte.

Mexiko! So weit war Nathalie noch nie gereist. Und diese Ausgrabung würde spannend werden, ganz sicher. Man hatte alte Tonscherben gefunden und vermutete in der Erde eine Kultstätte. Vielleicht würden sie sogar einen Inka-Tempel entdecken. Vorfreude kribbelte in ihr. Genau das war es, was sie wollte. Obgleich noch Studentin, fühlte sie sich bei Expeditionen wie eine Archäologin. Und wurde von den meisten auch genauso behandelt. Es ging locker und zwanglos zu, das enge Zusammenleben im Camp schuf schnell ein Gemeinschaftsgefühl, und die meisten ihrer Kollegen mochte Nathalie sehr gern. Dazu die Aussicht, etwas Großartiges zu entdecken, dabeizusein, wenn Geschichte geschrieben wurde. Nun gut, diese Chance war recht gering, und – wenn überhaupt – würde man auch nur Walter Feldleben namentlich vermerken, aber das war ihr weniger wichtig. Sie würde dabeisein, mit eigenen Augen sehen, wie die Jahrhunderte oder vielleicht auch Jahrtausende alten Funde an die Oberfläche kamen. So ein Erlebnis war absolut unbezahlbar.

Als Walter Feldleben sie entließ, strebte sie rasch dem Ausgang zu, doch Bernhard klebte wie eine Klette an ihr. Er hielt gerade so viel Abstand, daß er sie nicht berührte. »Wir könnten uns ein Zelt teilen.«

»Nein«, knurrte Nathalie. Wann ging es endlich in diesen großen Kopf hinein, daß sie kein Interesse an Männern hatte? Sprach sie Mandarin, oder hatte Bernhard ein Hörproblem? Zuerst ruhig und geduldig, später knapp und klar hatte sie ihm erklärt, daß sie nicht vorhabe, sich mit ihm – oder irgendeinem anderen Mann – einzulassen. Doch das hatte er nur mit einem Lachen quittiert. Vielleicht sollte sie sich die Haare raspelkurz schneiden, schwarz oder wasserstoffblond färben, die Nase piercen lassen und ein Hundehalsband mit spitzen Stacheln um den Hals tragen. Außerdem ein Messer oder eine geladene Pistole im Gürtel haben. Nein, verwarf sie die Überlegung sofort wieder – so eine Frisur paßte nicht zu ihr, ein Piercing tat bestimmt weh, und das Halsband wäre denkbar unpraktisch. Und solche scharfen Waffen durfte man bestimmt auch nicht öffentlich tragen, wenn man keine Polizistin oder ein Bodyguard war.

»Ich könnte dir einige Vergünstigungen verschaffen. Du willst doch sicher mehr tun, als uns nur Kaffee zu kochen und Ordnung im Camp zu schaffen?«

Bitte? Hatte sie sich verhört? Sie war Studentin der Archäologie, nicht Bernhards persönliche Putzfrau. »Darüber hast du sicher nicht zu entscheiden.« Warum redete sie überhaupt mit ihm darüber? Im Camp wurde jede Arbeit geteilt. Außerdem war Walter Feldleben dafür bekannt, daß er Studenten gern förderte und sie nicht als Hilfskräfte mitschleppte.

»Vorsicht. Ich sitze am längeren Hebel.« Bernhard grinste schmierig.

Nathalie kochte vor Wut. »Laß mich einfach in Ruhe, ja?« Ohne ihn wäre diese Arbeit ein Traumjob. Hier hatte sie alles, wovon sie immer geträumt hatte. Und Walter Feldleben hatte schon durchblicken lassen, daß ihr nach Beendigung ihres Studiums eine Stelle als Archäologin sicher war. Kein Studentenjob mehr, sondern eine feste Stelle mit allem Drum und Dran. Das bedeutete interessante Ausgrabungen, Reisen in ferne Länder und ein gutes Gehalt. Mit dieser Aussicht tröstete sie sich stets, wenn Bernhard ihr mal wieder auf die Nerven ging.

»Ich meine es ernst, Nathalie. Entweder du kommst mit mir . . .«

»Oder was? Willst du mich entführen?« Trotz ihres Zorns hätte sie fast gelacht.

»Du wirst schon sehen, was du davon hast.«

»Du kannst mich mal«, zischte sie. Damit ließ sie ihn stehen und ging mit energischen Schritten zu ihrem alten Ford. In ihr brodelte es. Wie sollte das bloß in Mexiko werden? Aber die Aussicht, dorthin fliegen zu können und möglicherweise einer bedeutenden Entdeckung beizuwohnen, überwog den Ekel vor diesem Mann. Außerdem war sie ja mit Bernhard nicht allein, und sein Vater würde schon darauf achtgeben, daß er keinen Unsinn machte.

Und jetzt würde sie nicht mehr zulassen, daß er ihre Gedanken vergiftete. Jedenfalls für den Rest des Tages, beschloß Nathalie, während sie heimfuhr.

Im Treppenhaus erschnupperte sie köstliche Düfte. »Hm, ist das Koriander?« rief sie in den Flur, kaum daß sie die Wohnungstür aufgeschlossen hatte.

Eine Schürze mit der Aufschrift *Chefkoch bei der Arbeit* umgebunden, kam Tim auf sie zu und grinste breit. »Du kommst genau richtig, Mäuschen. Die Törtchen sind in fünf Minuten fertig.«

Nathalie lief das Wasser im Munde zusammen. Sie brachte ihre Tasche in ihr Zimmer und warf einen prüfenden Blick in den Spiegel. Mit ärgerumschatteten Augen wollte sie nicht vor Tim treten.

Doch er merkte auch so, daß etwas nicht stimmte. »Was ist passiert?« fragte er, während er ein mit Sahnehäubchen gekröntes Törtchen vor sie stellte.

»Nichts.« Nathalie sog den Duft ein, der von dem noch warmen Backwerk ausging.

»He, ich bin dein Freund, mir kannst du nichts vormachen.«

Nathalie hieb die Gabel ins Kuchenstück, daß die Sahnehaube ins Wanken geriet. »Ach, nur das Übliche. Bernhard begreift es einfach nicht.«

»Dann erzähl ihm doch einfach, daß du nun mit mir zusammen bist und ich ein wüster Schläger bin, der ihn verprügeln wird, wenn er dich nur länger anschaut.«

»Du bist echt süß, weißt du das?« Gerührt griff Nathalie

über den Tisch nach seiner Hand.

Er verzog leicht das Gesicht. »Das klingt nicht so, als ob dir mein Plan gefällt.«

»Ich komme schon allein klar. Aber danke«, fügte sie hinzu. Tim war wirklich ein Schatz. Er studierte Jura, konnte köstliche Kuchen backen, war schwul – und sicher nicht in der Lage, jemandem wie Bernhard Feldleben Angst einzujagen. Ganz davon abgesehen, daß sie niemandem glaubhaft hätten vermitteln können, tatsächlich ein Paar zu sein.

»Hi!« Polternd flog eine Tasche in irgendeine Ecke, und mit großen Schritten kam Patrick zu ihnen an den Tisch. »Boah, was ist das denn?«

»Gewürztörtchen nach neu entwickeltem Rezept.« Tim zauberte sogleich auch für ihn ein Törtchen mit Sahnehaube auf einen der Teller.

»Genau das, was ich jetzt brauche.«

»Auch Ärger gehabt?« fragte Nathalie mitfühlend. Sie merkte, wie sie sich entspannte. Die beiden Jungs taten ihr gut. Sie lebte schon seit fast drei Jahren mit ihnen in der WG. Es war wunderbar unkompliziert, aber eine Frau, so eine richtige Freundin und Gefährtin, konnten die beiden ihr natürlich nicht ersetzen.

Sie war jetzt schon seit über einem Jahr Single. Ihre letzte Beziehung war ziemlich kurz und auch die davor waren alle irgendwie nichts gewesen; zuerst eine schöne Zeit der Verliebtheit, aber die richtige, große Liebe, die hatte sie noch nicht erlebt. Sie hatte zwar eine Zeitlang geglaubt, die große Liebe gefunden zu haben, doch das hatte sich als Irrtum erwiesen.

Patrick schluckte einen großen Bissen Kuchen herunter. »Hammer!« Er richtete die Gabel auf Tim. »Du verschwendest echt dein Talent. Wenn ich nach dem Studium keinen Job finde, mache ich mit dir eine Konditorei auf, und wir werden stinkreich.«

Tim strahlte. »Ach, war doch nur 'ne Kleinigkeit.« Doch

Nathalie wußte, wie sehr er sich über die Komplimente freute.

»Okay, da war gerade was mit Ärger. Hast du wieder welchen mit diesem Feldwiesel, Nathalie?«

»Feldleben.« Nathalie seufzte. »Demnächst soll es zu Ausgrabungen nach Mexiko gehen, und Bernhard Feldleben hat mir ganz großzügig sein Zelt angeboten – natürlich mit ihm zusammen.«

»Idiot«, kommentierte Patrick. »Übrigens, wie wäre es, wenn ich dich als Ablenkung und Aufmunterung nachher entführe? Feine Leckereien inklusive.«

»Haben wir doch schon.« Nathalie wies mit der Gabel auf das Törtchen. »Eine tolle Kreation, Tim, mein Kompliment. Unbedingt das Rezept merken.«

»Also ich meinte eigentlich den achtzigsten Geburtstag meiner Oma ...«

»Wieso fragst du nicht Susanne?« Das war Patricks neue Freundin. Eine hübsche junge Frau, bei der Nathalie im Geheimen ein bißchen bedauerte, daß sie für sie nicht in Frage kam.

»Hat Schluß mit mir gemacht. Heute mittag.«

»O Patrick, das tut mir leid.« Mitfühlend drückte Nathalie seine Hand. Irgendwie schien keiner von ihnen so recht von Aphrodite gesegnet zu sein; Patrick sah wirklich gut aus, er war auch für Nathalie ein hübscher Anblick, und sie konnte sich vorstellen, daß Heterofrauen sich in ihn verliebten. Aber das große Glück blieb bisher auch ihm verwehrt. Genauso Tim, der ebenfalls gerade erst mit seinem Freund Schluß gemacht hatte.

»Danke.« Patrick schielte nach der Platte mit den restlichen Törtchen. »Kann ich bitte noch eins haben?«

»Klar.« Strahlend holte Tim ihm das Gewünschte.

Patricks Appetit schien der Liebesfrust nicht zu beeinträchtigen. Er verspeiste auch das zweite Törtchen und ließ in Nathalie leise Neidgefühle aufkommen. Wie schaffte der Kerl es nur, solche Sachen zu futtern und dabei so schlank zu bleiben? Das war wirklich unfair. Sie selbst hingegen versagte sich oft die süßen Versuchungen, und weil Tims neueste Kreationen sie doch immer schwach werden ließen, schwitzte sie, wenn es ihre Zeit erlaubte, im Fitneßstudio, um weiterhin in Größe achtunddreißig zu passen.

»Also wegen heute abend«, nahm Patrick den Faden wieder auf. »Ich mag da nicht ohne Begleitung hingehen.«

»Ich könnte doch mitkommen. Wenn Nat nicht will«, fügte Tim hinzu.

Nathalie kicherte. »Da wird sich die Omi aber freuen.«

»He, he, das sähe sie ganz cool. Meine Oma hatte bis vor einigen Jahren noch einen Lehrstuhl an der Universität inne: Physik. Wenn ich mit einem Mann auftauche, würde sie das gar nicht stören. Aber sämtliche andere Verwandten würden mich nerven. Außerdem bin ich nicht schwul.«

»Ja, leider«, kommentierte Tim und blinzelte ihm zu. Nathalie vermutete, daß er im Geheimen ein wenig in Patrick verliebt war. Patrick schien das zu wissen, überging die kleinen Anspielungen aber. Vielleicht weil er nicht wußte, wie er damit umgehen sollte.

»Mir ist echt nicht nach Seniorenparty«, sagte Nathalie. Auch wenn die Beschreibung seiner Oma spannend klang. Und wann bekam man sonst schon die Gelegenheit, mit einer Physikerin zu sprechen, die diesen Beruf schon erlernt hatte, als es für Frauen noch gar nicht so selbstverständlich gewesen war, zu studieren?

»Wir müssen ja nicht lange bleiben. Es gibt feine Leckereien – also bloß jetzt nichts mehr essen –, eine Liveband wird spielen. Und ich würde auf ewig in deiner Schuld stehen.«

»Spinner.«

»Soll ich auf die Knie fallen?« Theatralisch rutschte er nun tatsächlich auf den Boden und reckte ihr die Arme entgegen.

Tim kicherte, und auch Nathalie mußte lachen.

»Okay. Aber nur, weil du es bist«, gab sie sich geschlagen.

»Und keine Knutschereien, klar?«

Er stand auf und klopfte sich die Hosenbeine ab. »He, hab' ich das jemals versucht?«

Nein, das hatte er in der Tat nicht; zu keiner Zeit hatte Patrick probiert, sich ihr zu nähern. Er sah sie ebenso wie Tim als Freund an.

»Zieh dir was Hübsches an. Elegant, aber nicht zu scharf.«

Sie streckte ihm die Zunge heraus, und er lachte.

Nathalie pfiff leise durch die Zähne, als sie vor dem Haus standen. Das war ja schon fast eine Villa. Zweistöckig, mit Stuckverzierungen, der Vorgarten so gepflegt, daß da sicherlich ein professioneller Gärtner am Werk gewesen war. Hier wohnten nicht gerade arme Leute.

»Nette Hütte, wie?« Patrick grinste sie von der Seite her an. Er hatte sich chic gemacht, trug seinen besten – und einzigen – Smoking.

Unwillkürlich schaute Nathalie an sich herunter. War der nachtblaue Hosenanzug wirklich geeignet? Wenn sie allein schon auf den Parkplatz schaute, erblickte sie dort zahlreiche Wagen, die mindestens das Zehnfache von ihrem kosteten.

»Du siehst toll aus«, sagte Patrick, als hätte er ihre Gedanken gelesen, bot ihr seinen Arm, und sie hakte sich bei ihm ein.

Bereits auf dem Kiesweg scholl ihnen Musik entgegen. Die Tür wurde von einem livrierten Mann geöffnet, den man ohne weiteres auch in ein Fünf-Sterne-Hotel hätte stellen können. Vielleicht arbeitete er üblicherweise auch dort.

In der Eingangshalle – Flur konnte man das wirklich nicht mehr nennen – stand eine Gruppe Frauen im mittleren Alter, alle in feinsten Designerkostümen, und redete laut miteinander. Die Gesprächsfetzen, die Nathalie aufschnappte, ließen sie fast die Augen verdrehen. Das konnte ja was werden ... Bei Haute Couture konnte sie nicht mitreden, auch hatte sie den neuen Masseur in der Südstraße noch nicht ausprobiert; daß er neu war, wußte sie auch nicht, denn bisher war sie noch nie zu einer Massage gegangen.

Ein junger Mann kam auf sie zu und begrüßte Patrick mit einem Wortschwall. Nathalie bekam so halb mit, daß es sich bei ihm wohl um seinen älteren Bruder handeln mußte. Sie tappte neben Patrick in den Saal. Im hinteren Teil befand sich eine Bühne, auf der eine Band spielte. An der Fensterseite waren lange Tische aufgebaut – das versprochene Buffet. Sah gut aus, mußte Nathalie zugeben. Und die Leckereien waren normal, nichts Ekliges wie Schnecken oder Austern, sondern verlockend aussehende, hübsch angerichtete Häppchen mit feinsten Zutaten.

Da blieb ihr Blick an einer Frau hängen, die allein an einem der Fenster stand. Sie war schlank und groß, hatte ihren Kopf jedoch so weit dem Fenster zugewandt, daß Nathalie durch den Lichteinfall nur ihr Profil erkennen konnte. Die Art, wie sie hinausschaute, ihre Körperhaltung, ihr kastanienbraunes Haar, das in sanften Wellen bis auf die Schultern fiel, das alles hatte irgend etwas, das Nathalie in seinen Bann schlug.

Sie war völlig fasziniert, und wie von selbst bewegten sich ihre Beine auf diese Erscheinung zu. Sollte sie die Frau ansprechen? Aber wie? Wahrscheinlich war sie ohnehin in Begleitung hier.

Noch während sie überlegte, wandte die Frau sich ihr zu, und Nathalie schaute in ein ebenmäßiges Gesicht. Hohe Wangenknochen, faszinierende grüne Augen, weiche Lippen, die Nathalies Hals unverzüglich trocken werden ließen und sie zum Schlucken veranlaßten. Hoffentlich hatte diese Schönheit das nicht mitbekommen!

Sie wagte nicht, ihren Blick weiter auf Wanderschaft zu

schicken, ließ ihn statt dessen auf dem schönen Gesicht verweilen. Ihr Blick wurde erwidert, wanderte über ihren Körper und verursachte ein Kribbeln in ihrem Bauch. »Ich bin mit Patrick hier.« Nein! Warum fiel ihr denn nichts Gescheiteres ein? Jetzt hatte sie bestimmt alles verdorben. Sie hätte sich selbst in den Hintern beißen mögen. Von allem, was man in solch einer Situation sagen konnte, hatte sie das allerfalscheste von sich gegeben.

»Ich nicht.«

»Bitte?«

Die weichen Lippen verzogen sich zu einem weiße Zähne freigebenden Lächeln. »Ich bin nicht mit Patrick hier.«

Ja, logisch war sie das nicht. Konnte nicht endlich Hirn vom Himmel fallen? *Bitte ganz, ganz viel.* Oder wenigstens Antworten, aber bitte gescheite.

Das Lächeln blieb, der Augenausdruck konnte sogar als freundlich gedeutet werden. Oder sah Nathalie nur das, was sie gern sehen wollte?

»Ach, da steckst du. Oh, hallo Eileen.« Patrick nickte der brünetten Schönen zu und nahm Nathalie an die Hand. Wie paralysiert schritt sie neben ihm her. Sie nahm kaum wahr, daß sie an etlichen elegant aussehenden Leuten vorbeigeführt wurde, Patricks Oma gratulierte und schließlich am Buffet landete. Mit ihren Gedanken war sie immer noch ganz woanders, sah in edelsteingrüne Augen und fühlte das hinreißendste Lächeln aller Zeiten auf sich gerichtet.

Wo war die Schöne abgeblieben? Nathalie konnte sie nirgends entdecken. Eileen hatte Patrick sie genannt. Toller Name, tolle Frau. Ob sie eine Verwandte war? Oder auch nur Begleitung? Schätzungsweise mochte sie Mitte bis Ende Dreißig sein. Vielleicht auch schon Vierzig, aber das war ja egal. Nathalie hätte am liebsten alles über sie erfahren. Doch Patrick, den sie nach ihr hätte fragen können, stand nun bei seiner Oma, die kein bißchen nach achtzigjähriger Großmutter aussah, sondern trotz ihres zum Knoten gesteckten schlohweißen Haares frisch und tatendurstig wirkte. Hätte die Begegnung mit Eileen nicht dermaßen ihr Gehirn vernebelt, Nathalie hätte sich liebend gern mit Patricks Oma unterhalten.

Geistesabwesend knabberte sie an Frischkäseschiffchen, die mit Schnitzen von geräuchertem Lachs garniert waren. Irgendwie lief alles wie ein Film an ihr vorbei, als könne sie zwar sehen, was geschah, aber nicht selbst aktiv werden. Sie nippte am Champagner, naschte feinste Häppchen, tanzte mit Patrick, als er sie dazu aufforderte, doch in ihrem Kopf wirbelte nur die Begegnung mit Eileen.

Immer wieder sah sie sich bei den Gästen um, doch ohne Erfolg. Vielleicht hatte sie die Party bereits verlassen. Oder war nur mit ihrer Begleitung zugange, die sie von allem anderen abschirmte.

Auch als sie nach Hause fuhren, stand Nathalie das schöne Gesicht noch deutlich vor Augen. Sie warf einen Seitenblick zu Patrick, der auf dem Beifahrersitz mehr lag als saß, die Augen geschlossen hatte und leise schnarchte. Er hatte dem Champagner und was immer es dort sonst noch an Alkoholika gegeben hatte, wohl ziemlich gut zugesprochen. Weil sie fahren mußte, hatte Nathalie selbst nur ein halbes Glas Champagner getrunken und war lieber auf Orangensaft umgestiegen.

Sobald er ausgeschlafen und nüchtern war, würde sie Patrick nach Eileen fragen. Sie mußte diese Frau unbedingt wiedersehen. Immerhin bestand eine winzige Chance, daß sie trotz ihrer Schönheit und dieser faszinierenden Ausstrahlung Single war.

Zu Hause angekommen weckte Nathalie Patrick. Zuerst mit leisem Rufen, dann mit nachdrücklichem Rütteln an seiner Schulter. »Wir sind da. Los, raus, oder willst du im Auto übernachten?«

»Hm?« brummte er.

Nathalie stöhnte leise und schubste ihn erneut. »Du kannst

gleich weiterschlafen, aber erst, wenn wir oben sind.«

»Laß mich«, murrte er und versuchte sich auf die andere Seite zu drehen, was der Gurt natürlich verhinderte.

Mit einem Seufzen zog Nathalie ihr Handy, rief Tim an und bat ihn, herunterzukommen. Gemeinsam schafften sie Patrick in den zweiten Stock, verfrachteten ihn ins Bett, zogen ihm nur die Schuhe aus und öffneten das Fenster, um die Alkoholausdünstungen herauszulassen.

»War wohl 'ne nette Party«, meinte Tim, als er mit Nathalie zusammen ins Wohnzimmer trat.

»Ich bin verliebt!« platzte sie heraus.

»Echt? So richtig Liebe auf den ersten Blick? Mensch, Süße, das ist klasse. Los, erzähl, wer ist die Glückliche?«

»Ich kenne bloß ihren Vornamen . . .«

»Na und? Als ich mich in Florian verliebt habe, wußte ich auch rein gar nichts von ihm.« Er seufzte, und seine braunen Augen nahmen einen traurigen Ausdruck an. »Florian.« Der Name kam als personifizierte Sehnsucht heraus, und Nathalie tat es unverzüglich leid, vom Thema »Liebe auf den ersten Blick« angefangen zu haben. Tim war ganz offensichtlich noch längst nicht über seinen Ex hinweg.

»Bei mir ist das noch weit extremer.« Sie erzählte ihm von der kurzen Begegnung, verschwieg auch nicht, daß sie gesagt hatte, sie sei mit Patrick da, was ganz sicher jedes Interesse an ihr, das Eileen hätte haben können, im Keim erstickt hatte.

»Also so schlimm finde ich das jetzt aber nicht«, meinte Tim, nachdem sie geendet hatte. »Klar, hätte besser laufen können, aber wenn du Patrick über sie ausfragst, kann er vielleicht ein neuerliches Treffen arrangieren. Dabei erklärst du ihr dann, daß du Patrick wirklich nur aus Freundschaft begleitet hast und zwischen euch absolut nichts läuft.«

»Ich weiß doch noch nicht mal, ob sie lesbisch ist!«

»Na, das merkst du doch. Du vermutest es ja sowieso, nicht?«

»Ja.« Jedenfalls hatte die Art, wie Eileen sie angesehen hatte, auf Interesse hingedeutet, das über normales Abchecken anderer Partygäste weit hinausging. Doch durch ihren dämlich Fauxpas war dieser Funke aus den faszinierenden grünen Augen verschwunden.

»Also, wo ist dann das Problem? Du triffst dich mit ihr, erklärst ihr alles – und Happy-End, ihr fallt euch in die Arme.«

»Ha, ha«, meinte sie sarkastisch.

»Ach Mäuschen, wieso denn so pessimistisch? Gut, es besteht die Möglichkeit, daß deine Süße schon in festen Händen ist, aber wenn du es nicht versuchst, woher willst du dann wissen, daß es nicht funktioniert? Du hast doch absolut nichts zu verlieren. Und 'ne Menge zu gewinnen, wenn du es probierst.«

Da war was dran, das mußte sie zugeben.

»Ich sehe es arbeiten in deinem Kopf.«

Nathalie grinste Tim an. »Ja, okay, ich frage Patrick. Sobald er ansprechbar ist.«

»So ist es richtig, Mäuschen.« Tim gähnte herzhaft. »Sorry, aber der Tag war echt lang.«

»Ja, bei mir auch.« Und morgen früh warteten erst die Uni und dann ihre Arbeit bei Feldleben. Sie sollte zusehen, daß sie ins Bett kam.

Eileen spukte ihr immer noch im Kopf herum, viel mehr, als gesund war. Sie sah diese glitzernden grünen Augen vor sich, die vollen Lippen, und prompt stellte sie sich vor, wie es wäre, sie zu küssen.

Obwohl es spät war, ging Nathalie ins Bad und stellte sich unter die Dusche. Der Versuch, die Bilder abzuwaschen, war natürlich ein Ding der Unmöglichkeit, das war ihr schon bewußt. Aber das Gefühl, wie das heiße Wasser über ihren Körper strömte, glich einem Streicheln. Mit geschlossenen Augen konnte Nathalie sich fast vorstellen, daß es nicht nur Wasser war, das sie berührte.

Sie fühlte, wie ihre Brustwarzen sich aufrichteten. Mit einer Hand nahm sie den Duschkopf und hielt ihn dicht über die schwellenden Spitzen. Das von dort ausgehende Prickeln setzte sich bis zu ihrem Schoß fort.

Langsam ließ sie den Wasserstrahl über ihren Bauch wandern. Die freie Hand glitt zwischen ihre Schenkel. Ihre Finger spürten Feuchtigkeit, die nicht allein vom Wasser stammte.

Sie richtete den Wasserstrahl auf ihre Scham, ließ ihn wandern, um den Druck nicht zu stark werden zu lassen. Doch die Sehnsucht nach Befriedigung gewann über den Vorsatz, es hinauszuzögern. Sie drehte den Wasserstrahl stärker, spreizte dann mit zwei Fingern die weichen Schamlippen.

Das Wasser traf nun genau ihre ungeschützte Klitoris. Im ersten Moment war das Gefühl so heftig, daß Nathalie die Hand schützend davor schob. Langsam bewegte sie ihre Finger etwas weiter auseinander, ließ das Wasser hindurch und genoß das Gefühl, das dabei entstand. Nässe sammelte sich in ihrem Schoß. Sie ließ die Finger nun tiefer wandern, umkreiste die empfindliche Öffnung. Mühelos schlüpfte der Mittelfinger in sie. Sie verstärkte von innen den Druck und biß sich auf die Unterlippe, um vor Lust nicht zu stöhnen. Die Erlösung kam rasch, ließ ihre Beine zittern.

Einen Moment noch blieb Nathalie in der Dusche stehen, ließ nun ganz normal das Wasser über sich strömen. Dann stellte sie es ab und griff nach dem Handtuch. Das drängende Verlangen in ihr war fürs erste zwar befriedigt, die Sehnsucht nach der wunderschönen Fremden jedoch keineswegs.

»**P**atrick! Los, aufstehen!«

»Raus mit dir!« unterstützte Tim das Wecken.

Rigoros zog Nathalie dem Schlafenden das Kopfkissen

weg. Ein Murren war die Folge, aber wach war er immer noch nicht. Trotz des gekippten Fensters roch es deutlich nach Alkohol.

»Patrick, willst du zu spät kommen?« Er studierte Chemie im sechsten Semester. Und auch wenn bald die Semesterferien begannen, so war er bisher doch stets sehr gewissenhaft in die Uni getrabt.

Tim packte ihn unter den Achseln und zog ihn in eine sitzende Position. Patrick schüttelte den Kopf wie ein Hund, der aus dem Wasser kommt. »Boah, mir dröhnt der Schädel!«

»Du kriegst gleich ein Aspirin«, versprach Tim ihm. »Aber erst ab unter die Dusche. Soll ich dir beim Ausziehen helfen?«

Nathalie kicherte, auch wenn das unfair war, aber irgendwie waren die beiden schon süß. Der eine derangiert mit zu allen Seiten abstehenden Haaren, der andere bereits fertig angezogen, rasiert und mit ordentlicher Frisur.

»Nee. Will nur schlafen.« Patrick wollte sich zurück ins Bett fallenlassen, doch das verhinderte Tim mit festem Griff. Er legte sich einen Arm von Patrick über die Schulter, packte ihn um die Taille und zog ihn beherzt auf die Beine. So tappte das ungleiche Gespann hinüber ins Badezimmer.

Nathalie vernahm unterdrückte Proteste, den Aufschrei, daß das Wasser viel zu kalt sei, und schließlich kam Tim allein heraus, einige Wasserspritzer auf seinem weißen T-Shirt.

»Er duscht gerade«, erklärte er überflüssigerweise. »Aber ich glaube, du fragst ihn besser erst heute nachmittag nach Eileen.«

Nathalie nickte. »Muß jetzt sowieso los.« Sie war ziemlich spät dran und hatte sich nach einer Nacht mit wenig Schlaf – denn immer wieder hatte sich das Bild von faszinierend grünen Augen, weichen Lippen und kastanienbraunem Haar, in das sie am liebsten ihre Finger vergraben hätte, in ihren Kopf geschlichen – auch ziemlich mühsam aus den Federn gequält. Dank starkem Kaffee war sie nun allerdings sehr munter.

Die Stunden an der Uni vergingen wie im Flug. Nathalie fuhr direkt durch zu Feldleben. Kaum war sie aus dem Auto ausgestiegen und trat auf den klotzartigen grauen Bau zu, kam Walter Feldleben ihr entgegen. Seine Miene verhieß nichts Gutes.

»Kommen Sie bitte mal mit, Nathalie«, sagte er. Der sonst so warme Ausdruck war aus seinen Augen verschwunden.

Sie folgte ihm in sein Büro, verschränkte die Finger zu Knoten. Was war geschehen, daß der Chef sie sprechen wollte? Es mußte etwas Schlimmes sein, sonst hätte sich nicht diese steile Falte zwischen seine Augenbrauen gegraben.

»Setzen Sie sich doch.« Er deutete auf einen der Bürostühle, nahm selbst hinter dem massiven Eichenholzschreibtisch Platz. »Kaffee?«

Sie schüttelte den Kopf. Ihr Mund war ganz trocken, aber sie glaubte nicht, daß sie irgend etwas hinunterbekommen könnte. Nicht, bevor sie nicht wußte, was los war. Eine ungute Vorahnung sagte ihr, daß es mit ihr selbst zu tun hatte und sie gleich etwas hören würde, das grundlegende Veränderungen nach sich zog.

»Nathalie, wie Sie wissen, schätze ich Sie sehr. Sie sind klug, fleißig, schrecken auch vor harter Arbeit nicht zurück«, begann Walter Feldleben. Er hatte sich leicht zu ihr vorgebeugt, die Hände locker gefaltet auf der Schreibtischplatte aufliegend.

»Und?« fragte Nathalie vorsichtig, nachdem er schwieg.

Herr Feldleben seufzte. Seine Augen nahmen einen bedauernden Ausdruck an. »Mir wurde zugetragen, daß Sie sich an meinem Unternehmen bereichert haben. Natürlich bin ich dem Fall sofort nachgegangen.« Er griff in die oberste Schreibtischschublade und hielt ihr auf der ausgestreckten Hand eine tönerne Figurine hin. Nathalie kannte das Artefakt – über Ostern hatte sie an einer Ausgrabung in Südfrankreich teilgenommen, bei der die Figur mit entdeckt worden war. Noch hatte man sie nicht genau zu datieren vermocht, aber es war anzunehmen, daß sie von einem archaischen Volk stammte, vielleicht sogar aus der Zeit der Cro Magnon, den Vorfahren der heutigen Menschen. »Diese Figur wurde in Ihrem Spind gefunden. Möchten Sie mir etwas sagen, Nathalie?«

Nathalie schluckte, schüttelte schwach den Kopf. In ihren Ohren summte es, schwarze Punkte tanzten vor ihren Augen, und für einen Moment fürchtete sie, das Bewußtsein zu verlieren. Das konnte doch nur ein Alptraum sein! Walter Feldleben konnte doch nicht ernsthaft glauben, daß sie ein wertvolles Artefakt gestohlen hatte.

»Nathalie?«

Seine Stimme holte sie in die Wirklichkeit zurück. Schmerz zuckte in ihren Händen auf, und sie registrierte, daß sie die Fingernägel fest in die Handballen gebohrt hatte.

»Kommen Sie, trinken Sie einen Schluck Wasser. Ich will nicht, daß Sie mir hier umkippen.«

Ein Glas wurde an ihre Lippen gepreßt. Wie mechanisch ferngesteuert hob Nathalie eine Hand, hielt es fest und trank. Kühl rann es durch ihre enge, trockene Kehle.

»Geht es wieder?« Walter Feldlebens Stimme klang besorgt. Seine Hand lag auf ihrer Schulter.

Nathalie blinzelte, schaute hoch. Er stand über sie gebeugt, musterte sie. Seine ohnehin faltige Stirn lag nun in noch stärkeren Runzeln. Sie wußte nicht, ob sie ihrer Stimme schon trauen konnte. Das Schwindelgefühl war auch noch nicht ganz verschwunden. Aber sie mußte nachdenken, etwas sagen. Um klarzustellen, daß sie nicht gestohlen hatte. Allein, daß er es von ihr glaubte, tat schon weh. »Was Sie da gerade gesagt haben . . .«

Er seufzte, nahm die Figur wieder zur Hand und drehte sie langsam. »Ich weiß ja, wie verlockend es für Sie gewesen sein muß. Mein Gott, wenn ich daran denke, wie oft ich kurz davor war, ein Artefakt einzustecken, es mitzunehmen und ganz für mich allein zu haben. Und wie schwer es mir jedes Mal fiel, Stücke an ein Museum zu geben. Ist immer noch so, bei jeder neuen Ausgrabung wünsche ich mir, etwas davon für mich behalten zu können. Aber ich habe dennoch nie etwas gestohlen.«

Ich doch auch nicht! wollte Nathalie schreien. Ihre Kehle fühlte sich staubtrocken an, und wieder flackerten schwarze Punkte vor ihren Augen auf.

»Ich sehe es als Ausrutscher an. Bedauerlich natürlich. Aber ein Ausrutscher, den man nicht an die große Glocke hängen muß«, fuhr Feldleben fort und stellte die Figur auf dem Schreibtisch ab, nahm dann selbst wieder dahinter Platz. »Daher werde ich die Polizei nicht informieren. Es ist ja nichts geschehen, das Artefakt ist zurück und unbeschädigt. Und für Sie hoffe ich, daß Sie daraus gelernt haben.«

»Aber . . .«, begann Nathalie, doch ihr Chef hob die Hand.

»Bitte, Nathalie, keine Erklärungsversuche. Für mich ist die Sache damit abgeschlossen. Nur eines, und das können Sie sich vermutlich bereits denken.« Er atmete einmal tief ein und stieß die Luft mit einem Seufzen aus. »Ich kann Sie unmöglich weiter beschäftigen. Da ich weiß, wie wenig Geld man als Student hat – ja, kaum zu glauben, aber ich war auch mal jung«, er lachte kurz auf, »zahle ich Ihnen den kompletten Lohn für diesen Monat. Und Sie haben mein Wort, daß niemand davon erfahren wird.« Er stand auf, und auch Nathalie erhob sich.

Noch immer wie in Trance ergriff sie seine ausgestreckte Rechte.

»Sie sind sehr talentiert, klug und ehrgeizig. Machen Sie Ihren Weg. Aber nicht auf der schiefen Bahn, ja?« Sein Lächeln wurde traurig. »Es tut mir wirklich leid, Ihnen jetzt die Kündigung zu geben. Am liebsten würde ich Sie behalten. Aber es geht nicht. Wir alle müssen mit den Konsequenzen unseres Handelns leben. Und so sehr ich es auch bedauere, Sie zu verlieren, so muß ich Sie nun bitten, zu gehen und nie wieder hierher zurückzukehren.«

Nathalie schluckte. Sie hatten einen Verdacht, aber den konnte sie nicht aussprechen. Niemals würde Walter Feldleben sich gegen seinen ältesten Sohn stellen. Und welche Beweise hatte sie schon? Nur sie allein wußte, daß sie die Figur nicht genommen hatte. Ihr Wort würde gegen das von Bernhard stehen. Und sie traute ihm zu, daß er weitere Beweise fingierte. Womöglich landete die ganze häßliche Geschichte dann sogar wirklich vor Gericht.

»Holen Sie jetzt Ihre Sachen. Dann kommen Sie wieder her. Bis dahin habe ich die Kündigung fertig.«

Nathalie tat wie geheißen, auch wenn sie am liebsten direkt nach Hause gefahren wäre. Sie räumte ihren Spind leer, stopfte ein Teil nach dem anderen in die große Umhängetasche aus Seeleinen.

»He, Nat!« Gwendolyn kam winkend auf sie zu gelaufen. »Wo warst du denn, sonst bist du doch immer so pünktlich? Na, ist ja auch egal. Du, ich muß gleich eine Auflistung fürs Museum machen, kannst du mir dabei wohl bitte helfen? Du weißt doch, diese Computersachen, die kann ich nicht, und ...«

»Nein«, unterbrach Nathalie den Redeschwall. Gwendolyn war nett, sie hatte immer gern mit ihr zusammengearbeitet, doch jetzt wollte sie niemanden sehen. Und auch mit niemandem reden.

Gwendolyn zuckte zurück. »Was ist denn mit dir los?«

»Nichts«, preßte Nathalie durch die zusammengebissenen Zähne und hoffte, die Fassung so lange wahren zu können, bis sie im Auto saß.

»Was machst du denn da?« wollte Gwendolyn wissen und reckte sich, um an Nathalie vorbei in den Spind schauen zu können.

Zum Glück hatte Nathalie nicht sehr viel hier deponiert. Sie grabschte nach der Wasserflasche aus bruchsicherem Metall und quetschte sie mit in die Tasche. »Bin in Eile«, murmelte sie und lief an der erstaunten Gwendolyn vorbei zurück ins Büro.

Walter Feldleben gab ihr zusammen mit der Kündigung ihren kompletten Lohn für diesen Monat in bar auf die Hand. Das war großzügig, aber am liebsten hätte sie ihm das Geld vor die Füße geworfen und ihn angeschrien, was für ein mieses Schwein sein Ältester war.

Doch alles, was sie tat, war, stumm das Geld und das Kündigungsschreiben einzustecken. Der Blick, mit dem Herr Feldleben sie ansah, brachte ihre Beherrschung ganz nah an die Grenze. Sie schluckte, ignorierte das Brennen in ihren Augen, die Trockenheit in ihrer Kehle und die heiße Wut.

Ihr ehemaliger Chef sagte nichts, auch wenn sie für einen winzigen Moment den Eindruck gewann, daß er ihr am liebsten die Kündigung entrissen hätte. Einige Sekunden lang stand sie starr da, sah ihn an, entdeckte eine Mischung der verschiedensten Gefühle in seinen Augen.

Aber er sagte nichts, tat nichts. So schulterte sie ohne ein Wort ihre Tasche und ging schnurstracks zu ihrem Auto. Sie drehte sich nicht um, als Gwendolyn ihr zurief, wo sie denn jetzt hinwolle, sie müsse doch die Liste fertigmachen und käme allein damit nicht zurecht, wieso sie ihr denn nicht wie sonst helfe.

Unter dem Scheibenwischer ihres Wagens steckte ein Zettel. *Ich hab dir doch gesagt, ich sitze am längeren Hebel*, stand darauf zu lesen. Keine Unterschrift, die Buchstaben auf einem Computer geschrieben, doch Nathalie hatte keinen Zweifel über die Identität des Verfassers. Sicher beobachtete er sie nun, lachte sich ins Fäustchen und wartete darauf, daß sie ausflippte, herumschrie, heulte.

Aber zumindest die Genugtuung würde sie ihm nicht gönnen. Sie zerknüllte den Zettel und warf ihn ins Gebüsch, dann stieg sie ein und fuhr los.

Sie fühlte sich wie betäubt. Zu rasch war ihre Welt eingestürzt, es war noch keine Zeit gewesen, das gesamte Ausmaß der Katastrophe zu überblicken und zu analysieren. Wut und Trauer kamen erst, als sie die Treppe hochstieg. Mit jedem Schritt schienen sie zuzunehmen, bauten sich in ihr auf. Sie durfte nicht losschreien, nichts zertrümmern.

Vor ihren Augen verschwamm das Schlüsselloch. Sie benötigte drei Versuche, bis sie endlich in der Wohnung war. Alles ruhig. Gut. Patrick gab mehrfach die Woche Nachhilfe, Tim jobbte als Taxifahrer. Wenn sie Glück hatte, würden die beiden erst heute abend kommen.

Sie setzte sich in ihrem Zimmer aufs Bett, zog die Knie eng an den Körper und umschlang sie mit den Armen. Es war still, nur ab und zu drang das Geräusch eines vorbeifahrenden Wagens bis zu ihr hoch.

Sie konnte immer noch nicht fassen, was geschehen war. All ihre Träume zerstört, von einer Minute auf die andere. Was sollte sie denn jetzt machen? Sie brauchte einen Job. Walter Feldleben hatte sie gut bezahlt, aber so viel, daß sie davon ein dickes Polster hätte anlegen können, war es nun auch nicht gewesen. Letzten Monat hatte ihr Wagen in die Werkstatt gemußt, was ihre Ersparnisse direkt aufgefressen hatte.

Ihre Eltern wollte sie auf gar keinen Fall anpumpen. Vielleicht würde sie ja etwas Adäquates finden. Walter Feldleben war schließlich nicht der einzige Archäologe Deutschlands. Bestimmt gab es noch andere, die eine fleißige Hand gebrauchen konnten. Dann hätte sie ein Einkommen, würde gleichzeitig etwas lernen, und in der Vita machten sich Teilnahmen an Ausgrabungen auch sehr gut.

Die Tür klapperte. »Jemand da?« erklang Tims Stimme.

Nathalie antwortete nicht. Sie wollte mit niemandem sprechen, auch nicht mit Tim.

»Nathalie?« Es wurde gegen ihre Tür geklopft. »Bist du da? Ich hab dein Auto unten gesehen. Oder schläfst du?«

Typisch Tim. *Schläfst du etwa schon?* fragte er auch, wenn er einen spät abends weckte. Aber sie wollte nicht antworten. Nicht reden, nicht die Wunden noch tiefer aufreißen.

Die Tür wurde einen Spaltbreit geöffnet. »Nat?«

Nathalie hielt die Luft an. *Bitte Tim, geh!* flehte sie in Gedanken. Er sollte sie nicht sehen. Jedenfalls jetzt noch nicht, später wäre die Konfrontation ja unvermeidlich. So war das nun mal, wenn man zusammenwohnte. Auch wenn ihre WG gut funktionierte. Und weit besser als das Zusammenleben mit Sandra. Sandra ... Nathalies Gedanken drifteten ab. Sandra war ihre erste große Liebe gewesen. Als sie beide das Abi in der Tasche hatten, waren ihre Pläne noch größer als ihre Naivität gewesen. Rasch hatten sie eine hübsche kleine Wohnung gefunden und sich gefreut, jeden Tag nebeneinander aufzuwachen, gemeinsam zur Uni zu fahren, miteinander zu lernen, zu kochen, romantische Abende zu verbringen ...

Der Alltag hatte sie schneller eingeholt als ein Hund den Briefträger. Es hatte nicht funktioniert, ebenso wie ihre Liebe nicht die erste Phase mit der rosaroten Brille überlebte. Sie hatten sich ohne großen Streit getrennt; es war mehr eine Erlösung für beide gewesen, denn die Streitereien hatten sie vor ihrer Trennung zur Genüge gehabt.

Sandra hatte die Wohnung behalten, Nathalie war ausgezogen, und über einen Aushang am Schwarzen Brett der Uni hatte sie diese WG gefunden. Da nicht die Gefahr bestand, daß sie sich in einen Mann verliebte, hatte sie es probiert. Tim war ihr direkt sympathisch gewesen, ebenso Patrick, der kurz darauf einzog.

Doch nun wünschte sie, allein zu sein, sich nicht Fragen und mitleidigen Blicken stellen zu müssen. »Geh weg«, murmelte sie.

»Mäuschen, was ist denn passiert?« Tim trat zu ihr, setzte sich neben ihr aufs Bett und legte einen Arm um sie. »Du siehst ja völlig fertig aus. Liebeskummer?«

Schwach schüttelte sie den Kopf. Dann strömte es aus ihr heraus. Wie eine Wasserfontäne aus einem gebrochenen Rohr sprudelten die Worte aus ihr. Sie erzählte Tim alles, von Bernhards schmieriger Anmache, der Drohung, die sie nicht ernstgenommen hatte, und dann wie sie zu Walter Feldleben zitiert und dort mit dem Vorwurf des Diebstahls konfrontiert worden war.

Tim hörte zu, ohne sie zu unterbrechen, doch schnappte er zwischendurch immer wieder empört nach Luft. »Willst du das etwa so stehenlassen?« fragte er, als sie länger schwieg.

Nathalie zuckte leicht mit der rechten Schulter. »Was soll ich denn unternehmen? Selbst wenn Herr Feldleben mir glaubt, steht mein Wort gegen das seines ältesten Sohnes. Und daß Bernhard vor keiner Gemeinheit zurückschreckt, habe ich ja nun deutlich gemerkt.«

»Aber du hast doch gesagt, daß der alte Feldleben freundlich und gerecht sei. Meinst du nicht, er würde der Sache auf den Grund gehen wollen?«

»Was weiß ich? Und selbst wenn, was hätte ich dabei gewonnen? Bernhard würde mir das Leben danach erst recht zur Hölle machen. So lange er da ist, will ich dort gar nicht mehr arbeiten. Und er wird nicht weggehen, im Gegenteil, wahrscheinlich wird er irgendwann alles von seinem Vater übernehmen.«

»Trotzdem! Hier geht es doch auch ums Prinzip. Was dieser Bernhard da gemacht hat, ist ein Verbrechen!«

»Ich habe keinerlei Beweise.« Sie fuhr sich durch die Haare, die ihr wie eine Gardine vor dem Gesicht hingen. »Und ich will damit auch nichts mehr zu tun haben.«

Tim stand auf. »Ich mach dir erst mal einen Cappuccino. Und dann beraten wir uns, Patrick kommt sicher auch gleich. Vielleicht hat er eine Idee.«

»Ich will aber doch gar nicht . . .« Aber Tim war bereits aus der Tür. Nathalie hörte ihn in der Küche klappern.

Kurz darauf kam er zurück, nahm sie an die Hand und führte sie ins Wohnzimmer. In dem Moment kehrte Patrick heim, und während Tim Nathalie eine große Tasse Cappuccino in die Hand drückte, informierte er Patrick über das Geschehene.

Still löffelte Nathalie die mit Schokostreuseln verzierte Sahnehaube.

Nachdem Patrick seiner Empörung Luft gemacht hatte, sagte er: »So eine miese Tour! Dir einfach so etwas unterschieben zu versuchen. Ich hätte gute Lust, diesem Bernhard die Nase zu verbiegen.«

»Das bringt nichts. Höchstens noch mehr Ärger.« Trübsinnig blickte Nathalie in die hellbraune Kaffeeköstlichkeit. »Ich muß mich jetzt erst mal nach einem neuen Job umsehen. Feldleben hat mir zwar den kompletten Lohn für diesen Monat gezahlt, aber weit komme ich damit nicht. Außerdem will ich unbedingt in den Semesterferien arbeiten. Ich brauche das Geld, und ich brauche auch eine Beschäftigung. Nur Lernen oder nur den Tag im Freibad vertrödeln ist nichts für mich.«

»Du bist doch gut in Englisch, nicht?« fragte Patrick. Er sah besser aus als heute morgen, auch wenn unter seinen hellblauen Augen noch leichte Schatten erkennbar waren. Das Aroma der Pfefferminzbonbons, mit denen er seine Fahne wohl überdeckte, wehte zu ihr herüber.

»Ja, aber was nützt das schon?« Für einen London-Trip hatte sie erst recht kein Geld. Auch wenn das toll wäre, jetzt die Koffer zu packen und einige Tage was ganz anderes sehen zu können.

»Bei uns suchen sie gerade für die Nachhilfe Leute, die top in Englisch sind. Ist super gefragt, von den niedrigen Klassen bis hin zum Abi-Leistungskurs. Und die Bezahlung ist auch nicht schlecht. Außerdem macht es meistens Spaß.« Patrick lächelte ihr zu. »Wie wäre es, wenn du morgen einfach mal mitkommst? Ich stelle dich dem Team vor, und du schnupperst mal rein. Besonders schwer ist das auch nicht, und die Kids sind überwiegend recht brav; die kommen ja, weil sie lernen wollen, halt um versetzt zu werden oder das Abi zu bestehen.«

»Das ist wirklich nett von dir, aber ich würde lieber so etwas wie bei Feldleben machen. Archäologie eben.«

»Ich hör mich mal um«, versprach Patrick.

Tim nickte. »Ich natürlich auch.«

»Danke«, murmelte Nathalie und trank einen Schluck Cappuccino. Sie fühlte sich so leer, so zerstört. Jetzt erst begriff sie in vollem Ausmaß, was die Kündigung für sie bedeutete. Außerdem kam hinzu, daß sie nicht sicher sein konnte, daß nichts durchsickerte. Walter Feldleben glaubte sie zwar, aber was, wenn Bernhard dafür sorgte, daß der wahre Grund für ihre Kündigung die Runde machte? Sie traute ihm ohne weiteres zu, daß er Gerüchte streute und Verdacht schürte.

»Wie wäre es, wenn du dich ein bißchen aufhübschst und ausgehst?« schlug Tim vor.

»Nee, keine Lust.« Sie wäre heute ganz sicher für niemanden eine gute Gesellschaft. Und ein Frustkauf war bei ihrem derzeitigen Kontostand auch nicht drin.

»Aber du warst doch schon ewig nicht mehr aus.«

»Ich war doch gestern erst mit Patrick auf einer großen Feier«, erinnerte Nathalie ihn.

»Ich meinte so ein zwangloses Beisammensitzen in deiner Lieblingskneipe. Und wer weiß, vielleicht läuft dir da ja eine nette Frau über den Weg. Vielleicht sogar deine Traumfrau von gestern.«

»Traumfrau? Gestern?« wiederholte Patrick und sah sie mit verwundert gerunzelter Stirn an.

Nathalie seufzte. Wenn sie schon beim Seelenstriptease

war, konnte sie auch direkt alles ablegen. »Als wir bei deiner Oma waren, habe ich eine Frau kennengelernt. Na ja, kennengelernt ist zu viel gesagt, wir haben keine fünf Minuten miteinander gesprochen.« Und selbst das hatte sie ja geschafft zu vermasseln.

Patrick überlegte, das war ihm deutlich anzusehen. »Echt? Wer denn? Hab ich jedenfalls gar nicht mitbekommen.«

Ihr lag eine Bemerkung auf der Zunge, daß er außer dem Champagner und was es sonst noch an Hochprozentigem zu trinken gegeben hatte, nichts weiter mitbekommen hätte, aber es wäre unfair zu sticheln. »Ist auch nicht wichtig. Momentan mag ich nicht auch noch meinen Kopf mit Liebessorgen vollknallen. So reicht es doch wirklich schon.«

»Okay, wie du meinst«, sagte Patrick.

Nathalie atmete auf und warf ihm ein kleines dankbares Lächeln zu. In solchen Situationen war es unzweifelhaft von Vorteil, mit Männern zusammenzuwohnen; eine Frau hätte sich niemals mit solch einer Antwort zufriedengegeben, sondern weiter gebohrt.

Die Jungs waren wirklich lieb, Tim hatte ihr zum Abendessen Spaghetti – ihr absolutes Leibgericht – gekocht, und Patrick war zur Videothek gedüst und mit drei Actionkomödien zurückgekommen. DVDs gucken, was Leckeres futtern, das tat schon gut. Aber half nicht aus ihrer Notlage.

Doch für heute sollte es gut sein mit der Grübelei und dem Trübsal, beschloß Nathalie, als sie zu Bett ging.

Am nächsten Morgen hatte sich zwar nichts geändert, aber sie würde das Thema »Jobsuche« jetzt in die Hand nehmen. In der Uni studierte sie die Aushänge am Schwarzen Brett, doch war da nichts für sie dabei. Auf dem Rückweg kaufte sie eine Zeitung, ging die Stellenanzeigen durch, doch auch darin fanden sich nur die typischen Aushilfsjobs wie Catering, Umzugshilfe und Gartenarbeit. Im Internet zu suchen, brachte ebenfalls nichts. Vielleicht sollte sie Patricks Angebot doch annehmen? Immerhin würde sie so die Miete bezahlen können.

Erst mal noch abwarten, dachte sie, holte sich Eimer, Schrubber und Putzmittel und fing an, das Bad und die Küche gründlich zu reinigen. Nicht, daß es unbedingt nötig gewesen wäre; sie kamen mit ihrem Putzplan ganz gut zurecht, und Tims Ordnungsfimmel sorgte schon dafür, daß die Wohnung für gewöhnlich sehr ordentlich aussah.

Doch Nathalie hatte das Bedürfnis, etwas zu tun und – so verrückt das auch klingen mochte – Lust zu putzen. *Wahrscheinlich, weil mein Leben so in Unordnung geraten ist*, überlegte sie.

»Ist dir was ausgelaufen?« wollte Patrick wissen, als er in die Küche kam, direkt den Kühlschrank ansteuerte und nach der Packung Apfelsaft griff, die wie immer in der Tür stand.

»Nein. Ich putze. Ich muß mich doch nicht rechtfertigen dafür, oder?« Sie klang aggressiv, das hörte sie selbst.

Patrick ging auf Abstand. »Ich halte dich doch gar nicht davon ab.« Die Apfelsaftpackung nach in der Hand, machte er eine beschwichtigende Geste.

In dem Punkt war sie sich sicher – nicht selten hatte sie mitbekommen, wie Patrick sich um seine Putzdienste herummogelte und meist irgendwie Tim dazu brachte, für ihn zu übernehmen.

»Aber wenn du nachher Zeit hast . . .«

Sie sah auf, als Patrick nicht weitersprach. »Wenn was? Ich habe auch heute nicht vor, mich irgendwohin schleppen zu lassen.« Dann müßte sie ja duschen, Haare waschen, sich umziehen, nein danke. Alles, was sie wollte, war, sich nachher in Ruhe in die Badewanne zu legen und früh ins Bett zu kriechen. Vielleicht vorher noch kurz eine Runde joggen oder ins Fitneßstudio, um sich zu verausgaben.

»Okay.« Er stellte das leer getrunkene Apfelsaftglas auf die Spüle. Nathalie wollte ihn gerade bitten, es doch in die Spülmaschine zu stellen, da sprach er weiter: »Aber dann entgeht dir vielleicht ein Job. Ich habe da nämlich was arrangiert. So eine Art Vorstellungsgespräch.«

»Eine Art Vorstellungsgespräch?« wiederholte sie. Was sollte sie sich darunter denn vorstellen? Entweder man hatte ein Bewerbungsgespräch oder eben nicht.

»Na ja, ich hab meine Oma gefragt, sie hat ja noch so einige Kontakte. Und da wäre etwas für dich bei. Vielleicht«, schränkte er ein.

»Deine Oma kennt Archäologen, die gerade jemanden brauchen könnten?« Das wäre zu schön, um wahr zu sein.

»Nicht Archäologie, das leider nein. Aber Zoologie.«

Zoologie. Nun ja, warum nicht? Das konnte je nach Thema ja auch ganz interessant sein. Sie wäre vermutlich an der frischen Luft, und besonders stressig würde das nicht werden. Und Tiere mochte sie ganz gern. Leider ließ sich mit ihrem Lebenswandel kein Haustier halten, sie war zu viel unterwegs.

»Professor Kessling sucht gerade eine Assistentin.«

»Klingt gut.« Nathalie erhob sich aus ihrer knienden Position und streifte das Band ab, mit dem sie ihr Haar zusammengebunden hatte. »Wann sollen wir da sein?«

Patrick grinste. »Du hast eine Stunde Zeit, dich fertigzumachen.«

»So lange brauche ich nicht!« rief Nathalie schon im Gehen.

Während sie zum Haus von Patricks Großmutter fuhren, wuchs in Nathalie die Aufregung. Was, wenn Professor Kessling nur eine Assistentin wollte, die bereits Fachwissen oder Erfahrung oder beides hatte? Ihre einzige Referenz bestand lediglich darin, daß sie als Kind einen Hamster gehabt hatte. Und daß das zählte, bezweifelte sie. Aber Professor war gut; das klang nach einem schon älteren Herrn, der seine Finger bei sich behalten würde und nicht zu Intrigen neigte.

Patricks Großmutter öffnete selbst. Nathalie war ein wenig erstaunt, nun keinen livrierten Diener mehr an der Tür zu sehen. Das Haus wirkte tiptop in Ordnung; nichts deutete mehr darauf hin, daß hier vor zwei Tagen noch eine große Feier stattgefunden hatte.

»Kommen Sie, Nathalie«, bat die alte Dame sie, ihr zu folgen. Sie war nun ebenso elegant gekleidet wie vorgestern, auch trug sie ihr Haar hochgesteckt.

Nathalie hatte sich eine weiße Bluse und eine dunkelrote Samthose übergezogen, die Haare rasch zu einem Zopf geflochten, die Augenschatten abgedeckt und ihren käsigen Teint mit etwas Rouge erhellt. Nicht gerade aufwendiges Styling, aber okay – hoffte sie.

Es ging in einen kleinen Salon. Er war mit antiquarischen Möbeln stilvoll eingerichtet, und einige Stilleben schmückten die Wände. Am Fenster stand eine Frau, ihnen den Rücken zugewandt. Irgend etwas an ihrer Haltung kam Nathalie bekannt vor. Als die Frau sich umdrehte, schnappte Nathalie nach Luft. Eileen! Was machte sie denn hier?

»Professor Kessling – Nathalie Schneider«, stellte Patricks Großmutter sie einander vor.

Nathalie versuchte ihre Gesichtszüge unter Kontrolle zu bekommen. In ihrem Kopf wirbelte alles wild durcheinander. Ihre Kehle wurde plötzlich staubtrocken und fühlte sich an, als sei sie drei Tage durch die Wüste gewandert. Hoffentlich brachte sie überhaupt ein Wort heraus.

»Schön, Sie wiederzusehen.« Eileen – Professor Kessling! – streckte ihr die rechte Hand entgegen und lächelte freundlich. Im Tageslicht sah sie noch umwerfender aus. Sonnenstrahlen reflektierten auf ihrem kastanienbraunen Haar, und ihre grünen Augen funkelten wie Smaragde.

Der Berührung kam einem Stromschlag gleich, sauste wie ein elektrischer Blitz durch Nathalies Körper und ließ ihre Knie weich werden. »Ich freue mich auch«, brachte sie hervor.

»Dann lasse ich euch nun allein«, sagte Patricks Oma, schnappte sich ihren Enkel und war schon aus der Tür.

»Setzen wir uns doch«, schlug die schöne Professorin vor. Ein Hauch ihres Parfums wehte zu Nathalie hinüber und vernebelte ihr zusätzlich die Sinne.

Sie war froh, Platz nehmen zu können. Ganz traute sie ihren Beinen nicht. Aber wohin bloß mit ihren Händen? Sie legte sie in den Schoß und versuchte sie still zu halten.

»Charlotte sagte mir, daß Sie Archäologie studieren.«

Nathalie nickte. »Im sechsten Semester.«

»Mit Ausgrabungen kann ich zwar nicht dienen, doch habe ich vor, in zwei Wochen nach Schottland zu fliegen. Inverness, genauer gesagt Drumnadrochit.«

Inverness war klar, die Hauptstadt der Highlands, dieses Drumnadingsbums dagegen kannte sie nicht. Aber der Ort war ja egal. Ein Job und noch dazu an der Seite dieser faszinierenden Frau – das war doch der reinste Himmel. Sie wäre Eileen freudestrahlend auch nach Hintertupfingen gefolgt.

»Ihre Aufgaben wären vielfältig. Ich brauche eine rechte Hand für alles.« Eileen lachte, was einen Schmetterlingsschwarm in Nathalies Bauch aufflattern ließ. »Sie müßten auch Notizen machen, diese dann in den Laptop übertragen.«

»Kein Problem. Das habe ich auch bei meinem letzten Job

viel getan.«

»Wunderbar«, freute Eileen sich. »Können Sie schwimmen?«

»Ja.« Seltsame Frage. Aber vermutlich erforschte Eileen irgendwelche Wasserlebewesen. In Tümpeln oder Seen herumzuschwimmen, war zwar nicht gerade Nathalies größter Wunsch, aber solange dabei nicht irgendwelche Wasserschlangen oder eklige Kröten auftauchten, sollte ihr das recht sein.

»Dann ist ja alles in Butter. Ich werde Ihnen eine Liste erstellen, was Sie einpacken müssen. Bitte nicht zu viel sonstigen Kram mitnehmen; wir sind nicht am Ende der Welt, man kann dort wunderbar auch alles kaufen, was man so braucht.«

Nathalie lächelte. »Ich war schon öfter auf archäologischen Expeditionen. Da hab ich gelernt, nur mit dem Nötigsten auszukommen.« Das war ein gutes Training gewesen. Und dieses Mal würde sie noch weniger Gepäck mitnehmen müssen, da Eileen mit ihrer Bemerkung recht hatte; sie würde in Inverness alles einkaufen können, was sie benötigte.

»Ich denke, Sie sind ideal für mich.«

O ja, dachte Nathalie und fühlte eine Hitzewelle aufsteigen. Hoffentlich wurde sie nicht rot. So cool wie möglich erwiderte sie das Lächeln der Älteren und versuchte nicht in diesen faszinierenden grünen Augen zu versinken.

»Haben Sie noch irgendwelche Fragen?«

Nathalie schüttelte den Kopf. Sie hatte mindestens tausend Fragen, aber das waren welche, die Eileen ihr sicher nicht beantworten würde.

»Gut.« Eileen stand auf. Nathalie konnte nicht verhindern, daß ihr Blick über den schlanken Körper glitt. Eileen war recht groß, bestimmt ein Meter fünfundsiebzig. Unter ihrer vanillefarbenen Bluse zeichneten sich die Rundungen ihrer Brüste ab. Sie griff nach ihrer auf dem Tisch stehenden Handtasche und reichte Nathalie eine Visitenkarte. »Hier, da steht auch meine Handynummer mit drauf, falls noch Fragen sind. Wie kann ich Sie erreichen?«

Nathalie besaß keine Visitenkarten. Sie sah sich nach Stift und Papier um und griff nach einem goldenen Füller, der auf dem Sekretär lag. Rasch kritzelte sie Adresse, Mailadresse sowie Festnetz- und Handynummer auf das Blatt.

Eileen nahm den Zettel an sich. »Danke. Dann sehen wir uns spätestens in zwei Wochen beim Abflug. Ich werde Sie abholen, ich denke, so ist es am praktischsten, meinen Sie nicht auch?«

Noch immer wie betäubt nickte Nathalie und trat zusammen mit Eileen aus dem Salon. Sie entdeckte Patrick, der mit zwei Fingern das Victory-Zeichen formte. Wahrscheinlich konnte man ihr ansehen, daß das Bewerbungsgespräch von Erfolg gekrönt worden war.

Seine Großmutter bat sie, noch auf einen Kaffee zu bleiben. Ein Dienstmädchen servierte Marmorkuchen dazu und zog sich dann still zurück.

Vor Aufregung mußte Nathalie sich zwingen, die Tasse ruhig zu halten. Ihr Blick versuchte laufend, zu Eileen zu wandern, die ruhig dasaß, die langen Beine übereinander geschlagen. Sie war so schön, wirkte so würdevoll und klug. Und sie war unerreichbar.

Um ein Haar hätte Nathalie bedauernd geseufzt. Eileen konnte nicht mehr länger die Traumfrau für sie sein, nun war sie Professor Kessling und ihre Chefin. Und genau das mußte sie sich verdeutlich, wenn sie ihren neuen Job behalten wollte.

Aber was hatte Eileen – Professor Kessling, korrigierte sie sich sogleich in Gedanken – gefragt? Ob sie schwimmen könne. Also würden sie in einen schottischen See gehen, vermutlich nicht zum Baden, sondern um irgendwelche Lebewesen darin näher zu untersuchen. Doch ob Badelust oder Forscherdrang, wenn man ins Wasser ging, zog man sich passend an. Die Vorstellung, Eileen in Badeanzug oder Bikini zu sehen, löste eine neuerliche Hitzewelle in Nathalie aus.

So etwas hatte sie noch nie vorher erlebt, jedenfalls nicht in dieser Intensität. Natürlich reagierte sie auf Frauen, die sie anziehend fand. Und damals mit Sandra hatte sie geglaubt, alles über die Liebe und das Verliebtsein nun zu wissen. Jetzt, mit dreiundzwanzig, konnte sie über diese Erinnerung nur grinsen. Sie war ganz schön naiv gewesen. Oder war es immer noch? Sich noch vor Jobantritt in die Chefin zu verknallen, zeugte nicht unbedingt von großer Weitsicht.

Vielleicht sollte sie heute abend ausgehen, endlich mal wieder ihre Lieblingskneipe besuchen. Dort ging es immer lustig zu, man konnte zwanglos flirten, sich meist auch nett unterhalten, wenn es nicht zu voll war, und alte Bekannte wiedersehen. Sie hatte einige Freundinnen dort kennengelernt. Keine Affären – dafür war sie einfach nicht der Typ –, sondern nette Frauen, mit denen sie sich gern traf und plauderte. Durch ihr Studium und den Job bei Feldleben hatten diese Treffen allerdings in den letzten Monaten ziemlich selten stattgefunden; Nathalie war abends oft zu müde gewesen, wenn sie den halben oder ganzen Tag draußen war, bei Ausgrabungen geholfen hatte oder lernen mußte.

»Ich wußte, daß es klappt!« Patrick schnippte mit den Fingern. »Meine Oma ist klasse, nicht?«

»Ja, das ist sie wirklich«, gab Nathalie ihm recht. Daß sie so schnell einen neuen Job bekommen würde, hätte sie nicht gedacht.

»Wollen wir noch eine Kleinigkeit essen gehen? Zur Feier des Tages.«

Hatte sie denn Grund zu feiern? Sicher, der Job war toll, aber wie lange würde sie ihn wohl behalten können, wenn

Eileen erst herausfand, wie sehr sie in sie verknallt war? »Keine Lust. Aber Hunger. Laß uns bei Subway anhalten und was mitnehmen, dann hat Tim auch was davon.«

Eine halbe Stunde später saßen sie im Wohnzimmer und erzählten Tim von den Ereignissen der vergangenen Stunden.

»Mensch, Nat, das ist klasse. Ich freu mich riesig für dich.« Tim strahlte sie an. »Damit ist die eine Hürde schon mal genommen. Und das mit deinem Liebesglück wird sich vielleicht auch noch finden.«

»Ach so, die Traumfrau von der Party«, fiel es Patrick nach einem Moment ein.

Nathalie hatte gehofft, daß das Thema nicht mehr auf den Tisch käme. »Nix Liebesglück. Ich will mich erst mal nur auf den Job konzentrieren.«

»Okay, im Hinblick darauf, daß du bald für einige Wochen wegfährst, ist das wohl nicht ganz so günstig. Andererseits wirst du ja nicht monatelang weg sein. Und Schottland ist auch nicht so wahnsinnig weit entfernt«, erklärte Tim.

»Ich sagte doch, da gibt es nichts in der Richtung.«

»Wie, die Verliebtheit schon wieder vorbei?« wunderte Tim sich.

Nathalie seufzte, dann atmete sie tief durch. Was brachte es, den Jungs die Wahrheit zu verschweigen? »Nein – aber hoffnungslos. Die Frau, in die ich mich so verguckt hab, ist Professor Eileen Kessling.«

»Na und? Ich war letztes Jahr auch in meine Dozentin verknallt«, sagte Patrick und biß in sein Sandwich. Für ihn schien das weder etwas Schlimmes noch Ungewöhnliches zu sein.

Tim nickte. »Und ich war am Gymnasium jahrelang in meinen Biologielehrer verliebt.«

»Und es wurde nichts draus. Oder?« hakte Nathalie nach.

»Nee. Der war stockhetero.« Tim seufzte.

Patrick schwieg.

»Patrick?« fragte Nathalie vorsichtig und registrierte die feine Röte auf den glattrasierten Wangen.

»Na ja«, begann Patrick. Es war ihm anzusehen, daß er bereute, so freimütig mit seinem Geständnis gewesen zu sein. »Also eine richtige Beziehung hatten wir nicht, denke ich. Aber so etwas wie eine Affäre.«

»Und was ist so etwas wie eine Affäre?« wollte Nathalie wissen.

Patrick zuckte leicht mit einer Schulter. »Ich hab mit ihr geschlafen. Aber nur dreimal insgesamt. Dann hat sie es beendet; sie war ja verheiratet, wollte wohl nur kurz den Kick mit einem jüngeren Mann.«

»O Patrick, das tut mir leid. Warum hast du damals denn nichts gesagt?« fragte Tim.

»So groß war mein Liebeskummer eigentlich gar nicht. Ich fand sie heiß, und als wir dann miteinander Sex hatten, war das schon toll. He, schaut nicht so, ihr könnt das nicht verstehen, aber für mich, der gerade mal eine Beziehung mit einem gleichaltrigen Mädchen hinter sich hatte, war es der Hammer, daß sich eine so tolle Frau, die noch dazu erfahren war, für mich interessierte.«

»Männerträume«, murmelte Nathalie. »Hetero-Männerträume«, korrigierte sie, als sie Tims Blick auffing. Der kicherte daraufhin.

Patrick zog die Augenbrauen zusammen. »Ihr tut ja gerade so, als seien eure Fantasien alle ganz harmlos und langweilig.«

Harmlose Fantasien? Na, kam wohl auf die Definition an, aber langweilig ganz sicher nicht. Bei dem Gedanken, was sie am Abend nach der Party getan hatte, spürte Nathalie einen Anflug von Hitze. »Okay, Punkt für dich. Was geschah weiter?«

»Nichts. Wie gesagt, sie hatte Schluß gemacht, auch wenn wir ja im Grunde nie eine Beziehung hatten. Aber irgendwie wußte ich auch schon vorher, daß das nie was Ernstes werden würde. Und so richtig Liebe war es von meiner Seite auch nicht. Verliebtheit, ja. Aber die verging rasch.«

Typisch Mann, dachte Nathalie, doch das sagte sie nicht laut. Vielleicht war das auch nur ein Vorurteil. Aber wie auch immer, ihr konnte es egal sein – zumal sie ganz andere Sorgen hatte. »Aber was, wenn Eileen merkt, was ich für sie empfinde?«

»Na und?« meinte Patrick. »Vielleicht bist du ja sogar ihr Typ, und alles geht ganz easy. Wer sollte sich denn daran stören? Ihr tut doch nichts Verbotenes.«

»Das meine ich nicht.« Die Paarung Chef/Angestellte war ja nun wirklich nicht selten, das passierte immer mal wieder, bei Frauen untereinander ebenso wie bei Männern und Frauen. Und wahrscheinlich auch bei zwei Männern. »Ich weiß zum einen nicht mal sicher, ob Eileen wirklich lesbisch ist, und zum anderen noch weit weniger sicher, ob sie überhaupt Interesse an mir hat. Und den Job brauche ich, ich kann mir echt nicht leisten, meine Fühler auszustrecken und es mir somit zu verderben.«

»Warte doch erst mal ab«, schlug Tim vor. »Es geht doch erst in zwei Wochen los, warum machst du dich also jetzt schon verrückt?«

Da war was dran, das mußte sie zugeben. Doch ihre aufgewühlten Sinne wollten sich nicht so leicht beruhigen lassen.

Eileen spukte ihr im Kopf herum; wenn sie abends zu Bett ging ebenso wie beim Aufwachen. Immer wieder schob sich das Bild ihres schönen Gesichts mit den faszinierenden grünen Augen in Nathalies Bewußtsein.

Eine Woche nach dem Vorstellungsgespräch mailte Eileen ihr eine Liste mit den Sachen, die sie einpacken sollte, sowie den Entwurf des Arbeitsvertrages. Nathalie war mit allem einverstanden, erledigte den Papierkram und ging mit Tim auf Shoppingtour, um für die Reise einzukaufen. Sehr viel war es zwar nicht, aber mit Tim einkaufen zu gehen, war lustiger als allein.

Da nun die Semesterferien begonnen hatten, fuhr sie einige Tage zu ihren Eltern und besuchte auch ihre Großmutter, um sich mit selbstgebackenem Kuchen und Kaffee verwöhnen zu lassen. Es folgte die übliche Tirade der »Kind, sei bloß vorsichtig«-Sprüche, erst von ihrer Mutter, später von ihrer Oma. Nathalie kannte das bereits, so war es immer, wenn sie erzählte, daß sie verreisen würde. Ein bißchen übertrieben fand sie das schon – schließlich war Schottland doch nicht der afrikanische Busch voller Raubtiere, gefährlichen Krankheiten und was immer auch dort lauern mochte.

Sie konnte fließend Englisch, würde in einem Hotel oder einer Pension wohnen, und sollte wirklich etwas passieren, war es sicher kein Problem, Hilfe zu bekommen.

»Iß nur ordentlich, Kind«, sagte ihre Oma und legte ihr das zweite große Stück Schwarzwälder Kirsch auf den Teller. »In Schottland wirst du so etwas nicht bekommen. Ich hab gehört, die Schotten essen nur Hafergrütze und Schafsmägen.«

»Haggis heißt das. Und ja, es besteht aus Schafsmagen, der mit anderen Innereien vom Schaf gefüllt wird.« Sie unterdrückte ihren Ekel, schließlich hatte sie das noch nie probiert, da war es falsch, darüber zu urteilen. Und es gab wohl genügend Leute, die dieses Gericht mochten. Außerdem waren die Schotten ja nicht die einzigen mit seltsamen Speisen; in der Pfalz zählte der Saumagen zu den Spezialitäten. Trotzdem konnte man dort auch alles andere zum Sattessen finden. »Aber die schottische Küche bietet noch weit mehr. Garantiert.« Sie würde schon nicht verhungern, auch wenn Oma genau das zu befürchten schien.

Ausgestattet mit einer großen Dose Keksen, zwei Tüten Gummibärchen, einem großzügigen Taschengeld und so vielen Weisheiten, daß ihr die Ohren klingelten, fuhr Nathalie zurück. Darüber hinaus hatte Oma ihr warme Unterhosen gekauft und darauf bestanden, daß Nathalie diese mitnahm und natürlich auch anzog – war Schottland doch für kalte Nächte bekannt.

Kalte Nächte – es war Sommer, fast schon Hochsommer. Und sie hoffte auf heiße, sehr heiße Nächte mit Eileen. Solche Liebestöter würde sie da garantiert nicht anziehen.

Eileen hatte Gepäck dabei, als beabsichtigte sie, mindestens sechs Wochen in Schottland zu bleiben. Doch Nathalie gab keinen Kommentar dazu ab. Vermutlich steckte in einem Großteil der Koffer die Ausrüstung, die sie für ihre Arbeit brauchte.

»Aufgeregt?« erkundigte Eileen sich, als sie am Flugschalter standen und darauf warteten, in die Maschine zu können.

»Ein bißchen«, gab Nathalie zu. Doch nicht der bevorstehende Flug war es, der für ihr Herzklopfen und die feuchten Handflächen verantwortlich zeichnete. Schon nur auf der Fahrt zum Flughafen hatte sie mit ihren wild wirbelnden Gefühlen zu kämpfen gehabt. Laufend waren ihr nicht jugendfreie Bilder durch den Kopf geschossen, und sie hatte sich zwingen müssen, die schöne Professorin nicht die ganze Zeit anzustarren. Auch so wagte sie es kaum, Eileen in die Augen zu sehen, aus Furcht, sie würde ihr das Begehren ansahen.

Eileen lächelte ihr zu. »Kein Grund für Ängste, oben geblieben ist noch keiner.«

Wenn es doch nur das wäre! Aber besser, sie ließ ihre Vorgesetzte in dem Glauben. »Ja, das fürchte ich auch.«

»Nur keine Sorge. Die werden uns schon sicher hinbringen.«

Der Aufruf, daß sie nun an Bord konnten, ersparte Nathalie eine Antwort.

Eileen hatte bei der Buchung nicht gespart; sie hatten Plätze in der Business Class. Trotzdem saßen sie eng genug beieinander, daß Nathalie Eileen leicht hätte berühren können, wenn sie nur den Arm ausgestreckt hätte. Nicht gerade dazu angedacht, ihre Nervosität zu mildern.

Der Flieger hob ab, und eine Stewardeß kam, fragte, was sie trinken wollten. Nathalie beobachtete Eileen, die der Frau in dem adretten dunkelblauen Kostüm hinterhersah. Stewardessen hatten auch auf sie selbst eine große Anziehungskraft. Jedenfalls normalerweise. Denn obwohl die junge Frau wirklich hübsch aussah und eine Traumfigur hatte, ließ sie Nathalie doch kalt.

Eileen aber hatte geschaut, und Nathalie glaubte zu wissen, daß das kein normaler Blick gewesen war. Also fand Eileen die Frau anziehend. Und somit wohl Frauen im Allgemeinen. Allerdings hatte Nathalie das bereits bei ihrem ersten viel zu kurzen Kennenlernen vermutet.

Ob sie das Gespräch ganz unverfänglich auf familiäre Bindungen bringen sollte? Vielleicht erfuhr sie dann mehr über Eileen. Aber was sollte sie ihr erzählen? Daß sie vergangene Woche ihre Familie besucht und es genossen hatte, sich von Oma verwöhnen zu lassen? Zwei jüngere Brüder hatte, die langsam von Nervensägen zu Menschen wurden? Das interessierte Eileen doch sicherlich alles nicht.

Die Professorin hatte sich etwas zu lesen mitgenommen. Nathalie schielte zu ihr hinüber, konnte aber nur eine Dinosaurierzeichnung auf der einen Seite erkennen. Fast hätte sie gegrinst. Da las die kluge Frau Professor also statt Fachliteratur einen Comic oder einen bebilderten Fantasyroman.

Die Stewardeß kam zurück, servierte ihnen Tomatensaft. Eileen bedankte sich nur knapp und vertiefte sich wieder in ihre Lektüre.

Nathalie schaute aus dem Fenster. Viel gab es nicht zu sehen, doch der Anblick der weißen Wolken hatte etwas Beruhigendes an sich. Sie ließ ihre Gedanken wandern, träumte sich über diese Wolken hinweg in andere Welten.

Bald schon landeten sie auf dem Flughafen von Inverness. Eileen übernahm es, ein Taxi zu ordern, und kümmerte sich darum, daß ihnen das Gepäck direkt in die Lodge geliefert wurde.

Die Fahrt mit dem Taxi dauerte über eine halbe Stunde. Dann hielt der Wagen vor einem bezaubernden alten Landhaus, das groß genug war, daß man hier selbst eine Königin samt Gefolge hätte beherbergen können.

Nathalie strahlte, als sie neben Eileen die Pension betrat. Das sah weitaus besser aus als die einfachen Zelte, in denen sie bisher meist geschlafen hatten, wenn sie Feldleben begleitet hatte.

Eine ältere Frau begrüßte sie freundlich in stark schottisch gefärbtem Englisch, gab ihnen die Schlüssel und rief einen jungen Mann herbei, der ihnen mit dem Gepäck half. Ihre Zimmer lagen direkt nebeneinander. Das würde nicht gerade dazu beitragen, entspannt einzuschlafen. Wenn sie sich vorstellte, daß ihre Traumfrau keine fünf Meter von ihr entfernt, nur durch eine dünne Wand getrennt, im Bett lag, vermutlich nur mit einem Shirt bekleidet . . .

Nachdem die Koffer alle oben waren, bat Eileen Nathalie zu sich. »Gefällt es Ihnen?«

»Ja, sicher.« Nathalie bemühte sich, Eileen nicht zu sehr anzusehen. Sie trug hellblaue Jeans, in denen ihre Beine endlos erschienen, und dazu ein rotes Hemd. Die Ärmel waren aufgekrempelt, so daß ihre schlanken, zart gebräunten Arme hervorschauten. Wenn sie die doch um Nathalies Körper legen und sie mit diesen langfingrigen Händen verwöhnen würde . . . Nathalie schluckte, doch ihre Kehle blieb trocken.

»Fein. Ich werde morgen einen Wagen mieten, so kann ich meine Ausrüstung leichter transportieren. Sie haben sicher einen Führerschein, oder Nathalie? Ich darf doch Nathalie sagen?«

»Ja. Und ja«, beantwortete Nathalie die doppelte Frage.

»Wunderbar.« Eileens Lächeln ging Nathalie durch den

ganzen Körper, als sei es ein Licht, das sie durch und durch wärmte. Ein herrliches Gefühl, das sie wünschen ließ, Eileen lächelte sie noch viel länger an. »Dann richten Sie sich mal in Ruhe ein. Da ich das auch vorhabe, brauche ich Sie heute nicht mehr.«

Nathalie ging in ihr Zimmer und packte ihren Koffer aus. Der Raum war hübsch eingerichtet mit einem gemütlich aussehendem recht breiten Bett, auf dem auch zwei Frauen Platz gehabt hätten, wie sie mit einem Seufzen feststellte. Außerdem gab es einen Schrank, ein Nachttischchen und einen anderen Tisch mit drei Stühlen. Alles aus hellem Holz und ein bißchen im rustikalen Stil. Richtig wohnlich, nicht so steril und kalt wie so manches Hotelzimmer.

Internetanschluß war vorhanden, so daß Nathalie ihren Laptop aufklappte und »Bin gut angekommen«-Mails an ihre Eltern und Tim schickte. Das war weit preiswerter als zu telefonieren. Und sie mußte sich nicht noch mehr »Sei dabei vorsichtig und dort, mein Kind«-Sprüche anhören sowie neugierige Nachfragen ihr Liebesleben betreffend.

Gerade als sie es sich mit einem Buch gemütlich machen wollte, klopfte es an der Tür. »Ja?«

Eileen streckte ihren Kopf hindurch. »Ich wollte ins Dorf gehen, haben Sie Lust, mich zu begleiten?«

Mit einem Satz sprang Nathalie auf. »Sicher!« O je, das war viel zu schnell herausgekommen und klang so, als lauere sie gerade darauf, Eileen an den Hacken zu kleben.

Eileen hob beschwichtigend die Hände. »Es war nur als Angebot gemeint. Sie müssen wirklich nicht mit, wenn Sie keine Lust haben.«

»Ich möchte aber gern. Habe selbst auch schon überlegt, einen Spaziergang ins Dorf zu machen«, fügte sie hinzu. Hoffentlich klang das überzeugend genug.

»Schön, dann gehen wir. Sind Sie direkt bereit, oder soll ich noch etwas warten?«

»Ich bin startklar.« Nathalie atmete auf. Gut, das hatte ja

funktioniert. Aber sie mußte sich unbedingt besser unter Kontrolle halten. Nicht, daß Eileen was merkte.

Doch zumindest für den Moment schien diese Gefahr gebannt. Eileen war nicht zum ersten Mal in Drumnadrochit, sie kannte sich gut aus und erklärte Nathalie auf dem Weg ins Dorf, wo es ein gutes Restaurant und einen netten Pub gab sowie die Einkaufsmöglichkeiten.

Nathalie kaufte einige Postkarten mit Motiven von Loch Ness. Eine davon war eine Fotomontage von Nessie, dem legendären Seemonster. Die würde sie ihren Brüdern schicken, waren beide doch große Fans von Horror- und Monsterfilmen.

Loch Ness und allen voran Nessie bildete das beherrschende Thema im Dorf. Man konnte Bootstouren buchen, bei denen man vielleicht das Monster zu Gesicht bekam, rund um den See reiten, Sekundärliteratur erwerben und alles mögliche an Merchandise-Artikeln vom Kugelschreiber über Postkarten bis hin zu Kaffeebechern und Stofftieren.

Sie kehrten in einem kleinen Pub ein, der warme Gerichte anbot. Haggis stand zwar mit auf der Speisekarte, aber daneben gab es noch eine kleine, aber feine Auswahl. Nathalie bestellte sich Salat mit Roastbeef, Eileen entschied sich für gebratenen Fisch.

»Auch ein Ale?« fragte Eileen.

Nathalie machte sich nicht viel aus Bier, es schmeckte ihr zu bitter. Aber schottisches Ale gehörte wohl dazu, wenn man in Schottland war, also wollte sie es wenigstens mal probieren. »Gern.«

Eileen gab die Bestellung auf. Nathalie nutzte die Gelegenheit, sich etwas umzusehen. Der Pub war gut besucht, aber nicht überfüllt. Eine Dartscheibe hing links von ihnen in der Ecke und wurde von mehreren jungen Leuten genutzt. Als eine hübsche Rothaarige das Bulls Eye traf, brach lauter Jubel aus, und ein spitzbübisch aussehender Mann tätschelte ihr den Hintern, als sei sie ein Pferd, das gerade ein besonders hohes Hindernis übersprungen hatte. »Das ist mein Mädchen!« rief er. Gläser klirrten, als sie auf den Sieg anstießen. Zwei der anderen Burschen schnappten die Rothaarige und ließen sie hochleben.

An einem anderen Tisch saß eine kleine Gruppe Männer und spielte Karten. Zu Nathalies Enttäuschung sahen sie nicht anders aus als deutsche Kartenspieler; keiner von ihnen trug einen Kilt, auch ließ sich nirgendwo ein Dudelsack entdecken. Aber vermutlich konnte man das in einem Pub auch nicht erwarten; hier kamen die Menschen her, um ein gemütliches Abendessen einzunehmen, mit guten Bekannten etwas zu trinken und sich die Zeit mit Darts und Kartenspielen zu vertreiben.

Die Getränke wurden serviert. Der Kellner hatte ein wettergegerbtes Gesicht und dunkelrotes Haar. Er lächelte Nathalie zu und bot ihr an, ihr etwas weniger Hartes zu bringen, wenn das Ale ihr zu stark sei.

Sie bedankte sich höflich, nahm sich aber vor, in keinem Fall ein anderes Getränk zu ordern. Vorsichtig probierte sie und befand das Ale für durchaus trinkbar. Es war von weit dunklerer Farbe als das Bier, das sie kannte, aber milder im Geschmack und ein bißchen an Malzbonbons erinnernd. Es erzeugte ein warmes Gefühl in ihrem Bauch und half ihr, sich zu entspannen.

»Und, gefällt es Ihnen in Drumnadrochit?« erkundigte sich Eileen.

»Was ich bisher davon gesehen habe, sagt mir sehr zu.« Es war wirklich ein hübsches kleines Dorf, mit rundherum herrlich grünen Wäldern und frischer klarer Luft. Genau so, wie sie es sich erhofft hatte. Wenn Eileen ihre Zeit nicht zu sehr beanspruchte, würde sie die Gelegenheit für Ausflüge nutzen. Nicht, um auf Nessie-Jagd zu gehen – daran glaubte Nathalie nun wirklich nicht und hielt das angebliche Ungeheuer für einen reinen Touristenmagneten. Aber in die Highlands hatte sie immer schon mal gewollt.

»Ich liebe dieses Land. Kann gar nicht zählen, wie oft ich schon hier war.«

»Da haben Sie wirklich Glück, wenn Sie das Berufliche damit verbinden können.« Nathalie fiel ein, daß sie Eileen gar nicht gefragt hatte, für wen sie arbeitete. Wahrscheinlich für irgendein Forschungszentrum oder einen privaten Geldgeber, der ihr die Spesen bezahlte. Aber das konnte ihr ja egal sein, Eileen war ihre Vorgesetzte, von ihr würde sie ihren Lohn bekommen.

»O ja.« Eileens Blick glitt in die Ferne. Ihr schlanker Zeigefinger fuhr über den Rand ihres schon leer getrunkenen Bierglases. »Ich liebe meine Arbeit. Genau das wollte ich schon als Teenager werden. Mein Vater hat mir zum zwölften Geburtstag ein Mikroskop geschenkt, und von Mama gab es ein Set Urzeitkrebseier.«

Sie lachte, und Nathalie stimmte in das Lachen mit ein. Diese Wesen oder als was auch immer man sie bezeichnen mochte, hatten ihre Brüder auch gehabt. Nathalie hatte sie unglaublich langweilig gefunden. Die Krebse waren winzig klein, mit dem bloßen Auge kaum sichtbar, zumal sie nahezu durchsichtige Körper hatten. Auch die, die dann größer wurden und etwas besser erkennbar waren, hatten nicht ihr Interesse wecken können.

Eileen winkte dem Kellner und bestellte noch zwei Bier. Nathalie wollte protestieren, schwieg dann aber doch. Zwei Bier würden sie schon nicht zum Lallen und Torkeln bringen. Und das zweite Glas schmeckte ihr noch weitaus besser als das erste.

»Erzählen Sie doch bitte ein bißchen. Warum studieren Sie Archäologie?«

Eileens Frage verstärkte das warme Gefühl in Nathalies Magen. Ihre Traumfrau interessierte sich für sie! Wie schön. Nur mit Mühe unterdrückte sie das selige Lächeln, das sich auf ihr Gesicht schleichen wollte. Die Frage war leicht zu beantworten. Schon immer hatten antike Kulturen Nathalie fasziniert. Und die Aussicht, einmal selbst an einer bedeutenden Ausgrabung teilzunehmen, ließ sie mit Feuereifer aufs Studium hinarbeiten. Wie ein Schwamm sog sie alles zu ihrem Lieblingsthema auf.

»Ja, genau diese Faszination spüre ich auch bei meiner Arbeit«, sagte Eileen, nachdem Nathalie geendet hatte.

Ihr Blick schien Nathalie übers Gesicht zu streicheln. War das Absicht? Um ihre Hände, die sich nervös verkrampfen wollten, zu beschäftigen, griff Nathalie nach dem Bierglas und nahm einen weiteren großen Schluck. Vielleicht sollte ich mich damit besser zurückhalten, schoß es ihr durch den Kopf. Oder kamen dieses warme Gefühl und die Leichtigkeit einzig durch Eileens Gegenwart?

Der Kellner servierte ihnen die bestellten Gerichte. Nathalie hatte schon ganz vergessen, was Eileen geordert hatte. Der Salat sah gut aus, sie probierte eine Gabel voll, doch wirklichen Hunger hatte sie nicht. Ein kleines bißchen Verstand drängte sich nach vorn und flüsterte ihr ein, daß sie besser daran täte, etwas zu essen, als nur Bier zu trinken, das weit stärker als jenes war, das sie in Deutschland gekostet hatte.

»Wie ist das denn mit Patrick, vermißt er Sie sehr?«

Nathalie schaute von ihrem Teller auf. »Patrick?« Wie kam Eileen denn jetzt ausgerechnet auf den?

»Na ja, er ist doch Ihr Freund. Oder nicht?«

»Ach so.« Nathalie grinste. »Nee. Jedenfalls nicht Freund im Sinne von Bettpartner.« Ups! Hatte sie das gerade wirklich gesagt? »Wir leben nur zusammen in einer WG und verstehen uns ganz gut. Freunde sind wir also schon. Aber eben kein Liebespaar.« Genügte das, oder sollte sie anfügen, daß ihre Traumfrau grüne Augen und kastanienbraunes Haar hatte? Oh, oh, das verdammte Bier. Sie mußte ihre Zunge wirklich hüten.

Eileen nickte. Wieder hing ihr Blick an Nathalies Lippen. Langsam hob Nathalie ihr Glas, trank einen Schluck und leckte sich den Schaum von der Oberlippe. Zufrieden registrierte sie die Schluckbewegung an Eileens Hals.

»Also hast du niemanden?«

Nathalie nickte. Irgendwo in den Ale-verklärten Tiefen ihres Hirns begriff sie, daß Eileen sie gerade geduzt hatte. Doch da die andere Frau sich ein wenig vorbeugte, konnte sie überhaupt nicht mehr denken. »Niemand«, flüsterte sie. »Und bei dir?« Die Worte kamen wie von selbst heraus, doch ihr Herz klopfte heftig.

Für einen winzigen Moment umschatteten sich Eileens Augen. Dann schüttelte sie den Kopf. Ihr Oberkörper neigte sich etwas mehr in Nathalies Richtung. »Auch niemand.«

Nathalie ertrank förmlich in dem grünen Blick. Eine solch starke Anziehungskraft hatte sie noch nie gespürt. Sie mußte sich daran erinnern, daß sie in einem Pub saßen. Zwar in einer Nische und allein am Tisch, aber es war noch mindestens ein Dutzend weiterer Personen im Raum. Nicht gerade geeignet, um sich auf die Schönheit ihr gegenüber zu stürzen.

Doch sie mußten ja nicht hierbleiben. Aber was sollte sie sagen? Ein *Laß uns bitte gehen, ich bin so scharf auf dich, daß ich es kaum mehr aushalte* wäre vielleicht eine Spur zu deutlich.

Eileen beugte sich noch weiter über den Tisch. Sie hob ihre rechte Hand und strich damit über Nathalies Lippen.

Die zarte Berührung ließ Nathalies Knie weich werden. Sie schloß die Augen, wünschte sehnlich, mit Eileen allein zu sein. Sie küssen zu können, ihren Mund zu schmecken, ihre Haut zu streicheln, ihren Körper zu erkunden. In ihrer Fantasie hatte sie das bereits unzählige Male getan.

Eileens Zeigefinger fuhr die Kontur ihres Mundes nach. Nathalie spürte die weiche Kuppe, berührte sie mit der Zungenspitze. In ihrem Schoß gab es ein Echo dieser Aktion. Ein süßes, vor Sehnsucht fast schmerzhaftes Ziehen setzte ein, und sie spürte, wie sich Nässe zwischen ihren Beinen sammelte.

»Wollen wir gehen?« fragte Eileen rauh.

Nathalie konnte nur nicken. Ihr Mund war vor Verlangen ganz trocken. Kurz fiel ihr Blick auf die kaum angerührten Speisen, aber die leer getrunkenen Biergläser. War sie beschwipst? Ja, ganz sicher, denn als sie aufstand, mußte sie sich am Tisch abstützen. Oder lag das nur an der Wirkung, die Eileen auf die ausübte? Egal. Sie wollte nur diese Frau spüren, sie berühren, von ihr berührt werden. Alles nehmen, was sie zu geben hatte, und ihr mindestens genau so viel zurückgeben.

Eileen winkte den Kellner heran, drückte ihm einige Scheine in die Hand.

Die Abendluft war kühl und wunderbar erfrischend. Tief sog Nathalie sie ein, fühlte, wie ihr Kopf sich klärte. Wieder wollte ihr Verstand sich vordrängen, flüsterte ihr ein, was sie gerade im Begriff war zu tun. Es war falsch, so falsch. Eileen war ihre Vorgesetzte, jetzt mit ihr zu schlafen, würde nicht vorhersagbare Auswirkungen haben. Aber wer wollte schon ein vorhersagbares Leben?

Fast hätte sie über ihre Gedankengänge gelacht. Doch jetzt wollte sie nicht mehr denken. Nur noch fühlen. Sie tastete nach Eileens Hand.

Die Professorin lächelte ihr von der Seite her zu und drückte ihre Finger. Es war schon fast dunkel, Straßenlaternen erhellten die ruhige Gegend. Ein Mann mit einem zotteligen Hund schritt zügig an ihnen vorbei, nahm keine Notiz von den zwei Frauen, die sich begehrliche Blicke zuwarfen.

Auf der einsamen Straße blieb Eileen stehen und zog Nathalie an sich. Die schmiegte sich sogleich an den Körper der Größeren. Ihre Hände strichen durch das schulterlange Haar, das sich genauso weich anfühlte, wie sie es sich vorgestellt hatte.

Eileen senkte den Kopf, legte ihre Lippen auf Nathalies. So weich, so süß. Nathalie spürte, wie die Zunge der anderen in ihren Mund glitt, begrüßte sie, hieß sie willkommen.

Nathalie glaubte, vor Seligkeit zu schweben. Sie küßte ihre

Traumfrau auf einer einsamen Straße eines schottischen Dorfes im Sommerabend. Wow – das Leben war einfach toll!

Eileens Hand glitt zwischen sie, streichelte die nur von einer dünnen Bluse bedeckten Brüste und fand die schon lange verhärteten Warzen.

Ein Stöhnen entkam Nathalies Lippen. Sie warf den Kopf in den Nacken, gab sich der Liebkosung hin.

Doch Eileen hörte plötzlich auf. »Wir sollten vielleicht besser damit warten, bis wir in der Pension sind.« Die Worte kamen gepreßt, und ihr Atem ging schneller.

»Ja«, hauchte Nathalie, die nicht das geringste dagegen gehabt hätte, wenn Eileen sie hier und jetzt am Straßenrand verführt hätte. Aber es war wohl wirklich besser, in eine intimere Umgebung zu gehen; wie tolerant man in Drumnadrochit mit zwei Frauen umging, die ihrer Lust freien Lauf ließen, wollte sie lieber nicht testen.

Sie liefen mit raschen Schritten, einander an den Händen haltend. Eileen ließ sie auch dann nicht los, als das große Haus in Sicht kam. Zusammen liefen sie durch das Foyer. Die Rezeptionistin schaute nur kurz auf, nahm nicht weiter Notiz von ihnen.

Sie bemühten sich, nicht zu sehr zu rennen, als sie die Treppe nach oben erreichten. Ohne ein Wort zog Eileen Nathalie mit sich in ihr Zimmer, schloß in Windeseile die Tür ab und kehrte zu ihr zurück.

Wieder küßten sie sich, nun voller wilder Leidenschaft. Eileens Hände griffen in Nathalies Haar, lösten den Zopf. Dann war ihre Bluse dran. Mit eiligen Bewegungen streifte Eileen sie ihr ab.

Wie üblich trug Nathalie keinen BH. Eileen schnappte leise nach Luft. Ihre Finger strichen über die keck aufgerichteten Spitzen, umkreisten sie und sandten wunderbare Schauer durch Nathalies Leib. Sie glaubte zu zerfließen, als Eileen den Kopf neigte, in die Knie ging und eine der rosigen Spitzen in den Mund nahm, um sanft daran zu saugen.

Das, was sie mit ihrer Zunge tat, fand sein Echo in Nathalies Schoß. Sie drängte sich an Eileen, wollte, daß sie sie weiter berührte, jene Stelle rieb, die so sehnsüchtig nach Aufmerksamkeit verlangte.

»Komm«, flüsterte Eileen und führte sie zu dem Bett, das genauso breit war wie das in Nathalies Zimmer. Sie sanken darauf. Eifrige Finger streiften die noch verbliebene Kleidung ab.

Nathalie schmiegte sich an die Professorin, genoß das Gefühl, die seidige Haut an ihrem nackten Körper zu spüren.

Eileen küßte sie wieder, schob gleichzeitig einen schlanken Schenkel zwischen Nathalies Beine, um ihr Gelegenheit zu geben, sich an ihr zu reiben.

»Du bist so schön, so süß«, hauchte Eileen.

»Bitte«, flehte Nathalie. Sie glaubte, es nicht länger ertragen zu können. Alles in ihr sehnte sich nach Erlösung, und sie spürte, daß sie kurz davor stand, zu explodieren.

Eileens schmale Hand schob sich zwischen ihre Schenkel, fand zielsicher die Perle und rieb sie leicht.

Mehr brauchte es nicht. Der Höhepunkt erfaßte Nathalie mit all seiner Heftigkeit, ließ ihren Unterleib zucken und lief in Wellen über ihren Leib.

Schweratmend lächelte sie zu Eileen hoch. Die schöne Professorin hatte sich über sie gebeugt. Ihre Hand lag noch immer im Delta ihrer Weiblichkeit. Und sie machte weiter, streichelte Nathalie, legte sich so zurecht, daß sie zwischen ihren gespreizten Beinen Platz fand.

Ein klein wenig war Nathalie enttäuscht, denn sie hätte ihrerseits gern Eileen die gleichen Aufmerksamkeiten zuteil werden lassen, was aber in der momentanen Position nicht ging. Doch als Eileen das Spiel ihrer Finger intensivierte, war alles andere vergessen.

Nathalie fühlte, wie ein weiterer Schwall Feuchtigkeit ihre Schamlippen noch geschmeidiger machte und Eileen mit den Fingern mühelos durch die Spalte glitt. Sie bog sich der Hand entgegen.

Eileen senkte ihren Mund erneut auf Nathalies Busen und fing einen der rosaroten Spitzen mit ihren Lippen ein. Gleichzeitig schob sie einen Finger in Nathalies mehr als bereiten Leib.

Die doppelte Reizung verwandelte sie in eine schmelzende Masse. Sie hatte das Gefühl, sich aufzulösen. Das Pulsieren in ihrer Perle nahm zu. Eileen schob einen zweiten Finger in sie, streichelte die empfindlichen Innenwände und fand den Punkt an ihrer vorderen Wand, der Nathalie in ein hilflos zuckendes Etwas verwandelte.

Nach Atem ringend sah sie Eileen an. Die Professorin betrachtete ihre Finger, die von Nathalies Nässe glänzten. Sie steckte sich den Zeigefinger in den Mund. »Hm, köstlich«, schnurrte sie.

Ein neuerlicher Schauer der Erregung durchlief Nathalie bei diesem erotischen Bild. Sie setzte sich auf. »Jetzt bin ich aber dran«, sagte sie und packte Eileen bei den Schultern, um sie aufs Bett zu drücken. Einen Moment lang betrachtete sie die Ältere nur. Den schlanken Leib mit dem flachen Bauch, die vollen Brüste, die schmale Taille und den sanften Schwung der Hüften. Eileens Haut war zart gebräunt, hatte einen sanften Goldton. Ihre Brustwarzen waren von einem an Kirschen erinnernden Rot. Sie war unbeschreiblich schön, für Nathalie die begehrenswerteste Frau, die sie je gesehen hatte.

Fast ehrfürchtig strich Nathalie von der Schulter abwärts hin zu einer der Brüste, umfaßte sie, neckte mit dem Daumen die harte Spitze.

»Oh, ja«, stöhnte Eileen. Es war offensichtlich, daß ihr gefiel, was Nathalie tat.

So ermutigt, wurde Nathalie kühner, beugte sich vor, um Eileen zu küssen, doch verblieb sie nur kurz bei ihrem Mund, küßte sich statt dessen übers Kinn und den Hals hinunter. Unter ihren Lippen spürte sie den Pulsschlag, ein heftiges

Klopfen. Tief sog sie den Duft ein, das süße Aroma von Eileens Parfum und ihrer Haut.

Eileen bewegte sich leicht, ein Versuch, sie aufzufordern, weiterzumachen.

Nathalie lachte leise. So rasch würde sie es nicht beenden. Nicht nachdem Eileen ihre Erlösung so lange hinausgezögert hatte. Langsam küßte sie sich ein Stück weiter nach unten, bedeckte die vollen Brüste mit Küssen, saugte nacheinander die Warzen ein und umspielte sie mit ihrer Zunge.

Sie ließ ihre Fingerspitzen über den Bauch tanzen, kitzelte leicht den Nabel und tauchte die Finger ein in das Nest kastanienbraunen Haares. Eileen hob ihr die Hüften entgegen.

Nathalie ließ ihre Finger durch die Spalte streichen. Wie sie es erwartet hatte, spürte sie Nässe, so reichlich, daß ihre Finger wie von selbst durch die seidigen Schamlippen glitten. Sie tauchte den Zeigefinger tiefer, schob ihn in den Körper der Geliebten.

Eileen warf den Kopf hin und her und stöhnte, als Nathalie begann den Finger rhythmisch rein und raus zu bewegen und dabei ab und zu mit dem Daumen kurz den Kitzler streifte.

Es dauerte nicht lange, bis sich Eileens innere Muskeln um den eindringenden Finger verkrampften. Nathalie preßte den Daumen leicht auf die Perle, um den Höhepunkt zu verlängern.

Der Anblick der Frau in Ekstase fachte auch Nathalies eigene Erregung wieder an. Ihre andere Hand schob sich zwischen ihre Schenkel, doch ehe sie dazu kommen konnte, sich intensiver zu berühren, war Eileen da und umfaßte ihr Handgelenk.

»Aber nicht doch, dafür bin ich doch da«, gurrte sie mit verführerisch tiefer Stimme. Sie legte sich so zurecht, daß sie Nathalie an ihrer intimsten Stelle berühren konnte und gleichzeitig ihr Gesicht nah an dem der Geliebten hatte.

Voller Wonne schloß Nathalie die Augen. Das war viel besser als ihre eigenen Finger. Sensationen liefen durch ihren

Körper, als Eileen gleich zwei Finger in sie schob und sie leicht spreizte. Sie wimmerte vor Lust. Ihr Kitzler fühlte sich prall an und schien ein eigenes kleines Herz zu besitzen, so wie es dort pochte. Sie hob ihre Hüften, um Eileen zu veranlassen, tiefer in sie einzudringen. Es schmatzte leise, als die Professorin ihre Finger zu bewegen begann.

Doch den Kitzler sparte sie dieses Mal aus. Immer wieder stieß sie ihre Finger rhythmisch in Nathalie, wobei ihre Unterarme über die empfindliche Innenseite ihres linken Schenkels strichen.

»Bitte«, stöhnte Nathalie. Als Eileen ihrem Wunsch nicht nachgab, tastete sie selbst mit der Hand nach unten, doch lachend fing die Professorin ihr Handgelenk ein.

»Nicht doch. Du bist viel zu schön in deiner Lust.« Sie bewegte die Finger hin und her, ließ sie auch dann in Nathalie, als sie sich nun – endlich! – ihrer Perle zuwandte. Mit der Fingerbeere tippte sie auf den heißen Knubbel.

Die Explosion erfolgte sofort und in einer Heftigkeit, die Nathalie den Atem raubte. Sie verkrampfte sich um Eileens Finger und stöhnte ihre Erlösung laut heraus. Noch während sie das abebbende Pulsieren genoß, überlegte sie, was sie als nächstes mit der Professorin machen konnte, um ihr eine ebensolche Lust zu bereiten.

Es war taghell, als Nathalie erwachte. Die Sonne schickte ihre Strahlen durchs Fenster bis hin zum Bett und kitzelte Nathalies nackten Fuß. Sie setzte sich auf und stöhnte leise, griff sich an den schmerzenden Schädel. Bilder stürmten auf sie ein. Sie war in diesem Pub gewesen, zusammen mit Eileen. Eileen . . .

Ihr Kopf flog nach links, und einhergehend mit hämmerndem Schmerz sah sie die schlafende Professorin splitterfasernackt neben sich liegen. Ein zufriedenes Lächeln stand auf ihrem Gesicht. Ihre Lippen wirkten ein wenig geschwollen, und die Brustwarzen schienen eine Spur dunkler zu sein.

Also war es doch nicht nur ein schöner Traum gewesen. War das gut oder schlecht? Irgend etwas war da doch gewesen, diese Stimme ihres Verstandes, die ihr immer etwas einzuflüstern versucht hatte, aber ungehört blieb.

Eileen war ihre Vorgesetzte, und sie brauchte diesen Job – ja, genau, das war es. Aber es war ja Eileen gewesen, die sie verführt hatte. Nicht wahr? Beim Versuch, den Abend gedanklich zu rekonstruieren, verstärkte sich das Hämmern in ihrem Kopf. Sie brauchte ein Aspirin. Und eine Dusche. Außerdem was zu trinken oder wenigstens Zahnpasta, um den schalen Geschmack in ihrem Mund loszuwerden.

Leise stand sie auf, schnappte sich ihre am Boden liegende Bluse sowie die Hose und tappte ins Badezimmer. Zuerst verlangte ihre Ale-trächtige Blase nach Erleichterung.

Beim Zähneputzen wagte sie einen Blick in den Spiegel. Augenringe ließen ihre blau-grauen Augen noch farbloser erscheinen. Ihre Gesichtshaut wirkte fahl, das Haar stand ihr so wirr ab, wie sie es sonst nur von Zeichentrickfiguren kannte, die gerade in eine Steckdose gefaßt hatten. Und von der Konsistenz her erinnerte es massiv an Weizenstroh.

Todesmutig klatschte sie sich eiskaltes Wasser ins Gesicht. Es wirkte, ihre Lebensgeister wurden wach, und auch das Denkzentrum nahm seine Tätigkeit wieder auf. Ob letzteres so gut war, konnte sie im Moment nicht beurteilen. Es gab ein paar Dinge, über die sie lieber nicht näher nachgedacht hätte.

Sie hatte mir ihrer Chefin geschlafen. Mehr als einmal, die Nacht war eine Aneinanderreihung wunderbarer Höhepunkte gewesen. Das war nicht mehr zu ändern, und es war ziemlich unwahrscheinlich, daß Eileen die nächtlichen Geschehnisse vergessen hatte. Die Professorin hatte nicht mehr getrunken als sie selbst – und Nathalie erinnerte sich an alles. An jeden Kuß, jede einzelne Berührung. Sie sah an sich herunter und bemerkte, daß allein durch diese Gedanken ihre Brustwarzen schon steif geworden waren. Sie zupfte am Stoff ihrer Bluse herum. Zum Glück war das eine ziemlich weit geschnittene, wenn sie nicht tief Luft holte, fiel vielleicht gar nicht auf, daß sie bereits wieder erregt war.

Und jetzt? So tun, als sei nichts geschehen? Nein, unmöglich. In Nathalies Kopf zuckten immer wieder die Bilder der vergangenen Nacht auf. Das zu ignorieren, brachte sie nicht fertig.

Im Zimmer klapperte etwas. Nathalie zuckte zusammen. Das war es dann wohl mit »sich unbemerkt davonschleichen«.

»Nathalie?«

Sie schluckte und wagte einen Blick in den Spiegel über dem Waschbecken. Dank des kalten Wassers zeigten ihre Wangen eine leichte Rötung. Rasch versuchte sie, mit angefeuchteten Fingern ihre Haare zu bändigen. »Ja. Bin im Bad.«

»Kein Problem, laß dir nur Zeit. Ich order uns erst mal Kaffee aufs Zimmer, ja?«

»O ja, gute Idee!« rief Nathalie durch die geschlossene Tür. Sie wartete im Bad, bis sie hörte, wie der Kaffee gebracht wurde und erneut die Zimmertür ging. In ihrem derangierten Zustand wollte sie dem Pensionspersonal nicht unter die Augen kommen – auch wenn die vermutlich schon weit Schlimmeres gesehen hatten.

Kaffeeduft wehte ihr entgegen. Eileen lächelte ihr zu. Vor ihr auf dem Tisch stand ein Frühstückstablett, bei dem Nathalie das Wasser im Mund zusammenlief und ihr Magen ein verlangendes Knurren von sich gab.

»Ich wußte nicht, was du magst, also hab ich die ganze Auswahl bestellt«, erklärte Eileen. Ihre grünen Augen nahmen einen prüfenden Ausdruck an. »Alles in Ordnung?«

»Ich weiß nicht so genau«, gab Nathalie zu, setzte sich der

Professorin gegenüber und nahm dankend die Tasse entgegen. Sie löffelte großzügig Zucker in den Kaffee.

»Wegen letzter Nacht, meinst du?«

»Jaa.« Nathalie hielt ihren Blick auf das tiefschwarze Gebräu gerichtet. Was würde Eileen jetzt sagen? Und wichtiger noch, was erwartete sie von ihr?

»Es war nicht geplant, aber nun ja, passiert ist passiert. Oder tut es dir leid, daß du mit mir im Bett gelandet bist?«

»Nein, nein, natürlich nicht«, beeilte Nathalie sich ihr zu versichern. Diese Nacht würde sie niemals mehr in ihrem Leben vergessen. Allein der Gedanke an die leidenschaftlichen Zärtlichkeiten, die sie miteinander geteilt hatten, ließ ein leichtes Ziehen in ihrem Schoß entstehen.

»Aber du fürchtest, daß es Konsequenzen für deine Arbeit hätte.«

»Du bist meine Vorgesetzte.« Das war nun mal eine Tatsache.

»Na ja, wenn du es so sehen willst.« Eileen nippte an ihrem Kaffee und strich Butter auf eine Scheibe Toast.

»Werden wir denn nun noch zusammenarbeiten können?« fragte Nathalie vorsichtig. Unwillkürlich umklammerte sie den Kaffeebecher, verbrannte sich dabei fast die Finger.

Eileen sah von ihrem Teller auf. »Warum denn nicht? Die Arbeit ist das eine, der Sex das andere. Und ob es bei einem einmaligen Erlebnis bleibt oder mehr daraus wird, hängt von uns ab.«

Nathalie verschluckte sich an dem Kaffee, den sie gerade im Mund hatte. Hustend reckte sie die Arme hoch. Sie schnappte nach Luft, räusperte sich und nahm dann einen kleineren Schluck vom Kaffee, um das Kratzen aus ihrer Kehle zu vertreiben. »Was?«

»Na ja, wenn du mehr willst . . .« Eileen lächelte ihr über den Tisch hinweg zu. Ihre grünen Augen funkelten wie Smaragde.

Mehr wollen? Was für eine Frage! Aber irgendwie ging das

alles doch viel zu schnell. Hatte Eileen etwa immer dieses Intercitytempo drauf? Oder war es für sie gar normal, so rasch mit einer Frau im Bett zu landen? Der Gedanke behagte Nathalie gar nicht. Für sie selbst funktionierte Sex nicht ohne Liebe und nur in einer Beziehung. Jedenfalls war das bisher so gewesen. Eileen war die erste Frau, mit der sie geschlafen hatte, ohne fest mit ihr zusammenzusein.

»Wir müssen das ja auch nicht jetzt diskutieren«, sagte Eileen und schob ihr den Toast zu. »Du solltest auch was essen. Probier mal die Marmelade, die ist wirklich gut.«

Der heiße, süße Kaffee hatte ihren Kopf geklärt und sogar das Hämmern auf ein sanftes Klopfen reduziert. Und ihr Magen fühlte sich so an, als könnte sie ihm durchaus etwas geben, wenn sie ihm auch kein komplettes schottisches Frühstück zumuten wollte. Aber Toast ginge sicher. Nathalie griff nach dem Brot, dabei streiften ihre Finger Eileens Hand. Sofort schoß ein Blitz durch ihren Körper und ließ sie nach Luft schnappen.

»Wie auch immer du dich entscheidest, es wird keine Auswirkungen auf deinen Job haben. Beruhigt?«

Eileens Worte waren wie Balsam für Nathalie. Neben dem Gefühlschaos war ihr der Job momentan das wichtigste, was sie ordnen wollte. »Ich weiß selbst nicht, was nun ist«, gab sie mit leiser Stimme zu. »Normalerweise bin ich wirklich keine Frau, die gleich am ersten Abend mit ihrer neuen Eroberung in der Kiste landet.«

»Na ja, von erster Abend kann ja eigentlich keine Rede sein, immerhin kennen wir uns doch schon über zwei Wochen.«

Allerdings hatten sie sich in diesen zwei Wochen lediglich zweimal kurz gesehen, wenige Worte miteinander gewechselt und sonst nur Mails ausgetauscht, in denen es aber auch einzig um die bevorstehende Reise ging. Von Flirten und heißen Blicken, die mehr versprachen, konnte also keine Rede sein.

»Aber warum sollen wir uns deshalb jetzt Streß machen?« fuhr Eileen fort und griff nach einer zweiten Toastscheibe. »Wie wäre es, wenn wir einfach abwarten, was sich so entwickelt.«

»Du meinst, wir machen so weiter, als hätte es die Nacht nicht gegeben?«

»Nein, ich meine, daß wir halt schauen, was sich so entwickelt zwischen uns. *Wenn* sich etwas entwickelt. He, wir sind an einem tollen Ort, sitzen in einem hübschen Lodge, es ist Sommer – warum nicht das Leben genießen, statt sich Sorgen zu machen? Mein Kopf fühlt sich jedenfalls nicht so an, als könnte ich ihn im Moment für längere Grübeleien benutzen. Und ich gehe davon aus, daß es dir nicht anders geht. Dieses Ale ist aber auch ein verdammt starkes Zeugs.«

Da hatte sie recht, trotzdem kam Nathalie mit dieser Leichtigkeit nicht ganz klar. Für sie war es eben so viel mehr als nur Sex gewesen.

»Wir können doch sowieso nichts ändern, und ich persönlich habe wirklich keine Lust, jetzt lange darüber zu diskutieren«, meinte Eileen und biß in ihren Toast.

Nathalie war sich nicht sicher, wie sie Eileens Reaktion bewerten sollte. Zum einen fand sie es toll, daß Eileen die veränderte Situation zwischen ihnen so locker hinnahm, das machte es wirklich wunderbar unkompliziert. Aber andererseits hätte sie sich gern mehr Ernsthaftigkeit gewünscht. Sie war in Eileen verliebt, das gestand sie sich ein. Und diese Verliebtheit ging über die bloße körperliche Anziehung hinaus. Nur wie es umgekehrt bei Eileen in dem Punkt aussah, das wußte sie nicht.

Geduscht und in frischer Kleidung fühlte Nathalie sich direkt um Längen besser. Auch ihr Kopf tat nicht mehr weh, die Haare hatte sie ebenfalls gebändigt bekommen und trug sie nun ordentlich zu einem Zopf geflochten.

Eileen hatte sich ebenfalls umgezogen. Sie trug Shorts, die den Blick auf ihre langen gebräunten Beine lenkten, dazu eine locker geknotete Bluse.

»Was ist das denn alles?« fragte Nathalie und deutete auf die große Gerätschaft, die Eileen mit sich herumschleppte. Die Tasche über ihrer Schulter enthielt vermutlich eine Kamera, aber den Rest konnte sie nicht identifizieren. Sah alles ein bißchen wie aus einer Science-Fiction-Serie aus, wenn die Crew sich aufmachte, einen fremden Planeten nach Gesteins- und Wasserproben zu durchforsten.

»Taucherausrüstung, eine Unterwasserkamera, eine Wärmebildkamera, ein Diktiergerät«, ratterte Eileen runter.

»Aha.« Damit konnte Nathalie nicht viel anfangen, bei archäologischen Ausgrabungen brauchte man anderes Gerät. Doch sie würde schon lernen, wie man diese Sachen bediente.

»Vorsicht bitte.« Eileens Blick folgte der Unterwasserkamera, die Nathalie ihr abgenommen hatte.

»Ich paß schon drauf auf«, versprach Nathalie. »Aber wo willst du damit denn hin?«

»Zum Loch Ness natürlich.«

Nathalie nickte und ging langsam die Treppe hinunter. Loch Ness war dank der Nessie-Legende der bekannteste See Schottlands. »Was genau willst du dort denn erforschen?« erkundigte sie sich, während sie Eileen half, die Sachen in den Kofferraum des gemieteten Wagens zu verfrachten.

»Das, was dort lebt, natürlich.«

»Ja, das ist mir schon klar.« Nathalie schob die Taschen zurecht. »He, keine Sorge, ich bin geübt im Verpacken empfindlicher Geräte«, beruhigte sie, als sie Eileens ängstlichen Blick spürte.

»So müßte es gehen«, murmelte die Professorin und schloß selbst die Heckklappe.

»Also, was ist es nun? Fische? Biber? Gibt es die hier überhaupt?« fragte Nathalie, während sie auf dem Beifahrersitz Platz nahm und sich den Gurt umlegte.

»Keine Biber, keine Fische.« Eileen lächelte sie von der Seite her an und startete den Wagen. »Noch nie was vom Ungeheuer von Loch Ness gehört?«

»Ha, ha«, meinte Nathalie und verzog das Gesicht zu einer Grimasse. Sie mochte es gar nicht, wenn man sich über sie lustig machte. »Jetzt sag schon. Oder ist das so geheim, daß ich das nicht wissen darf?« Falls ja – damit konnte sie leben. Auch in der Archäologie gab es Forscher, die sehr heikel mit geplanten Ausgrabungen waren und selbst an Fundorten kein Sterbenswörtchen darüber verrieten, was sie dort vermuteten oder um was es sich bei dem bereits Gefundenen handelte.

»Ich habe das ernstgemeint.«

Nathalies Kopf fuhr herum. Was sollte sie denn von dieser Antwort halten? Eileen nahm sie auf den Arm, ganz sicher. Diese intelligente Frau konnte doch unmöglich hinter einem angeblichen Seemonster her sein, das weitaus besser dazu taugte, Hollywoodfilmen Leben einzuhauchen als wissenschaftliche Entdeckungen zu präsentieren.

»Ich suche nach dem, was umgangssprachlich als Nessie bezeichnet wird. Einem Tier, das im Loch Ness lebt und das Augenzeugen als Seeungeheuer bezeichnen.«

»Unsterbliches Seeungeheuer trifft es wohl besser«, meinte Nathalie und kratzte ihr mageres Wissen über jene Legende zusammen. »Die erste Sichtung war doch angeblich schon vor etlichen Jahrhunderten – so alt wird kein Tier.«

»Kein uns bekanntes Tier«, korrigierte Eileen ruhig, doch

in ihrer Stimme schwang ein belehrender Unterton mit, der Nathalie ganz und gar nicht gefiel. Vielleicht sollte sie besser still sein. »Doch ich glaube an die Existenz dieses Wesens und auch daran, daß es weit mehr zu bieten hat, als wir ahnen.«

»Und deshalb willst du nun nach dem Viech tauchen.«

»*Viech* möchte ich nicht hören.« Die Stimme wurde eine Spur schärfer.

»Okay«, sagte Nathalie. Was sie davon halten sollte, wußte sie nicht. Eben noch war ihr Eileen wie eine vernünftige Wissenschaftlerin vorgekommen, und nun stellte sich heraus, daß sie alle ihre Forschungen auf Nessie richtete.

»Was genau für eine Spezies das Wesen ist, wissen wir natürlich noch nicht. Es ist aber anzunehmen, daß es sich bei ihm um einen Überlebenden aus der Zeit der Dinosaurier handelt. Zumindest weisen die Beschreibungen der Augenzeugen und die Aufnahmen darauf hin.«

»Fotos lassen sich manipulieren«, gab Nathalie zu bedenken. »Gib mir einen PC, der Photoshop drauf hat, und ich zaubere dir ein tolles Bild mit einer Nessie, die dir zuzwinkert.«

»Ja, heutige Fotos. Doch es gibt ältere Bilder von Nessie, die zu einer Zeit entstanden sind, als man von Bildbearbeitung noch keinen blassen Schimmer hatte.«

Von Fälschungen jedoch schon, dachte Nathalie, war aber klug genug, das nicht laut auszusprechen. Einen Ast, der groß genug war und in der Form an eine Seeschlange erinnerte und die richtige Beleuchtung würden da schon ausreichen. Besonders, da zu jenen Zeiten die Fotoqualität eine ganz andere war.

Eileen steuerte den Wagen sicher über die schmale, kurvenreiche Straße. Sie waren nicht die einzigen, die Loch Ness näher in Augenschein nehmen wollten. Gerade als sie parkten, hielt neben ihnen ein Bus und spuckte eine ganze Wagenladung Touristen aus, alle mit Fotoapparaten bewaffnet.

»Da will dir jemand Konkurrenz machen«, konnte Nathalie sich nicht verkneifen zu bemerken.

»Grmpf«, machte Eileen und stieg aus. Sie schulterte ihre Kamera, ließ die Tauchausrüstung allerdings im Wagen, als sie das Boot sah, das auf den Anlegesteg zuhielt. »Diese Idioten verscheuchen es«, grummelte sie.

»Da hängt ein Plan, wann die Bootstouren jeweils sind.« Nathalie deutete auf ein Schild. In Englisch standen darauf die Termine und Preise. Fast jeden Tag fuhr das Boot *Nessie Hunter* zur Zeit über den See.

Eileen warf nur einen kurzen Blick darauf. »Dann kommen wir morgen eben ganz früh zum Tauchen her.«

»Wir?« Sie hatte sich doch hoffentlich verhört. Schwimmen, ja, kein Thema, das war ihr gerade bei Sommerhitze stets eine willkommene Abkühlung. Aber Tauchen gehörte nicht auf die Liste der Dinge, die Nathalie unbedingt erleben wollte.

»Ich tauche, du wartest mit der Kamera am Ufer.«

Das klang schon besser. Aber stundenlang mit dem Fotoapparat auf der Lauer zu liegen, war auch nicht gerade eine verlockende Beschäftigung. Nun ja, immerhin wurde sie dafür bezahlt, also sollte sie sich wohl nicht beschweren. Und wenn das Wetter so schön war wie heute, war ein bißchen faul herumliegen ja auch nicht unbedingt schlecht. Der See bot eine wunderschöne Atmosphäre, wie das Motiv einer Postkarte. Auf seiner glatten Oberfläche spiegelten sich die Highlands und die dicht am Ufer stehenden Bäume.

»Ich erwarte übrigens nicht, daß du meine Faszination für das Wesen verstehst, aber es wäre schön, wenn du meine Meinung dazu respektieren könntest.«

»Kein Problem«, sagte Nathalie sofort. Sie würde sich hüten, ihrer Vorgesetzten zu sagen, was sie wirklich von diesem Quatsch hielt.

»Gut, dann hätten wir das ja geklärt.« Eileen begann ihre Ausrüstung aufzubauen. Nathalie half ihr bei dem Fernrohr.

Das Teil war wirklich toll, wie sie zugeben mußte. Man konnte jedes noch so kleine entfernte Detail heranzoomen.

Während Eileen die Kamera einsatzbereit machte, schaute Nathalie durch das Fernglas. Sie richtete es auf das gegenüberliegende Ufer und beobachtete eine Entenfamilie, die im Schilf umherschwamm. Aus dem Reiseführer, den sie sich gestern abend im Dorf gekauft hatte, wußte sie, daß Loch Ness neununddreißig Kilometer lang und anderthalb Kilometer breit war und damit nach Loch Lomond flächenmäßig der zweitgrößte See Schottlands war. Durch sein großes Volumen stellte Loch Ness das größte Süßwasserreservoir Großbritanniens dar. Ursprünglich war Loch Ness vermutlich eine Meeresbucht gewesen, gegen Ende der Eiszeit vor zwölftausend Jahren. Der Zugang zum Meer wurde jedoch abgeschnitten, als sich das vom Gletschereis befreite Land bei Inverness hob.

»Und nun?« fragte Nathalie, als mindestens eine halbe Stunde vergangen war. Eileen saß auf einem Klappstuhl hinter der Kamera. Nathalie hatte sich einfach auf das sonnenwarme Gras gesetzt, die Schuhe ausgezogen und kämpfte gegen die Müdigkeit an. Viel Schlaf hatte sie letzte Nacht ja wirklich nicht bekommen, dazu nun dieses tatenlose Herumsitzen.

»Wir warten«, sagte Eileen ruhig. »Und wenn du etwas siehst, sag sofort Bescheid.«

»Mache ich«, versprach Nathalie und bemühte sich, ihre Augen offen zu halten und ein Gähnen zu unterdrücken.

Sie döste ein, ganz von selbst fielen ihr die Augen zu. Ein Klicken ließ sie aufschrecken. Es klickte erneut, nun in rascher Folge. Sie sah zu Eileen hinüber, die mit der Kamera den See abfotografierte. Aber zu sehen war nichts, die Wasseroberfläche war absolut glatt.

»Was nimmst du denn auf?« fragte Nathalie, als Eileen eine kurze Pause einlegte und das Stativ zwei Meter weiter rechts erneut aufbaute.

»Den Lebensraum von Nessie. Zwar habe ich bereits viele Fotos vom See, doch so kann ich vergleichen, was sich geändert hat.«

»Ah ja.« Nathalie verkniff sich die Frage, wozu das gut sein sollte. Das ging sie schließlich nichts an.

Eileen knipste noch einige Minuten weiter, dann holte sie aus dem Kofferraum mehrere Plastikbehälter und füllte Wasser hinein. Die Entnahme von Wasserproben klang nach Laborarbeit und somit gleich viel spannender als am Ufer herumsitzen.

Die viele tatenlose Zeit gab Nathalie Gelegenheit zum Nachdenken. Eileen war nun recht kühl zu ihr, vermutlich weil Nathalies allzu lockere Bemerkungen über Nessie sie verärgert oder sogar beleidigt hatten. Mist, verdammter! Hätte sie nicht ihre Klappe halten können? Bei den Archäologen hatte sie das schließlich auch geschafft. Nicht zuletzt aber auch deshalb, weil sie selbst auf einen großen Fund hoffte. Die Erde steckte schließlich voller noch unentdeckter Schätze.

Am Abend – der Tag war wie erwartet mit Herumsitzen am Seeufer verstrichen – rief Eileen Nathalie zu sich. Doch statt Romantik gab es die Wasserproben unterm Mikroskop. Nathalie staunte über die Ausrüstung, allein das Mikroskop war ein Vermögen wert.

»Ist dir die Arbeit damit vertraut?« wollte Eileen wissen.

Nathalie nickte. »Zwar eher mit Gesteins- und Erdproben, aber ich weiß, wie ich was zu bedienen hab.«

»Sehr gut.«

»Und nach was soll ich suchen?«

»Katalogisiere einfach alles, was im Wasser ist.«

Sogleich machte Nathalie sich an die Arbeit. Wie zu erwarten, bot die Wasserprobe ein reiches Spektrum an Inhalt – Spuren von Entenkot fanden sich da genauso wie Pflanzenteile und Mikroorganismen. Artig listete sie alles genau auf.

»Machen wir Schluß für heute«, sagte Eileen schließlich.

Nathalie richtete sich auf und streckte sich, um ihren Rücken wieder gerade zu bekommen. Ein Blick auf die Uhr zeigte ihr, daß sie über zwei Stunden damit zugebracht hatte, das Wasser zu analysieren.

»Wollen wir ins Dorf was essen gehen?«

»Die Pension verfügt doch über ein eigenes Restaurant«, sagte Nathalie. Ihr war nicht wohl bei dem Gedanken, erneut in einen Pub zu gehen und vielleicht wieder dem Ale zu verfallen.

»Mit zwei Gerichten zur Auswahl. Und heute sind es Haggis und Scotch Broth.«

»Scotch Broth?« Nathalie suchte in ihren Gehirnwindungen, aber dafür konnte sie keine Übersetzung finden.

»Graupensuppe«, erklärte Eileen.

Nathalie konnte nicht verhindern, daß sich ihre Oberlippe hochzog und die Nase sich kräuselte.

»Ja, finde ich auch.« Eileen grinste und berührte sie leicht am Ellbogen. »Na komm, schauen wir, ob wir im Dorf was Leckeres finden.«

»Aber kein Ale!« sagte Nathalie rasch.

»Sicher? Mir schien, es hat dir geschmeckt.«

»Hat es«, gab sie zu. Viel zu gut – damit hatte ihr Dilemma ja begonnen. »Aber mir ist ein klarer Kopf sehr wichtig.«

»Damit du im eigenen Bett aufwachst.«

Oh, oh, Vorsicht, ermahnte Nathalie sich selbst. Das Eis wurde dünner. Wenn sie nicht aufpaßte, wiederholten sich die Geschehnisse von gestern abend. Der Gedanke schickte ein Kribbeln durch ihren Körper. Wenn sie ganz ehrlich zu sich selbst war, hätte sie rein gar nichts gegen eine Wiederholung einzuwenden ...

Doch danach sah es – zumindest im Moment – nicht aus. Sie gingen zu Fuß ins Dorf, für die zehn Minuten war es nicht nötig, mit dem Auto zu fahren, zumal die Abendluft wunderbar mild und angenehm war. Nach dem Herumsitzen und dem späteren Stehen am Mikroskop freute Nathalie sich über die Bewegung.

In einem kleinen Restaurant bestellten sie sich gebackenen Fisch mit Gemüse. Eileen trank Wein, Nathalie blieb sicherheitshalber bei Wasser. Die Atmosphäre zwischen ihnen war immer noch leicht gespannt. Zu Nathalies Erleichterung trat in dem Lokal ein Fiedler auf, der mit seiner Musik eine Unterhaltung verhinderte. Gekonnt entlockte er seinem Instrument traditionelle schottische Melodien.

»Gute Nacht«, sagte Eileen, als sie im Flur vor ihren Zimmern standen. Auf dem gesamten Rückweg hatten sie einander nicht berührt. Nathalie hatte es nicht gewagt, und Eileen hatte von sich aus keine Anstalten dazu gemacht, auch wenn Nathalie ein-, zweimal geglaubt hatte, daß die Professorin gern ihre Hand genommen, sie an sich gezogen und geküßt hätte.

Eileen ging in ihr Zimmer. Nathalie starrte auf die geschlossene Tür und hielt die Luft an. Nein, sie würde ihr nicht folgen. Auch wenn sie wußte, daß die Tür offen war, denn sie hatte kein Abschließen gehört. In ihr kribbelte es. Eileens Blicke hatten immer wieder ihren Körper gestreichelt, so intensiv, daß Nathalie es genau spüren konnte.

Aber wenn sie jetzt die Tür öffnete, was würde geschehen? Gut, was in dieser Nacht geschehen würde, war klar, doch wie würde es weitergehen? Morgen, übermorgen, nächste Woche, wenn sie wieder in Deutschland waren?

Nathalie wollte keine Affäre. Die heiße Nacht war ein Ausrutscher gewesen, würde zwar auf ewig als wunderbares Erlebnis in ihren Erinnerungen gespeichert bleiben, doch eine Wiederholung war nicht vorgesehen.

Entschlossen ging sie in ihr Zimmer und stellte sich unter

die Dusche. Lange ließ sie das warme Wasser auf sich herabprasseln, als könnte sie damit alles an Verlangen abwaschen, was sich in ihr aufgestaut hatte.

Ihre Hand glitt über ihre kleinen, festen Brüste. Die Spitzen ragten hart hervor. Kurz strich Nathalie darüber, doch das Echo in ihrem Schoß brachte ihr nicht den erhofften Genuß. So wollte sie ihre Erregung nicht abbauen. Eileen sollte sie berühren, ihre Hand mußte es sein, die sie streichelte, ihre Brüste umfaßte, die Spitzen neckte und sich über den flachen Bauch zu ihrer intimsten Stelle stahl.

Sie stellte das Wasser aus, trat aus der Dusche und wickelte sich in eines der flauschigen großen Handtücher. An Schlaf war nicht zu denken, also nahm sie sich ein Buch und versuchte sich damit abzulenken. Es war ein blutrünstiger Thriller, den sie absichtlich gewählt hatte – bloß nichts mit Liebe, Sex und Romantik lesen.

Doch obwohl der Roman wirklich spannend war, wanderten ihre Gedanken doch immer wieder ins Nebenzimmer. Ob Eileen wohl schon schlief? Oder lag sie ebenfalls wach und dachte daran, was sein könnte? Sehnte sie sich vielleicht sogar danach, daß sie, Nathalie, aufstand und sich zu ihr ins Zimmer schlich?

Nathalie blieb standhaft. Die Zeit kroch langsam voran, die Müdigkeit wollte sich nicht einstellen, auch nicht, als sie irgendwann, lange nach Mitternacht, endlich das Licht löschte und die leichte Decke bis zum Kinn hochzog.

Beim Weckerklingeln war sie im ersten Moment erstaunt, doch noch eingeschlafen zu sein. Aber erholsam war ihre Nachtruhe nicht gewesen. Sie fühlte sich wie gerädert, so schlimm war es nicht mal gestern früh gewesen.

Sie machte sich fertig und klopfte dann an Eileens Tür.

Fast sofort, als hätte sie hinter der Tür auf der Lauer gelegen, öffnete die Professorin ihr. »Prima, daß du bereits munter bist. Hast du schon gefrühstückt?«

Nathalie schüttelte den Kopf. »Noch keinen Hunger.« Es war gerade mal kurz vor fünf Uhr morgens, um diese Uhrzeit lag sie für gewöhnlich noch friedlich schlafend in den Federn. Aber da Eileen so früh los wollte, war ihr nichts anderes übriggeblieben, als den Wecker zu stellen.

»Ich habe Kaffee in einer Thermoskanne dabei. Und eine Packung Butterkekse«, erklärte Eileen. Sie sah großartig aus. Das Haar hatte sie mit kleinen silbernen Klammern zurückgenommen, so daß der elegante Schwung ihrer Wangenknochen betont wurde. Heute trug sie lange, leichte Stoffhosen in Beige und ein Hemd in der gleichen Farbe. Ein bißchen wirkte sie, als wolle sie gleich auf Safari gehen, es fehlte nur noch ein weißer Tropenhut.

Alles in der Pension schlief noch. Unten brannte lediglich ein kleines Notlicht. Die beiden Frauen schlichen auf Zehenspitzen nach draußen und liefen schweigsam zum Parkplatz. Es wurde gerade erst hell. Tief atmete Nathalie die Frische der kühlen Morgenluft ein. Am liebsten wäre sie zu Fuß zum See gelaufen, um nur die Stille der Natur zu genießen. Nichts wäre jetzt schöner, als die Schuhe auszuziehen und das taufechte Gras unter den Füßen zu spüren.

Doch wegen der Ausrüstung mußten sie leider den Wagen nehmen. Die Straße war einsam. Auch am See selbst war niemand, lediglich ganz weit entfernt konnte Nathalie stecknadelkopfgroße Boote erkennen. Keine *Nessie Hunter*, sondern Fischerboote waren es, wie sie aus dem Reiseführer wußte. Loch Ness war ein sehr fischreiches Gewässer. Wahrscheinlich bezogen alle Restaurants in Drumnadrochit und auch die Pension, in der sie wohnten, ihre Aale, Forellen und Lachse daraus.

Eileen streifte sich das Hemd und die Hose ab. Darunter

trug sie einen grauen Neoprenanzug, der sich wie eine zweite Haut um ihren schlanken Körper schmiegte. Ihr Anblick ließ Nathalie schlucken und rief die Erinnerung an ihre Liebesnacht wach.

Nathalie zwang sich, woanders hinzuschauen. Geradezu krampfhaft fixierte sie einen Punkt zwischen zwei mächtigen Eichen. »Soll ich mit der Kamera wieder auf der Lauer liegen?«

»Ja, das wäre gut. Die Unterwasserkamera nehme natürlich ich.« Eileen griff nach dem Gerät und hängte es sich um. Obwohl sie aufgrund der Flossen nur watscheln konnte, hing Nathalies Blick doch an ihrer Rückseite. Fast war sie versucht, Eileen hinterherzulaufen und sie zu fragen, ob sie einen zweiten Taucheranzug habe, damit sie mitkommen konnte.

Verliebter Schwachsinn, schalt sie sich selbst. Sie hatte nicht vor zu tauchen, geschweige denn, nach einem Seeungeheuer zu suchen, an das sie gar nicht glaubte. Und Eileen hatte zumindest heute morgen keinerlei Anstalten gemacht, die darauf hindeuteten, daß sie an einer Beziehung interessiert war. Sicher, ihre Blicke gestern abend waren eindeutig gewesen. Aber vermutlich ging es der Professorin nur um Sex.

Nathalie holte sich den Klappstuhl und setzte sich ans Ufer. Es war ganz still, keine Autos, keine Touristen. Die Fischerboote waren zu weit entfernt, als daß sie ihr Motorengeräusch hätte hören können. Himmlische Ruhe. So in der Natur zu sitzen, war etwas, das Nathalie sehr mochte. Bei den Ausgrabungen, an denen sie bisher teilgenommen hatte, war sie auch oft ganz früh morgens noch vor den anderen aufgestanden. Meist hatten sie in Zelten gewohnt und dabei oft auf jeglichen Komfort verzichten müssen. Nach spätestens einer Woche war die Sehnsucht nach einer Dusche zwar groß, doch Nathalie wollte diese Erfahrungen nicht missen.

Sie seufzte leise. Würde sie jemals wieder an einer Ausgrabung teilnehmen können? Walter Feldleben hatte ihr zwar gesagt, daß er über den Vorfall kein Wort verlieren würde – und das glaubte sie ihm auch, denn er war ein anständiger Mensch –, aber sein Sohn war von anderem Kaliber. Sie traute Bernhard ohne weiteres zu, daß er seine Rache noch weiter treiben und ihr damit ihre Karriere verbauen würde.

Und dann? Archäologin war ihr Traumberuf, sie konnte sich in keiner anderen Tätigkeit vorstellen. Aber von Träumen konnte man keine Miete bezahlen und nicht den Kühlschrank füllen. Sie mußte den Tatsachen ins Auge sehen. Wenn Bernhard seine Kontakte, die er durch seinen berühmten Vater sicher hatte, spielen ließ, war sie in der Welt der Archäologie unten durch.

Frustriert fuhr sie sich durch die Haare. Sie hatte sie nicht geflochten, irgendwie war dazu keine Zeit mehr gewesen, außerdem war es nicht windig, da störte sie die taillenlange Mähne nicht.

Ihr Blick wanderte über den See. Müßte Eileen nicht bald auftauchen? Wie lange war sie schon unter Wasser? Nathalie hatte nicht auf die Zeit geachtet, aber ihrem Gefühl nach war es zu lange.

Ein Kribbeln lief ihr vom Nacken ausgehend den Rücken hinab. Das bedeutete nichts Gutes. Da hinten, was war das? Waren da nicht eben Luftblasen aufgestiegen?

Nathalie lief zum Fernglas und richtete es auf die Stelle. Ja, eindeutig, das waren Luftblasen. Und Enten und Fische machten keine. Jedenfalls glaubte sie das nicht.

Ohne weiter darüber nachzudenken, streifte sie ihre Schuhe ab und lief in den See.

Sie schnappte nach Luft. Das Wasser war im ersten Moment eisig kalt, auch im zweiten blieb es weitaus kühler, als sie erwartet hatte. Entschlossen schwamm sie los, bis hin zu jener Stelle, an der sie die Luftblasen gesehen hatte. Nun stiegen keine mehr auf. War es vielleicht doch woanders gewesen?

Nein, sie war ganz sicher, daß sie richtig war. *Zweimal tief durchatmen*, befahl sie sich. Dann hielt sie die Luft an und tauchte.

Der See war dunkel und tief, sie konnte kaum die Hand vor Augen sehen. Ohne das Gewicht einer Preßluftflasche auf dem Rücken war es schwer, tief zu tauchen. Nathalie mußte all ihre Kraft dazu aufwenden. Doch durch die Finsternis war es unmöglich, sich zu orientieren. So würde sie nur mit Glück etwas erkennen, aber sie wollte sich nicht darauf verlassen, Eileen nur durch Glück zu finden.

Sie schwamm ans Ufer zurück, lief zum Wagen und suchte nach den Ersatzunterwasserlampen. Ah, da waren sie ja. Und sie funktionierten, wie ein rasches Ein- und Ausschalten zeigte.

Die Lampen um die Schulter gehängt, sprintete sie zum See zurück und stürzte sich ins Wasser. Auch wenn sie jetzt auf die Temperatur vorbereitet war, traf es sie doch wieder wie ein Schock.

Sie schwamm zu der Stelle, an der sie eben gewesen war, trat Wasser und schaltete die beiden Lampen ein. Durch den Gurt saßen sie sicher um ihre Schulter und Taille, so daß sie die Hände frei hatte.

Nathalie tauchte, kämpfte sich nach unten. An seinen tiefsten Stellen war Loch Ness weit über zweihundert Meter tief. Sie konnte nur hoffen, daß sie nicht genau an solch einer Stelle war. Ohne Ausrüstung würde sie niemals so weit runterkommen können.

Schon jetzt, wo sie schätzungsweise erst einige Meter zurückgelegt hatte, spürte sie den Druck auf ihren Ohren und in den Stirnhöhlen. Würde sie es durchhalten, noch tiefer zu tauchen? Was für eine Frage! Sie mußte. Die Zähne zusammengebissen, schwamm sie weiter, griff mit einer Hand nach einer der Lampen und leuchtete nach unten. Langsam ließ sie den Lichtkegel wandern. Halt! War da nicht gerade etwas gewesen?

Sie ließ den Lichtstrahl über den Bereich gleiten. Ja, eindeutig, da war etwas. Sofort schwamm sie darauf zu. Im Näherkommen erkannte sie die Umrisse eines menschlichen Körpers. Eileen! Vor Angst krampfte sich ihr Herz zusammen. Die Arme trieben hilflos in Höhe des Kopfes. War sie ohnmächtig? Egal, darum konnte sie sich später kümmern, zuerst war es wichtig, sie an die Luft zu bringen.

Mit beiden Händen faßte Nathalie die Professorin um die Taille, doch es war nicht möglich, die größere Frau von der Stelle zu bewegen. Schrecken und Angst durchzuckten Nathalie, als sie erkannte, daß Eileens rechter Fuß sich in den Schlingpflanzen verfangen hatte.

Nathalie hatte kein Messer bei sich, und zurückzuschwimmen, um eines zu holen, würde zu lange dauern. So fest sie konnte zog sie an Eileens rechtem Bein. Schweiß brach ihr aus, und ihre Lungen schmerzten. Lange würde sie die Luft nicht mehr anhalten können.

Erneut zog sie und versuchte gleichzeitig, die Schlingen abzustreifen. Ein winziges Stückchen bewegte sich der Fuß. Dann noch eines. *Weiter, weiter*, befahl Nathalie sich. *Jetzt nur nicht aufgeben.* Sie hatte es doch fast geschafft.

Schwarze Punkte begannen vor ihren Augen zu tanzen, und der Druck in ihrer Lunge wurde enorm. Es war kaum mehr auszuhalten. Der Schmerz nahm immer mehr zu, und kurz fragte sie sich, ob Lungen wohl bersten konnten. Ihr Überlebenswillen sagte Nathalie, daß sie schleunigst hoch und atmen mußte. Doch sie bezwang den Drang aufzutauchen. Sie würde nicht zulassen, daß Eileen ertrank.

Alle noch verbliebene Kraft zusammennehmend, zog sie an Eileens Bein. Mit einem Ruck kam die Frau frei. Geschafft! Sofort packte Nathalie sie unter den Achseln und steuerte nach oben.

Ihr Kopf durchstieß die Wasseroberfläche. Hektisch schnappte sie nach Luft. Eileen hing schlaff in ihren Armen, die Augen geschlossen.

So schnell sie konnte schwamm Nathalie zum Ufer, zog die

Professorin aufs Trockene und kontrollierte Atmung und Puls. Ihr Herz schlug, doch die Atmung hatte ausgesetzt.

Nathalie atmete tief ein, dann beugte sie sich über die Ältere und legte ihren Mund auf die kalten Lippen, um ihr den lebensnotwendigen Sauerstoff einzuhauchen.

Schon nach der zweiten Atemspende regte Eileen sich. Nathalie drehte sie zur Seite, damit sie das geschluckte Wasser ausspucken konnte.

Die Professorin stöhnte. Blinzelnd sah sie Nathalie an. Wassertropfen glitzerten auf ihrem blassen Gesicht.

Vor Erleichterung traten Nathalie Tränen in die Augen. »Du lebst«, flüsterte sie überflüssigerweise. Nun, da es geschafft war, gab sie ihrer eigenen Schwäche nach und ließ sich ins Gras sinken, die Knie eng angezogen und umschlungen.

Eileen richtete sich auf. »Du hast mich rausgezogen?«

»Ja«, hauchte Nathalie. Sie wollte Eileen umarmen, küssen, an sich drücken, doch sie traute sich nicht, aus Angst, die Frau zu verletzen. Der Schwimmkurs, den sie gemacht hatte, lag fast sieben Jahre zurück. Damals hatte man ihnen gezeigt, wie man einen Ertrinkenden an Land holte und beamtete. Das hatten sie an einer Puppe geübt, einem lebensgroßen Dummy, wie er später auch im Zuge des Erste-Hilfe-Kurses beim Führerschein verwendet worden war. Aber nie zuvor hatte sie es an einem echten Menschen getan.

»Danke«, murmelte Eileen und stand auf.

Sofort war auch Nathalie auf den Beinen. Zwar fühlten sich ihre Knie immer noch sehr weich an, doch sie wollte Eileen stützen, auch wenn diese im Moment zumindest gar nicht so aussah, als brauche sie Hilfe. »Wo willst du hin?« fragte Nathalie, als Eileen begann Richtung See zu gehen.

»Ich muß da wieder rein.«

»Was? Bist du wahnsinnig? Hiergeblieben!« Nathalie packte den Arm der Professorin. Eileen war gut zehn Zentimeter größer als sie, aber ihre Entschlossenheit verlieh Nathalie die nötige Kraft. Auf gar keinen Fall würde sie zulassen, daß Eileen jetzt ins Wasser ging.

»Meine Kamera ...« Mit der freien Hand fuhr Eileen hilflos durch die Luft. »Ich muß doch meine Kamera wiederhaben. Und vor allem die Bilder. Bevor ich mich verhedderte, habe ich Aufnahmen gemacht. Da war etwas. Nathalie, ich schwöre, da war etwas.«

Ihr eindringlicher Ton übte keinerlei Wirkung auf Nathalie aus. »Ja, sicher war dort etwas: ein Aal, ein Hecht oder vielleicht auch ein Lachs.«

»Du verstehst nicht!« Eileen rang die Hände. Ihre Augen glänzten vor Eifer, und vor Aufregung färbten sich ihre eben noch so blassen Wangen nun rot. »Auf diesen Moment hab ich all die Jahre gewartet. So oft schon bin ich im Loch Ness getaucht, ohne etwas zu sehen oder eine Spur zu finden. Und vorhin, da habe ich es gesehen.«

»Dir ist die Luft ausgegangen, dein Gehirn war unterversorgt mit Sauerstoff. Da würde jeder etwas sehen.« Wie konnte sie nur so unvernünftig sein? fragte Nathalie sich. Eileen war doch eine intelligente Frau, ihr Verstand und ihr Wissen mußten ihr doch sagen, daß sie Blödsinn redete. Und noch dazu sich selbst in Lebensgefahr brachte.

»Aber die Kamera«, begann Eileen erneut. »Selbst wenn die Bilder nicht verwertbar sind, hast du eine Ahnung, was der Apparat gekostet hat?«

Nicht genau, aber zumindest eine vage Vorstellung. Geräte wie dieses fingen für gewöhnlich im fünfstelligen Bereich an. Und Eileen hatte sich sicher nicht mit einem einfachen Modell zufriedengegeben. »Aber auch das ist kein Grund, dein Leben zu riskieren«, sagte Nathalie fest. »Und jetzt komm, laß uns endlich ins Krankenhaus fahren.«

»Was? Wieso das denn?«

»Du wärst fast abgesoffen.« Nathalie kratzte ihr Wissen über die richtige Vorgehensweise bei geretteten Ertrunkenen zusammen. Laut des Kursleiters mußte die Person auf jeden

Fall medizinisch durchgecheckt werden, da es sein konnte, daß Wasser in der Lunge verblieb. Er hatte damals eine ganze Reihe von Spätfolgen aufgezählt. Alles davon bekam Nathalie nicht mehr zusammen, aber auch wenn Eileen nun ziemlich munter wirkte, konnte so eine Kontrolle ja nicht schaden.

»Bin ich aber nicht. Und sehe ich etwa aus, als fiele ich gleich tot um?«

»Das kann aber noch passieren!« widersprach Nathalie. Sie erschrak selbst über ihre so deutliche Wortwahl. Doch lieber so, als daß Eileen in Gefahr geriet. Zu dumm nur, daß sie kein Handy dabeihatte, da hätte sie gleich den Notruf wählen können, und ein Rettungswagen wäre gekommen.

»Blödsinn.« Doch Eileen klang nicht mehr so sicher wie eben noch. Vermutlich hatte sie sich endlich auch daran erinnert, wie fast Ertrunkene zu behandeln waren.

»Nun komm schon«, bat Nathalie in sanfterem Tonfall. »Mir zuliebe, ja?«

Das wirkte tatsächlich. Seufzend machte Eileen sich auf in Richtung Auto. Rasch zog Nathalie ihre Schuhe an und klemmte sich hinter den Fahrersitz. Ihr Haar hing ihr naß und wirr um Schultern und Brust, auch klebte ihr die Kleidung wie eine zweite Haut am Körper. Egal, jetzt war nicht die Zeit, Wert aufs äußere Erscheinungsbild zu legen.

So schnell, wie es gerade noch erlaubt war, fuhr Nathalie durch die einsamen Straßen. Erst im Dorf selbst sah sie einige andere Autos, Fußgänger und Radfahrer. Zum Glück war das Dorf klein und der Weg zum Hospital ausgeschildert. Sie hatte keine Probleme, es zu finden.

Eileen murrte zwar immer noch, daß ihr Vorhaben ziemlich überflüssig sei, fügte sich aber und trabte brav neben Nathalie durch die gläserne Eingangstür. Sie wurden gleich in einen Untersuchungsraum geführt, und eine attraktive junge Ärztin erschien. Na, wenigstens etwas, dachte Nathalie und hoffte, daß Eileen bei einer so hübschen Frau ihre sauertöpfische Miene ablegen würde.

Eileen wurde geröntgt und durchgecheckt. Die Ärztin rasselte eine ganze Reihe an Fragen herunter, so schnell, daß selbst Nathalie Mühe hatte, sie zu verstehen. Geduldig beantwortete Eileen jede einzelne Frage, ließ sich untersuchen und hörte sich an, was die Ärztin sonst noch zu sagen hatte. Nathalie blieb die ganze Zeit über bei ihr. Die Ärztin hielt sie wohl sowieso für ein Paar, da sie stets beide ansprach.

Dann durften sie wieder gehen. Es waren etliche Stunden vergangen, und kaum saßen sie im Auto, bekam Nathalie die schon erwartete Schimpftirade der Professorin ab. Was das gesollt hätte, es wäre ja alles in Ordnung, so ein Aufstand wegen dem bißchen Wasser, das sie geschluckt hätte.

Nathalie blieb ruhig, antwortete meist gar nicht. Das würde nur ihre Wut anfachen. Zugegeben, Eileen hatte sich für die Rettung bedankt, aber das war gewesen, als sie nach ihrem Seeausflug wieder zu sich gekommen war. Jetzt sah sie so aus, als wollte sie Nathalie am liebsten für den Rest ihres Schottlandaufenthalts einsperren oder wenigstens mit Handschellen und zugeklebtem Mund versehen, um sich nicht noch mehr von ihr anhören zu müssen. Oder gar noch mal ins Krankenhaus geschleppt zu werden.

»Wollen wir was essen gehen?« schlug Nathalie schließlich vor, um das Thema zu wechseln und weil sie inzwischen wirklich riesigen Hunger hatte. Mittag war bereits vorbei, und alles, was sie im Magen hatte, war die Tasse Kaffee, die ihr während der Wartezeit im Krankenhaus freundlicherweise gebracht worden war. Eileen ging es sicher nicht anders.

»Da vorn ist ein Restaurant.« Die Professorin deutete schräg nach links.

Nathalie fuhr auf den fast leeren Parkplatz und verkniff es sich, Eileen beim Aussteigen zu helfen. Die Frau war fit wie ein Turnschuh, ihren Arm brauchte sie sicher nicht zum Festhalten.

Nach einer Vorsuppe, einem leckeren Hauptmahl und vor

allem dem köstlich süßen Dessert fühlte Nathalie sich um Längen besser. Auch Eileens Gesichtsausdruck wirkte nicht mehr so griesgrämig.

Sie blieben noch ein wenig sitzen, tranken einen Espresso und genossen die Aussicht auf die grünen Hügel der Highlands. Sie stiegen nur sanft an, so daß man enorm weit sehen konnte. Nathalie war begeistert und überlegte, ob sie Eileen wohl zu einer gemeinsamen Tour durch die Hügel überreden konnte. Straßen gab es dort, außerdem hatte sie auf einem Schild gesehen, daß man sich von einer Farm Pferde mieten konnte. Reiten wäre natürlich noch besser.

»Woran denkst du?«

Eileens Frage riß sie aus ihren Gedanken.

»Ach, nichts.«

»Quatsch. Du hast gerade so einen weggetretenen Ausdruck im Gesicht gehabt. Irgendwas ist doch.«

»Na schön.« Nathalie seufzte. Warum sollte sie es nicht erzählen? »Ich habe mir überlegt, daß es toll wäre, die Highlands zu erkunden.«

»Was willst du denn da? Mehr als Schafherden wirst du dort nicht zu sehen bekommen.« Eileen hob eine Hand, als Nathalie den Mund zum Protest öffnete. »Aber wenn du möchtest, fahr doch.«

»Ich meinte, mit dir zusammen.«

»Ach so.« Eileen schwieg.

Gespannt wartete Nathalie auf ihre Antwort. Als nichts kam, neigte sie sich leicht nach vorn. »Was hältst du von der Idee?«

»Nichts«, kam die schonungslose Erwiderung. »Ich bin hier nicht im Urlaub und zum Sightseeing, sondern um zu arbeiten. Doch wie gesagt: Ich gebe dir gern einen Tag frei, wenn du fahren willst. Den Wagen kannst du dafür natürlich auch haben.«

»Ich würde lieber mit dir zusammen fahren.« Nathalie langte über den Tisch, um ihre Hand auf Eileens zu legen.

»Als du da unter Wasser warst und dann nicht mehr geatmet hast, als ich dich ans Ufer brachte, ich dachte echt, ich hätte dich verloren.«

»Nun dramatisier das mal nicht über«, dämpfte Eileen. »Ich hab's ja überlebt. Wir hätten auch mit dem Flugzeug abstürzen können. Ist aber nicht passiert. Und als wir gelandet sind, hast du auch keinen solchen Zirkus wie jetzt veranstaltet.«

»Das ist doch was ganz anderes«, wehrte Nathalie ab. Sie konnte wirklich nicht verstehen, warum Eileen das einfach so überging. Selbst war sie zwar noch nie in einer lebensbedrohlichen Situation gewesen, aber wenn, dann wäre so ein Tag – jedenfalls im Falle einer erfolgreichen Rettung – für sie ein Anlaß, einen zweiten Geburtstag zu feiern.

»Und wenn du mit mir allein sein willst«, sie zwinkerte ihr zu, »da ist dein oder mein Bett ganz sicher die bessere und bequemere Wahl.«

Hitze schoß Nathalie ins Gesicht. Natürlich hatte sie daran gedacht, wie es wäre, mit ihrer Traumfrau im Gras zu liegen und sich zu lieben, während die Sonne auf sie herabschien. Aber eben nicht nur. Sie wollte diesen Ausflug, um ein gemeinsames schönes Erlebnis mit Eileen zu haben. Etwas, woran sie sich erinnern konnte, wenn sie wieder in Deutschland war, das nächste Semester begann und sie Eileen aus ihren Gedanken verbannen mußte. Wenn es denn so kam. Denn in ihr schwelte immer noch die Hoffnung, daß es da doch eine Zukunft für sie geben könne.

»Aber warum nicht? Die Zimmer hab ich im voraus ja noch für die gesamte Woche gebucht. Eigentlich hatte ich dann jeweils um eine Woche verlängern wollen, je nachdem halt, wie lange ich hiergeblieben wäre, doch daraus scheint ja nichts zu werden. Ohne Kamera kann ich mir auch weitere Tauchgänge sparen.«

Bei der Erwähnung vom Tauchen wurden Nathalies Augen groß, und sie mußte ein Schaudern unterdrücken. Vor wenigen Stunden noch war Eileen gerade noch so dem Tod von der Schippe gesprungen, und nun sprach sie davon, noch mal tauchen gehen zu wollen? Nathalie war sprachlos.

»Wir werden aber natürlich noch Proben nehmen«, fuhr Eileen fort. »Doch du sollst deinen Ausflug in die Highlands bekommen. Mach einfach alles fertig, was dafür nötig ist, und ich trab dann schon mit.«

Nathalie stürzte sich mit Feuereifer in die Vorbereitungen. Kaum waren sie zurück in der Pension, duschte sie und zog frische Kleidung an, dann machte sie sich zu Fuß auf zum Reitstall. Er lag nahe genug, daß das Auto nicht nötig war.

Eine kleine Herde Pferde graste auf der Koppel zu ihrer Rechten. Kaum bemerkte eines der Tiere sie, kam es schon angetrabt, und die anderen folgten ihm sogleich. Nathalie lachte, streichelte neugierig vorgereckte Fellnasen und gab ihnen von den Möhren, die sie sich vorsorglich in der Küche geholt hatte.

Auf dem Hof fand sie rasch einen jungen Burschen, der ihr Auskunft geben konnte. Pferde für einen kompletten Tag zu mieten, war kein Problem, doch der Preis, den er ihr dafür nannte, ließ sie nach Luft schnappen. Das überstieg ihr eigenes Budget bei weitem.

Sehnsüchtig sah Nathalie der Gruppe hinterher, die gerade vom Hof ritt. Eine Stunde würde sie sich auch gönnen oder vielleicht sogar zwei. Aber jetzt noch nicht, erst würde sie den Ausflug mit Eileen in die Highlands machen. Zwar mit dem Wagen, aber anders war es nun mal nicht möglich.

Sie schmuste noch ein bißchen mit zwei besonders zutraulichen Ponys, dann machte sie sich auf den Rückweg.

»Na, Pferde gebucht?« begrüßte Eileen sie. Nathalie war

direkt zu ihr ins Zimmer gekommen. Eileen hatte gelesen, vor ihr aufgeklappt auf dem Tisch lag ein dickes Buch.

»Leider nicht. Zu teuer.«

»Wieso, was wollen die denn dafür haben?«

Nathalie sagte ihr die Summe.

Eileen pfiff durch die Zähne. »Aber egal. Du sollst deinen Highlandritt bekommen.«

»Eileen, nicht doch. Das ist viel zu teuer.« Auch wenn sie den genauen Umrechnungskurs momentan nicht im Kopf hatte, aber der Preis lag auf der Höhe ihrer monatlichen Miete. So teure Tagestrips waren einfach nicht drin. Das konnte sie sich vielleicht in einigen Jahren erlauben, wenn sie große Erfolge als Archäologin feierte. Sofern es jemals dazu kommen sollte.

»Ich habe gesagt, daß wir das machen«, erklärte Eileen, stand auf und legte ihre Hände auf Nathalies Schulter. »Du hast mir das Leben gerettet. Dir jetzt eine kleine Freude zu machen, ist das mindeste.«

Nathalie stutzte. Das waren ja ganz neue Töne. Vor allem, nachdem sie sich heute morgen und besonders im Krankenhaus vor Dankbarkeit wirklich nicht überschlagen hatte. »Ich hab dich nicht rausgezogen, um irgend etwas dafür zu bekommen«, sagte Nathalie. Sie hätten jeden aus dem Wasser gefischt, ohne an eine Gegenleistung zu denken. Das war schließlich selbstverständlich, daß man jemandem, der in Lebensgefahr war, half, sofern man dazu in der Lage war.

»Ich möchte dir aber gern eine Freude machen.« Eileens Stimme klang nun eine Nuance dunkler, und Nathalie wurde sich der Hand auf ihrer Schulter nur zu bewußt. Nun begann Eileen auch noch, sie sanft mit dem Daumen zu streicheln.

»Das . . .«, *brauchst du nicht*, wollte Nathalie sagen, doch ihr Körper wurde zu Wachs.

Eileen neigte den Kopf, Nathalie hob den ihren, und dann küßten sie sich.

Der Kuß beinhaltete ein Versprechen nach mehr. Eileen

ließ ihre Zunge über Nathalies Unterlippe wandern, stieß sie ihr dann in den Mund, ihre Zungenspitzen umkreisten einander. Und die ganze Zeit streichelten ihre Hände sie. Zuerst nur an den Oberarmen, dann wanderten sie weiter nach vorn, umfaßten die Brüste und reizten sie durch den Stoff des Shirts hindurch.

Ohne ein Wort zu sagen, glitt Eileen mit ihren Händen unter das Shirt. Nathalie stöhnte in ihren Mund, als die Professorin nun ohne die Dämpfung des Stoffs über ihre harten Brustwarzen strich. Nathalie drängte sich der köstlichen Liebkosung entgegen. Dann fiel ihr ein, daß sie ja auch Hände hatte und es höchste Zeit war, diese auch zu benutzen.

Sie strich über Eileens Rücken und an ihren Seiten hinab. Langsam, zart, so daß sie die Schauer der Lust, die den schlanken Körper durchliefen, genau spüren konnte.

»Mach schneller, ich kann nicht mehr warten«, bat Eileen. Ihre Stimme klang atemlos.

Nathalie schob eine Hand in ihren Hosenbund, fühlte die kleinen Löckchen. Ihre Finger glitten tiefer, tauchten in die Feuchtigkeit ein. Mühelos fand sie die pulsierende Perle, rieb sie zart. Doch ehe Eileen kommen konnte, nahm sie den Finger fort, führte ihn an den heißen Eingang und umkreiste ihn.

Eileen stöhnte, wand sich, versuchte ihre Hüften so zu bewegen, daß sie Nathalies Hand an jene Stelle drücken konnte, die sich am meisten nach Aufmerksamkeit sehnte. Doch dabei vergaß sie nicht, Nathalie weiter zu verwöhnen. Ihre Brüste wurden umfaßt, die Spitzen umkreist und mit weichen Fingerkuppen angestupst, was es Nathalie erschwerte, sich auf ihre Aufgabe zu konzentrieren.

Sie ließ einen Finger in Eileens Inneres gleiten, gleichzeitig bewegte die Professorin sich ihr entgegen, so daß der Finger tief in sie eindrang.

»Oh, ja«, stöhnte Eileen und versuchte sich an ihrer Hand zu reiben.

Nathalie legte den Daumen auf die aufgerichtete Perle. Mehr brauchte es nicht. Ihr Finger wurde von den rhythmischen Kontraktionen umschlossen. Sie weidete sich an dem Anblick von Eileens lustverzerrtem Gesicht. Wunderschön sah die Professorin aus, die Lippen leicht geöffnet, Wangen und Hals gerötet, die Augen geschlossen, den Kopf bewegte sie vor und zurück, so daß ihr schulterlanges Haar ihre attraktiven Züge umspielte.

Als die Zuckungen abebbten, öffnete Eileen wieder die Augen und sah Nathalie direkt an. Ein Lächeln formte sich auf ihrem Mund, und ihre grünen Augen blitzten. Sie zog Nathalie erneut zu einem Kuß an sich.

Dann ließ sie ihre Hände weiter auf Wanderschaft gehen. Als ein Finger sich unter den Bund ihres Slips schob und zielsicher die Perle fand, zuckte Nathalie überwältigt von der Heftigkeit der Gefühle zusammen. Sie klammerte sich an Eileen fest, da sie nicht sicher war, ob ihre Beine sie tragen würden.

Ein langer schlanker Finger schob sich in ihren Körper und reizte jene besondere Stelle in ihrem Inneren, was ihre Knie noch weicher werden ließ. Nathalie fühlte, wie das Kribbeln begann, sich verstärkte und ihren Schoß zum Schwingen brachte. Alles in ihr pochte. Immer stärker wurde dieses Gefühl, bis sie glaubte, es nicht länger aushalten zu können. Hart warf sie sich dem eindringenden Finger entgegen, wollte den Druck gegen diesen empfindlichen Punkt verstärken.

Eileen schien zu verstehen, was sie wollte, denn nun preßte sie die Fingerbeere stärker gegen ihre vordere Wand. Gleichzeitig reizte sie mit dem Daumen ihren Kitzler und warf Nathalie so über die Klippe. Wilde Zuckungen übernahmen die Kontrolle über ihren Leib.

Eileen hielt sie umfangen, stützte sie. Als sie sich beruhigt hatte, gab sie ihr einen zarten Kuß auf den Mund. »Du siehst wunderschön aus, wenn du erregt bist. Absolut verführerisch und unwiderstehlich.«

Nathalie schluckte. Ihr Herz klopfte immer noch eine Spur schneller als normal.

ঔ

Zwei Tage später stand der Ausflug in die Highlands an. Nathalie bekam einen braunen Welsh Cob namens Aiden, während für Eileen ein Tinker gesattelt worden war. Der kräftige Schecke hieß Cilian und stand so still wie eine Statue, während die Professorin auf seinen breiten Rücken kletterte.

Im Schritt ritten sie die Straße entlang, Nathalie vorneweg. Sie war schon länger nicht mehr dazu gekommen, einen Reitstall aufzusuchen, aber kaum saß sie im Sattel, lagen ihre Knie automatisch an, die Fußspitzen zeigten leicht nach oben, die Arme und Hände befanden sich in einer Linie mit dem Pferdemaul. *Nichts verlernt*, dachte sie und war ein kleines bißchen stolz darauf.

Als sie in einen breiteren Weg abbogen, lenkte Eileen den Tinker neben sie und lächelte auf sie herunter. »Ich wußte gar nicht, daß du reiten kannst.«

»Eine Leidenschaft von mir, zu der ich leider viel zu selten komme.« Nathalie ließ ihren Blick über die aufrecht sitzende Gestalt der Professorin gleiten. »Du machst aber auch eine gute Figur auf dem Pferderücken.«

»Danke.« Eileen streichelte den Hals des Wallachs. »Bei mir ist es ähnlich wie bei dir: Ich liebe das Reiten, habe aber nur leider wenig Gelegenheit dazu.«

Nathalie spürte Erleichterung. Sie hatte schon überlegt, daß es vielleicht keine so gute Idee gewesen war, einen Tagesritt zu buchen; ein untrainierter Mensch konnte das Vergnügen leicht mit Muskelkater bezahlen.

Die Pferde schritten zügig aus. Es war noch früh am Tag, die Luft von der erfrischenden Morgenkühle angefüllt. Der

Anstieg des Hügels war sehr seicht, so daß sie kaum merkten, wie hoch sie bereits waren, bis Eileen den Schecken schließlich zügelte.

Nathalie ließ Aiden ebenfalls stehenbleiben und folgte Eileens Blick. Unter ihnen lag Loch Ness, umrahmt von Grün. Aus ihrem Blickwinkel verschmolzen die Eichen, Eschen und Kiefern zu einer einzigen grünen Masse. Der Anblick dieser so ursprünglich wirkenden Natur verursachte ein Gefühl der Ruhe in Nathalie. Ihr Leben war in Aufruhr, aber hier schien die Zeit stillzustehen. In dieses Stück Welt einzutauchen, tat einfach gut.

Auch Eileens Blick ruhte auf der Wasseroberfläche. Nathalie konnte sich gut vorstellen, was die Professorin dachte: Dort unten lag ihr großer Traum. Und auf dem Grund des Sees vielleicht der Beweis, daß das, was sie seit Jahren verfolgte, wirklich existierte. Das konnte sie unmöglich kalt lassen.

Zwar glaubte Nathalie nach wie vor nicht an das Seeungeheuer, doch Eileen tat es, und ihre Argumente waren wohldurchdacht. Gestern hatten sie wieder Wasserproben analysiert und dabei eine lange Diskussion geführt. Auch wenn sie es nicht zugegeben hatte, so hatte Eileen Nathalie doch zum Nachdenken gebracht.

Durfte sie wirklich behaupten, Nessie sei ein reines Phantasieprodukt? Dafür gab es genausowenig Beweise, wie es welche für ihre Existenz gab. Und hatte sie nicht erst vor kurzem im Fernsehen diesen Bericht verfolgt, in dem es um einen riesigen Kraken ging, der von Fischern aus dem Meer gezogen worden war? Jeder Wissenschaftler war überrascht gewesen, da niemand mit einem solchen Monster gerechnet hatte. Was in den Tiefen der Meere lebte, war noch weitgehend unerforscht. Und wenn dort solche Wesen existierten, warum dann nicht auch hier? Loch Ness war riesig, selbst wenn man es mit einem U-Boot abfuhr, würde ein Tier mit seinen feinen Sinnen das so früh bemerken, daß es sich rechtzeitig ins Verborgene flüchten konnte. Zudem war der See enorm tief, man kannte nicht einmal seine genaue Tiefe; in einigen Quellen wurde zweihundertsechsundzwanzig Meter angegeben, andere sprachen von über dreihundert Metern Tiefe. Durch die Ablagerungen des Flusses Foyer war Loch Ness in seiner Mitte in zwei tiefe Becken geteilt, die jedes Jahr um etwa einen Millimeter anwuchsen. Genug Möglichkeiten also für ein Wesen, das unter Wasser leben konnte, sich zu verstecken.

Nathalie glaubte zwar nicht an Nessies Existenz, aber sie stritt diese nicht mehr so vehement ab wie noch vor einigen Tagen. Wahrscheinlich lag das an Eileen. Die Professorin war keine Verrückte und auch nicht besessen von einem Nessie-Wahn. Nein, sie ging das ganz wissenschaftlich an. Nur daß sie sich dabei durchaus selbst in Gefahr brachte, das gefiel Nathalie nicht. Zwar war sie nicht noch mal getaucht, aber Nathalie glaubte nicht, daß Eileen noch lange am Ufer bleiben würde. Der See zog sie ja geradezu magisch an, es war nur noch eine Frage der Zeit, bis sie die Schwimmflossen nahm und die Preßluftflasche wieder umschnallte.

Gegen Mittag legten sie eine Rast ein. Der Platz dafür bot sich an, denn durch die Bäume, die hier standen, hatten sie Schatten. Nathalie nahm den Pferden die Trensen ab und band sie so an, daß sie grasen konnten. In der Satteltasche hatte Eileen Proviant mitgenommen.

Neben der Traumfrau im weichen, von der Sonne warmen Gras zu sitzen, war das pure Glück, fand Nathalie. Die Sandwichs schmeckten phantastisch, viel besser als das feine, sicher weitaus teurere Menü, das sie gestern abend in einem überfüllten Restaurant zu sich genommen hatten. Es war ganz ruhig um sie herum, so als seien sie die einzigen Menschen hier. Da nirgends ein Haus, Auto oder andere Anzeichen für Besiedlung und Zivilisation waren, fiel das um so leichter zu glauben.

Eileen lehnte sich zurück und streckte sich schließlich in

voller Länge aus. »Ich könnte jetzt so einschlafen.«

»Bitte nicht! Das wäre doch schade, wenn man nicht genießt und statt dessen nur schläft.«

Die Professorin blinzelte zu ihr hoch. »Hast du für das Genießen bestimmte Vorschläge?«

»Könnte schon sein«, meinte Nathalie und ließ ihre Hand über Eileens Schulter streichen.

»Hmm, gute Idee«, schnurrte Eileen.

Durch den Stoff ihres hellblauen Hemdes hindurch streichelte Nathalie die vollen Brüste. Dann jedoch zog sie ihre Hand zurück.

»Was ist denn?« Eileen, die bis eben mit geschlossenen Augen dagelegen und sich dem Genuß hingegeben hatte, schaute verwundert.

»Ich weiß nicht, ich mag nicht beobachtet werden.«

»Von wem denn? Hier ist doch niemand außer uns. Oder?« Sie richtete sich auf den Ellbogen auf und ließ ihren Blick über die Bäume und Sträucher wandern. Zu einer Seite fiel der Hügel, auf dem sie sich befanden, ganz sanft hinab, doch auch dort war keine Menschenseele zu erkennen.

»Von denen.« Nathalie wies mit dem Zeigefinger auf die beiden Pferde, die interessiert zu ihnen herüberschauten. Das Gras zu den Hufen schien vergessen.

Eileen lachte. »Ach die. Die interessieren sich mehr für die Äpfel, die wir noch haben. Sind doch außerdem beides Wallache, die wissen eh von nichts.«

»Da könntest du recht haben.« Mit einer geschmeidigen Bewegung stand Nathalie auf und brachte den Pferden die beiden Äpfel. Eigentlich hatten sie die als zusätzlichen Proviant eingepackt, doch von den Sandwichs waren sie ausreichend satt geworden. »Nun zufrieden?« fragte Nathalie den Tinker, der leise schnaubte. Als sie feststellten, daß es nach den Äpfeln nichts mehr gab, senkten beide Pferde wieder die Köpfe und grasten weiter.

Nathalie kehrte zu Eileen zurück.

Die Professorin streckte die Hände nach ihr aus und zog sie neben sich. »Dann können wir ja da weitermachen, wo wir aufgehört haben.«

Als Antwort küßte Nathalie sie. Der Kuß wurde rasch intensiver, und wie von selbst fanden auch ihre Hände den Weg über den Körper der Größeren.

Eileen ließ ihre Finger ebenfalls auf Wanderschaft gehen und tastete sich zu Nathalies Brüsten vor, um diese sanft zu kneten und die Spitzen zu reizen.

Kurz schoß Nathalie die Überlegung durch den Kopf, was wohl geschehen würde, wenn sie doch jemand sähe. Doch dann spürte sie die Sonne auf ihrem Busen; Eileen hatte ihr die Bluse geöffnet. Nun neigte sie den Kopf, um eine der harten Spitzen in den Mund zu nehmen. Nacheinander verwöhnte sie die kirschroten Knospen.

Nathalie lag da und genoß es still. Als Eileens Mund jedoch über ihren Bauch hinab wanderte, konnte sie nicht länger reglos bleiben. Sie hob ihre Hüften an, um es Eileen zu erleichtern, sie von der Hose zu befreien.

Eileen pflückte einen der langen Grashalme und strich damit über die Innenseite von Nathalies linkem Oberschenkel, dann führte sie den Halm am rechten hinab, am Knie angekommen, setzte sie wieder am anderen Bein an.

Es kam einer süßen Folter gleich. Nathalie wand sich, wollte sie auffordern, sie endlich dort zu berühren, wo die Sehnsucht am stärksten brannte.

Doch die Professorin dachte gar nicht daran, es so schnell zu Ende zu führen. Sie nahm sich einen zweiten Grashalm, um Nathalie nun gleichzeitig an beiden Schenkeln zu reizen. Ab und zu stupste sie wie zufällig ganz rasch mit der Fingerkuppe vor die pulsierende Klitoris. Doch hielt sie diese Stimulation so knapp, daß es nicht ausreichte, um zum Orgasmus zu kommen.

»Bitte, Eileen«, flehte Nathalie. »Ich halte das nicht mehr aus.«

»So?« Die Professorin grinste auf sie herab. »Das ist aber gar nicht gut. Ich habe doch noch so viele Ideen.« Während sie sprach, ließ sie den Grashalm erneut wandern. Diesmal küßte seine Spitze ihre Perle.

Nathalie krallte die Hände ins Gras und ruckte mit den Hüften vor, ein verzweifelter Versuch, stärkeren Druck zu bekommen. Das sehnsüchtige Ziehen war kaum auszuhalten.

Eileen lachte. Dann neigte sie den Kopf und umschloß die pralle Klit ganz zart mit ihren Lippen. Nathalie spürte, wie eine eifrige Zungenspitze gegen die empfindsame Spitze stieß, sie umkreiste, wieder stupste. Mehr brauchte Nathalie nicht. In ihrem Schoß schien etwas zu explodieren, wilde Zuckungen liefen durch ihren Körper, ließen sie bunte Sternchen sehen.

»Wow!« stieß sie hervor, als sie wieder genug Atem zum Sprechen hatte. Mit einer fließenden Bewegung richtete sie sich auf und griff nach Eileens Schultern. »Aber jetzt bist du dran.«

»Ist das eine Drohung oder ein Versprechen?« Eileen grinste.

»Das kannst du dir aussuchen«, meinte Nathalie und lachte leise, während sie sich so aufrichtete, daß sie alle wichtigen Stellen gut erreichen konnte. Rasch knöpfte sie Eileen das Hemd auf und streifte es ihr ab. Einen Moment lang war sie versunken in den Anblick der schönen Frau. Ihre Brüste, die sich ihr stolz entgegen reckten, mit den verlockenden dunkelroten Spitzen, die darum zu flehen schienen, daß sie ihnen Aufmerksamkeit zuteil werden ließ. Der flache Bauch, die zart gebräunte glatte Haut. Ganz leicht nur berührte sie die Brustspitzen, sah ihre Besitzerin erzittern.

Langsam ließ sie ihre Finger weitertanzen, genoß das Gefühl, die warme, seidige Haut zu spüren. Ihre Finger schoben sich unter den Hosenbund, lösten den Knopf und zogen der Reißverschluß herunter. Eileen hob geschmeidig die Hüften an, so daß Nathalie ihr die Hose mühelos abstreifen konnte.

Die schlanken Schenkel spreizten sich von selbst und gaben so den Blick frei auf das glitzernde Paradies. Nathalie strich über die vor Erregung prallen Schamlippen, ließ ihre Finger von der Feuchtigkeit benetzen. Die Nässe machte es ihr leicht, einen Finger in die Professorin gleiten zu lassen. Eileen hob sich ihr entgegen, so daß der Finger tiefer als geplant in sie eindrang.

Nathalie spürte, wie die Muskeln ihren Finger umschlossen und festzuhalten versuchten, als sie ihn zurückzog. Erneut drang sie in die heiße Passage ein, ließ ihren Finger leicht rotieren. Mit der anderen Hand umfaßte sie eine Brust und strich mit dem Daumen über die harte Spitze.

Immer schneller stieß sie ihren Finger in Eileen, rieb die Brustwarze härter. Die Professorin wand sich vor Lust, stöhnte leise.

Nathalie zog den Finger ganz heraus, berührte in einer schnellen Bewegung die Klitoris und drang erneut in sie ein. Wieder zog sie den Finger heraus, streifte über die Perle, um wieder tief in Eileens Inneres einzutauchen. Der rasche Wechsel ließ Eileens Erregung sprunghaft steigern. Es dauerte nicht lange, da begann Eileen unter ihren Händen zu zucken, rief dabei laut Nathalies Namen und erschlaffte schließlich. In rascher Folge hob und senkte sich ihr Brustkorb, ihre Wangen waren ganz rot, ihre Augen glänzten selig.

Nathalie wischte ihre vom Liebestau noch klebrigen Finger im Gras ab. Überrascht bemerkte sie, daß sie selbst schon wieder stark erregt war. Eileen solche Lust zu bereiten, hatte sie ebenfalls nah an die Grenze geführt.

Als Eileen nun über ihre Brüste strich und die Hand zu ihrem Schoß wandern ließ, schnappte sie nach Luft. »So feucht«, murmelte die Professorin und ließ einen Finger in sie gleiten. »Das sollten wir doch ausnutzen.«

»Ich könnte ewig hier liegenbleiben«, murmelte Eileen. Sie hatte die Augen geschlossen, die Hände hinterm Kopf ineinander verschränkt. Ihr kastanienbraunes Haar fing die Sonnenstrahlen ein und leuchtete in den schönsten Tönen.

»Hmm, ich auch«, antwortete Nathalie und ließ ihre Finger durch Eileens Haar streichen. »Wäre das schön, wenn jetzt jemand die Zeit anhielte und wir für immer hier bleiben könnten.« *Und zusammen*, fügte sie in Gedanken hinzu. Bisher hatte Eileen sich nicht dazu geäußert, welcher Art ihre Beziehung war. Wenn man es überhaupt eine Beziehung nennen konnte.

»Zeit anhalten wäre wirklich nicht schlecht. Dann würde ich endlich aufhören, älter zu werden.«

»So alt bist du doch noch gar nicht«, widersprach Nathalie sofort.

»Na ja, wie man es eben nimmt. Immerhin werde ich dieses Jahr schon vierzig Jahre ...«

»Wann denn?«

»Im Dezember. Am achtundzwanzigsten, um genau zu sein.«

Nathalie speicherte das Datum sofort in ihrem Gedächtnis ab. »Aber neununddreißig Jahre finde ich gar nicht alt. Und vierzig auch nicht.« So wahnsinnig gewaltig war der Altersunterschied zwischen ihnen ja nun nicht. Und das Alter sagte schließlich nichts darüber aus, ob eine Beziehung funktionierte. Sie und Sandra waren gleichaltrig gewesen – und es war gewaltig in die Hose gegangen.

»Okay, relativ gesehen ist das noch nicht alt; laut Statistik habe ich nicht mal die Hälfte meines Lebens um. Trotzdem bin ich fast doppelt so alt wie du ...«

»Siebzehn Jahre sind es, und noch nicht mal volle siebzehn Jahre, denn ein paar Monate später werde ich dann ja vierundzwanzig«, korrigierte Nathalie. »Aber was macht das schon? Oder stört es dich?« Sie zitterte vor der Antwort. Daß sie selbst kein Problem damit hatte, daß Eileen so viel älter war als sie, hieß ja nicht, daß die Professorin das umgekehrt genauso sah. Vielleicht war Nathalie ihr viel zu jung.

»Nein, es stört mich nicht.« Eileen richtete sich auf den Ellbogen auf und tippte mit dem Zeigefinger auf Nathalies Nase. »Wenn ich mich verliebe, ist es mir völlig egal, ob die Frau jünger oder älter ist als ich.«

Wenn ich mich verliebe – die Worte sickerten durch Nathalies Bewußtsein und verursachten ein warmes Gefühl in ihrem Herzen. Sie schluckte und wagte kaum zu sprechen. Aber sie mußte Gewißheit haben. »Heißt das ...« Ihre Stimme wurde plötzlich rauh. Sie räusperte sich, schluckte und fing noch einmal an: »Heißt das etwa, du hast dich in mich verliebt?«

»Hast du das etwa nicht gemerkt?« Eileen setzte sich ihr gegenüber und nahm ihr Gesicht in die Hände. »Meine schöne Nathalie. Wie könnte ich dich nicht lieben? Du bist klug, ich kann mit dir lachen, und ich fühle mich in deiner Gegenwart so wohl wie schon lange nicht mehr.«

Obwohl das Liebesgeständnis zu ihrem größten Wünschen gehörte, wenn es nicht sogar momentan der größte war, fühlte Nathalie sich völlig überrumpelt und wußte gar nicht, was sie darauf erwidern sollte. Um diese Verlegenheit zu überspielen, küßte sie Eileen auf den Mund. »Ich liebe dich auch«, sagte sie. Die Worte kamen ihr ganz leicht über die Lippen.

Eileen sprang auf die Beine und zog Nathalie mit sich hoch. »Ich bin unglaublich froh, daß wir uns gefunden haben. Wir sollten Patrick und seiner Oma ein großes Dankeschöngeschenk mitbringen.«

»O ja.« Nathalie war von der Idee begeistert. »Wie hast du Patricks Oma eigentlich kennengelernt?«

»Meine Mutter ist eine gute Freundin von ihr. Mama ist

auch Physikerin. Die beiden treffen sich noch oft, obwohl meine Mutter nun auch schon seit einigen Jahren in Rente ist.« Sie strich sich das Haar aus dem Gesicht. »Laß uns mal überlegen, womit wir Patrick und seiner Oma eine Freude machen können.«

»Hm, Patrick ist recht anspruchslos. Er ist glücklich, wenn er genug zu essen und eine hübsche Freundin hat.«

Eileen lachte. »Na, eine süße Schottin werden wir wohl kaum dazu bewegen können, uns zu ihm zu begleiten. Aber wir könnten ihm ja schottische Spezialitäten mitbringen. Shortbread vielleicht. Das hält sich.«

»Gute Idee, darüber freut er sich bestimmt.« Nathalie überlegte und rief sich das Bild von dem großen Haus ins Gedächtnis. »Wie wäre es mit einem schönen Foto für die Oma? Vergrößert, hübsch gerahmt. Du hast doch deine normale Kamera noch.«

»Ja, tolle Idee. Wir fotografieren etwas Schottlandtypisches und kaufen einen passenden Rahmen.«

Nathalie machte die Pferde zum Weiterreiten fertig.

Eine Schafherde kreuzte ihren Weg, und zu Nathalies Überraschung war der Schäfer kein alter, bärtiger Mann, sondern eine schlanke, junge Frau, die ihnen freundlich zulächelte, während sie geduldig warteten, bis auch das letzte der Tiere vorüber war.

»Die hat es gut.« Eileen seufzte. »Muß herrlich sein, mit den Tieren jeden Tag durch die Hügel zu ziehen. Keine miefigen Büros, keine nervigen Besprechungen.«

»Du bist doch auch viel an der frischen Luft und arbeitest für dich allein«, bemerkte Nathalie.

»So? Meinst du?« Die Professorin schüttelte den Kopf. »Was du gerade erlebst, ist nur ein kleiner – und der schönste – Teil meiner Arbeit.«

»Also hast du auch Bürokram zu erledigen.«

»Du wirst es erleben, wenn wir wieder in Deutschland sind.«

Das klang, als wolle Eileen sie als Assistentin behalten. Nathalies Herz schlug sofort schneller.

»Dachtest du, du wirst mich so schnell wieder los?« Die Professorin lachte.

»Na ja, mein Job ist doch nur, dich nach Schottland zu begleiten und dir zur Hand zu gehen.«

»Schon, aber wir können unser Arbeitsverhältnis doch verlängern. Eine so gute Assistentin wie dich kann ich auf jeden Fall gebrauchen.« Sie wurde ernst und sah ihr in die Augen. Nathalie glaubte, in den grünen Tiefen zu versinken, und war froh, auf einem Pferderücken zu sitzen, denn das heiße Gefühl floß durch ihren Körper und ließ ihre Knie ganz weich werden. »Ich arbeite sehr gern mit dir zusammen, Nathalie. Und ich genieße auch außerhalb meiner Arbeit deine Gesellschaft. Das möchte ich nicht missen.«

»Ich auch nicht«, krächzte Nathalie so gerührt, daß sie kaum sprechen konnte. Ihr Herz flog der Professorin zu, und wenn sie gekonnt hätte, wäre sie ihr nun direkt um den Hals gefallen.

»Dann sind wir uns ja einig.« Eileen schnalzte leicht mit der Zunge und lehnte sich vor. Cilian fiel in einen gemächlichen Trab. Der kleinere Welsh Cob mußte bedingt durch seine kürzeren Beine stärker traben, um zu ihm aufschließen zu können.

Nach dem Tag in den Highlands fühlte Nathalie eine wunderbare schwere Müdigkeit. Sie hatten die Pferde auf den Hof zurückgebracht, wo ein Stallknecht sich um das weitere Wohl der Tiere kümmerte, und waren zur Pension gelaufen. Ein klein wenig zog es nun in Nathalies Oberschenkeln, doch vermochte sie nicht genau zu sagen, ob daran das Reiten, der heiße Sex oder beides schuld war. Aber diesen Preis zahlte sie gern für die wunderschönen Stunden mit Eileen.

Das Abendessen nahmen sie diesmal im Speisesaal der Pension ein. Es gab eine kräftige Suppe, Brot und verschiedene Sorten Aufschnitt.

Nathalie aß mit großem Appetit, doch kaum war sie satt, spürte sie, wie die Müdigkeit sich vergrößerte. »Ich glaube, ich gehe lieber hoch, bevor ich noch hier am Tisch einschlafe.«

Eileen berührte sie leicht an der Hand. »Bleibst du heute nacht bei mir?«

»Gern.« Nathalie hätte sich am liebsten vorgebeugt, um sie zu küssen, aber sie wußte nicht, wie man hier auf Liebespaare allgemein und lesbische im Besonderen reagierte. Zu Hause war das kein Thema, wie in einer Großstadt üblich sah man immer wieder gleichgeschlechtliche Pärchen, die Hand in Hand gingen oder Küsse austauschten.

Eileen stand auf, ließ ihre Finger dabei um Nathalies Ellbogen gelegt. So gingen sie nebeneinander die Treppe nach oben und in Eileens Zimmer.

Nathalie gähnte und hielt sich die freie Hand von den Mund. »Entschuldige, bin nur etwas müde.«

»Ich auch.« Eileen lachte und gab ihr einen schnellen Kuß.

Nach einer raschen Dusche krabbelte Nathalie ins Bett. Sie döste ein, wachte aber auf, als Eileen aus dem Bett kam und sich neben sie kuschelte.

»Bequem so?« wollte die Professorin wissen.

»Hm, wunderbar«, murmelte Nathalie, die Nase an Eileens Brüste gedrückt. Eileen duftete so gut nach der Bodylotion mit Pfirsicharoma, und in ihren Haaren hing noch der frische Geruch der Highlands. Ein wenig bedauerte sie, daß sie beide für weitere Schmusereien zu erschöpft waren. Aber morgen war schließlich auch noch ein Tag.

Urquhart Castle war ein beliebtes Touristenausflugsziel. Obwohl Eileen und Nathalie ganz früh hinfuhren, tummelte sich dort bereits eine größere Gruppe Leute. Fotoapparate klickten unentwegt. Nicht wenige Personen standen mit Blick auf Loch Ness da und fotografierten die glatte Wasseroberfläche.

»Die Burg wurde etwa zwölfhundertdreißig erbaut und zählte zu den größten in ganz Schottland«, erklärte ein traditionell gekleideter Mitarbeiter. Der Wind drückte seinen Kilt eng an seine kräftigen Schenkel, und Nathalie ertappte sich bei dem Gedanken, ob er darunter wirklich nackt war. Nicht, daß das für sie eine Rolle spielen würde, aber nach allem, was man über Schottenröcke so hörte, war sie doch neugierig.

»Was guckst du denn so?« raunte Eileen ihr zu.

Nathalie unterdrückte ein Kichern und flüsterte ihr ins Ohr, was ihr gerade durch den Kopf gegangen war.

»Heb doch an und schau nach«, meinte Eileen und grinste breit.

»Wirst du wohl still sein!« zischte Nathalie und sah sich verstohlen um. Zwar hatten sie Deutsch gesprochen, aber da so oft Touristen aus Deutschland hierherkamen, war nicht auszuschließen, daß die Schotten sie verstehen konnten. Zu ihrer Erleichterung schaute niemand mit anzüglichem Blick zu ihnen herüber.

Der Kiltträger fuhr in seinen Erklärungen fort, erzählte, wie die Burg zwölfhundertsechsundneunzig von Engländern eingenommen wurde, dann aber unter die Kontrolle von Robert the Bruce fiel, nachdem dieser schottischer König geworden war. Nathalie hörte ihm interessiert zu.

Als er seine Ausführungen beendete, bemerkte sie, daß Eileen nicht mehr neben ihr stand. Suchend sah sie sich um und entdeckte die Freundin schließlich nah an der Brüstung. Sie lehnte sich weit über die uralte Mauer. In einem fort betätigte ihr Zeigefinger den Auslöser der Kamera.

Wolken zogen rasch auf, getrieben von einem plötzlich einsetzenden Wind. Nicht gerade die idealen Bedingungen für schöne Fotografien. Eileen beugte sich noch weiter vor.

Nathalie lief zu ihr und packte sie am Hosenbund.

»Verdammt!« Eileen fuhr zu ihr herum. »Was soll das denn? Hast du nicht gesehen, daß ich gerade fotografiere?«

»Ich hatte Angst, daß du da runterfällst.« Die Burg stand auf einem Hügel, der recht steil abfiel, und direkt an seinem Fuß begann schon der See. »Dich einmal aus dem Wasser zu ziehen, hat mir gereicht.«

Eileen stieß die Luft durch die Nase aus, kommentierte die kleine Spitze jedoch nicht.

»Ist sowieso kein schönes Wetter mehr für Fotos«, fügte Nathalie sanfter hinzu.

»Wer weiß«, murmelte Eileen und nahm den Apparat wieder zur Hand.

Nathalie seufzte. Es hätte ihr ja klar sein müssen, daß Eileen bei Loch Ness nicht nur an schöne Urlaubsmitbringsel dachte. Doch sie wollte jetzt nicht mit der Professorin darüber streiten.

Weitere dunkle Wolken zogen auf, und plötzlich zuckte ein Blitz. Direkt darauf fielen die ersten schweren Regentropfen. Bedauern wurde in den Reihen der Touristen laut.

»Folgen Sie mir bitte«, forderte der Mann im Kilt die Gruppe auf.

»Eileen, los, komm, du hast ihn gehört«, sagte Nathalie.

»Moment noch.«

»Willst du vom Blitz getroffen werden?« Sie zupfte an ihrem Ärmel. »Los, ich mag hier echt nicht stehenbleiben, während es so gewittert.«

Eileen schüttelte ihre Hand ab. »Dann geh doch.«

»Also, das ist doch . . .« Ein Krachen zerriß den Rest ihres

Satzes. Es war so laut, daß es Nathalie in den Ohren schmerzte und sie sich sofort umsah, ob der Blitz in den Burgturm eingeschlagen war. Nein, die Ruine stand noch, vermutlich hatte man ohnehin schon vor vielen Jahren einen Blitzableiter installiert.

Unberührt davon fotografierte Eileen weiter, als ob um sie herum nicht gerade die Welt unterging.

Nathalie reichte es. Beherzt langte sie nach der Kamera, packte fest zu und zog. Eileen, die den Tragegurt der Kamera um den Hals trug, hatte keine andere Wahl als ihr zu folgen.

Während sie schnellen Schrittes zum Eingang ins Mediacenter der Burg lief, glaubte Nathalie, die wütenden Blicke der Professorin wie Dolche in ihrem Rücken zu spüren. Der Regen prasselte auf sie herab, ließ ihre Bluse am Körper kleben und verwandelte sogar das kurzgemähte Gras in eine Sumpflandschaft.

Nathalie lief auf dem schmalen Weg weiter, als sie ihn endlich erreichte. Er war aus weißen Steinplatten angelegt, wohl damit Touristen nicht durch den Matsch waten mußten, wenn es mal länger am Stück regnete.

Im Inneren des Gebäudes erwartete sie ein hochmodernes Ambiente. An den Wänden hingen Infotafeln, und auf einer Leinwand lief eine Reportage über die Burg. Eileen befreite sich von Nathalie. Da an der Tür nun ein weiterer Mitarbeiter positioniert war, sah Nathalie keinen Grund mehr, die Freundin noch länger festzuhalten.

An den Fenstern standen die Touristen und sahen zu, wie der Regen strömte, das Wasser des Lochs aufpeitschte. Blitze zuckten, Donner krachte, und innerhalb von wenigen Minuten war es regelrecht finster geworden.

Nathalie spazierte durch den großen Raum und nutzte die Gelegenheit, einen Text über die Burg zu lesen. Solche alten Bauten fand sie wahnsinnig interessant. Und die Vorstellung, was diese Mauern alles schon gesehen hatten, war aufregend.

In der Burg hatten Könige genächtigt, wilde Kämpfe stattgefunden, und sicher hatten sich hier auch viele Paare ihre Liebe gestanden.

Ein Donner krachte so ohrenbetäubend, daß Nathalie den Eindruck hatte, die Burg wackelte. Eine Frau kreischte erschrocken auf.

»Keine Panik«, beruhigte sie der Schotte. »Sie sind hier vollkommen sicher.«

Nathalie sah zu Eileen, die ebenfalls eine der Wandtafeln studierte. Es überraschte sie nicht, als sie im Näherkommen erkannte, um was es bei dem mit vielen Fotos gespickten Text ging – Nessie.

»Diese Aufnahme kenne ich gar nicht«, murmelte Eileen, so leise, als spräche sie nur zu sich selbst. Ihr Zeigefinger lag auf der durch eine Glasscheibe geschützten Fotografie.

Für Nathalie sah das Bild aus, als stamme es aus einem Hollywoodfilm. Ein einem Dinosaurier nicht unähnliches Tier reckte seinen langen, leicht gebogenen Hals aus dem Wasser. Große Nüstern blähten sich, und wache, verhältnismäßig kleine Augen blickten den Fotografen direkt an.

»Wie kriegt man das wohl raus?« Mit einem Fingernagel versuchte Eileen, an der Seite des Rahmens das Papier zu erwischen.

Nathalie bekam große Augen und war für eine Sekunde sprachlos. Dann packte sie Eileen fest am Arm. »Bist du wahnsinnig?« zischte sie und sah sie rasch um. Zum Glück hatte noch niemand bemerkt, was Eileen gerade im Begriff zu tun gewesen war. »Du kannst doch nicht einfach so ein Foto klauen!«

»Ich will es ja nur abfotografieren«, beruhigte die Professorin sie. »Das kann ich aber nicht, solange es unter der Glasscheibe ist, denn die spiegelt.«

»Dann frag wenigstens vorher.« Nathalie konnte sich gut vorstellen, daß man nicht gerade begeistert davon war, wenn eine Touristin einfach so an die Schautafeln ging.

»Ja, ja.« Eileen machte nicht den Eindruck, als wollte sie wirklich fragen.

Also ging Nathalie zu dem Schotten und fragte ihn, ob er ihnen mal eben das eine Foto herausholen könnte.

»Welches?« wollte er wissen.

»Das da.« Nathalie zeigte auf das Bild. »Das meintest du doch, oder?« wandte sie sich an Eileen.

»Ja«, knirschte diese.

»Nicht nötig, Moment.« Er lächelte ihnen kurz zu, ging mit raschen Schritten, die seinen Kilt in Bewegung brachten, an einen Schrank und kam mit einem ganzen Stapel Postkarten zurück. Er fächerte sie auf – es waren allesamt die Motive, die auch unter Glas waren. »Wie viele wollen Sie?«

»Geben Sie uns bitte von jedem Bild eine Postkarte«, sagte Nathalie. So ging sie auf Nummer sicher. Und sollten welche dabei sein, die Eileen nicht gebrauchen konnte, hatten sie damit weitere Karten für die Urlaubspost.

Er suchte die Bilder heraus, kontrollierte, ob wirklich alle dabei waren, dann drückte er sie Nathalie in die Hand. »Das macht dann vier Pfund.«

Nathalie nickte der Professorin auffordernd zu.

Eileen schickte ihr einen Blick, der eine empfindlichere Person zu Eis hätte erstarren lassen. Doch Nathalie grinste nur, während die Professorin ihr Portemonnaie öffnete, Pfundnoten herausfischte und sie dem Schotten in die Hand zählte. Der gab ihr daraufhin den Stapel, fragte, ob sie sonst noch etwas wünsche, es gäbe mehrere der Motive als Hochglanzposter, ob er die eben holen solle.

»So ein Poster wäre doch nett«, schaltete sich Nathalie ein. »Man könnte es übers Bett hängen.«

»Besten Dank, aber nein. Die Karten reichen mir.« Das Lächeln, das sie dem Schotten schenkte, mußte Eileen etliches an Überwindung kosten.

»Siehst du? Wenn man höflich fragt, bekommt man auch, was man möchte«, raunte Nathalie ihr zu, nachdem der eifrige Verkäufer gegangen war. Draußen tobte immer noch das Unwetter, doch die meisten Touristen hatten die Lust verloren, den Blitzen und dem strömenden Regen zuzusehen. Sie verteilten sich nun im Raum, schauten sich die Animationen auf der Leinwand und den Monitoren an. Außerdem gab es eine Ecke, in der man sein Glück in einem Videospiel versuchen konnte. Als Fischer auf einem Boot mußte man Nessie hinterherjagen und mit einer Schlaufe versuchen, das Ungeheuer zu fangen.

»So ein Merchandise-Müll«, zischte Eileen. Ihre Augen funkelten dunkelgrün. »Statt wichtige Informationen auf wissenschaftlichen Grundlagen anzubieten, machen sie lieber Kasse mit Postkarten und Postern.«

»Na, die müssen schließlich auch von irgendwas leben.« Nathalie tippte auf die oberste Karte. »Und die Motive sind doch ganz hübsch. Da kannst du deiner Familie ja eine Karte schicken.«

»Hrmpf«, machte Eileen.

»Ach komm schon«, Nathalie hakte sich bei ihr ein, »sieh es locker.«

»Diese Bilder sind garantiert alle Fälschungen. Photoshop-Spielereien, nichts weiter.« Sie suchte eines aus, auf dem Nessie breit grinste. »Hier, schau dir das nur an!«

Nathalie verkniff sich ein Kichern. »Aber immerhin gut gemacht. Und das ist doch ein wirklich lustiges Bild. Meine Brüder würden sich darüber freuen. Diese Karten sind noch viel besser als die, die ich im Souvenirladen gekauft hab.«

»Dann nimm sie, ich schenke sie dir.« Eileen drückte ihr den Stapel in die Hand.

Ihr Ausflug nach Urquhart Castle war zwar buchstäblich ins Wasser gefallen, aber Eileen war dennoch zufrieden, als sie sich, zurück in ihrem Zimmer, auf dem Laptop die Fotos anschaute. Ihr nasses Haar tropfte noch; obwohl das Gewitter bald weitergezogen war, hatte der Regen nicht aufgehört, so daß ihnen nichts anderes übriggeblieben war, als so schnell wie möglich zu laufen. Natürlich waren sie beide trotzdem pudelnaß, als sie endlich ins Trockene kamen.

Ein Handtuch um den Kopf geschlungen, saß Nathalie neben ihr und schaute ebenfalls auf den Monitor. Sie fand die Bilder ziemlich langweilig. Eileen hatte mindestens fünfzig Mal den See fotografiert, und mehrere Aufnahmen glichen einander wie ein Ei dem anderen.

Nun vergrößerte Eileen eines der Bilder, zoomte einen Ausschnitt aus der linken Seite immer weiter heran, bis er den gesamten Bildschirm ausfüllte.

»Was siehst du da?« wollte Nathalie wissen. Für sie unterschied sich die Aufnahme nicht von den anderen. Es war einfach nur die Wasseroberfläche, ganz leicht gekräuselt von dem aufkommenden Wind.

Eileen lenkte den Mauszeiger auf die Mitte und fuhr langsam ein etwa drei Zentimeter großes Stück Bild entlang. »Guck mal genauer hin, fällt dir nichts auf?«

Nathalie rutschte mit ihrem Stuhl näher heran und beugte sich schließlich so weit vor, daß ihre Nasenspitze fast den Bildschirm berührte. Angestrengt betrachtete sie den Ausschnitt, aber was Eileen darin gefunden hatte, konnte sie nicht erkennen. »Tut mir leid, aber für mich ist das ein ganz normales Foto vom See.«

»Hier.« Eileen fuhr den Mauszeiger erneut an die Stelle, die sie eben bereits markiert hatte. Nun kreiste sie jenen Bereich rot ein. »Siehst du?«

»Hm, da scheint es etwas dunkler zu sein«, meinte Nathalie, nachdem sie sich den Ausschnitt noch mal genau angesehen hatte.

»Genau!« Eileens Gesicht strahlte, die Augen hatten wieder dieses ganz besondere grüne Leuchten angenommen, in das sich Nathalie schon bei ihrer ersten Begegnung verliebt hatte.

»Du meinst, das ist Nessie?« Beim besten Willen konnte Nathalie da kein Seeungeheuer darauf erkennen.

»Sie könnte es immerhin sein.« Wieder ließ Eileen den Mauszeiger über die Stelle wandern.

»Könnte doch auch einfach nur ein Schatten sein«, meinte Nathalie. »Von einem Vogel zum Beispiel. Dort gibt es doch genügend Enten, die auch mal übers Wasser fliegen.«

»Ich hab aber keine Ente gesehen, während ich fotografierte.«

Nathalie verbiß sich die Bemerkung, daß Eileen nicht einmal darauf geachtet hatte, daß ein Unwetter aufzog und vermutlich jetzt noch dort stünde und fotografierte, wenn Nathalie sie nicht mit sich gezogen hätte.

»Natürlich habe ich keine Beweise, leider«, fuhr Eileen fort. »Doch es ist auch nicht bewiesen, daß es nicht Nessie ist.«

»Na ja, es könnte auch ein Aal oder sonst ein Fisch gewesen sein«, wandte Nathalie ein. »Davon gibt es schließlich dort genug. Und auch ziemlich große Aale, steht sogar im Prospekt.«

»Vielleicht. Vielleicht aber auch nicht.« Plötzlich grinste die Professorin. »Was ist hart und trocken, wenn man es reinsteckt, und weich und naß, wenn es rausgeholt wird?«

Nathalie verzog das Gesicht. »O bitte. Mir reicht es, das aus der Theorie zu wissen.«

»Ach ja? Ich bin sicher, du hast damit schon Erfahrungen gemacht.«

»Nein, ganz sicher nicht. Ich hab noch nie mit einem Mann

geschlafen und keinerlei Bedürfnis, das zu erleben.« Wie kam Eileen nur plötzlich auf solch eine Idee? Zugegeben, ob der Schotte unterm Kilt wirklich nichts trug, hatte sie interessiert, aber doch nicht aus einem sexuellen Aspekt heraus. Es war eben die reine Neugierde, schließlich gab es darüber genug Spekulationen, von daher war es unmöglich, nicht daran zu denken, wenn man einen schottischen Mann im Kilt sah.

»Dann meinst du also, das, was erst trocken und hart ist, ist ein . . .«

»Ja, ja, ein erigierter Penis. Aber ich verstehe nicht, was der mit Nessie zu tun haben soll.«

Eileen stand auf, wühlte in ihrer Hosentasche herum. Dann zog sie einen Kaugummistreifen hinaus, wickelte ihn aus und hielt ihn Nathalie dicht vors Gesicht. »Trocken und hart«, sagte sie, steckte sich den Streifen in den Mund und kaute darauf herum. Nach einem Moment holte sie den nun klein gekauten Klumpen heraus und präsentierte ihn Nathalie auf der ausgestreckten Hand. »Weich und naß.«

»Okay, reingelegt.« Nathalie mußte lachen. Das würde sie sich für ihre Brüder merken – die würden diesen Trick ganz sicher begeistert bei sämtlichen Verwandten ausprobieren.

»Siehst du nun?« Eileen grinste. »Natürlich hätte es auch ein erigierter Penis sein können. Es war aber ein Kaugummi.«

»Ich habe es kapiert. Es könnte ein Aal sein, was wahrscheinlich ist. Es könnte sich aber auch um Nessie handeln, was zwar unwahrscheinlich, aber nicht auszuschließen ist.«

»Genau.« Eileen entsorgte den Kaugummi und wandte sich wieder ihrem Laptop zu. »Leider läßt sich wirklich nicht viel anhand des Fotos erkennen. Ich bin schon auf der maximalen Vergrößerung. Aber das ist besser als nichts. Und vielleicht ist auf einem der anderen Bilder mehr zu sehen.« Sie lud das nächste Foto auf den Monitor und vergrößerte es Stück für Stück.

Eine Weile sah Nathalie ihr dabei zu, dann wurde es ihr zu langweilig, und sie setzte sich an den Tisch, um einige Postkarten zu schreiben. Davon hatte sie nun ja genug, und warum nicht mal eine Abwechslung zu den sonst üblichen Mails schaffen ...

Als Eileen den Laptop endlich ausschaltete, lag Nathalie bereits im Bett und las einen Krimi. Doch obwohl sie gerade an einer wirklich spannenden Stelle war, klappte sie das Buch sofort zu und hob die Decke.

Eileen kuschelte sich zu ihr.

»Und, noch etwas gefunden?«

»Leider nein.« Sie seufzte. »Auf einem zweiten Foto ist an einer Stelle zwar auch eine Verdunklung, doch ist sie viel schwächer als auf dem anderen, das ich dir gezeigt habe. Allerdings könnte es sein, daß Nessie da nicht so nah unter der Oberfläche gewesen ist.«

Darüber wollte Nathalie jetzt wirklich nicht diskutieren. Sie richtete sich auf einem Ellbogen auf, beugte sich über die Professorin und küßte sie.

Die Tage in Schottland flogen nur so dahin. Nathalie genoß es, an Eileens Seite zu arbeiten. Sie half ihr, weitere Wasserproben zu nehmen, diese zu analysieren und zu katalogisieren. Lief mit ihr am Ufer entlang und nahm auch den Uferschlamm mit, um ihn ebenfalls zu untersuchen. Nachts schliefen sie im gleichen Bett, und fast jeden Abend liebten sie sich.

Nathalie vermied ebenso wie Eileen die heiklen Themen: Diskussionen über Nessie oder auch die Definition ihrer Beziehung blieben tabu. So konnten sie das genießen, was sie im Moment hatten.

An einem besonders schönen Nachmittag mieteten sie noch einmal für drei Stunden zwei Pferde und ritten in die Highlands. In der Pension schien sich niemand daran zu stören, daß sie abends gemeinsam in Eileens Zimmer verschwanden, mitbekommen hatten es sicher inzwischen alle Angestellten. Nathalie verspürte Erleichterung darüber.

»So, das sind unsere Tickets für den Heimflug«, sagte Eileen. Sie war allein nach Inverness gefahren, da sie sich dort noch ganz kurzfristig mit einem Kollegen verabredet hatte, der sich gestern erst per Mail bei ihr gemeldet hatte.

Nathalie nahm die Papiere an sich und blickte nur flüchtig darauf. »Schade. Ich könnte hier locker noch Wochen bleiben.« Wirkliches Heimweh hatte sie noch nicht. Zwar waren sie nun schon seit drei Wochen in Schottland, aber sie war schon öfter für länger weggewesen. Und als vor zwei Tagen doch ein Anflug von Sehnsucht über sie gekommen war, hatte sie sich einen Anruf bei ihren Eltern gegönnt.

»Ich auch, aber mein Sponsor will endlich Ergebnisse sehen.«

»Genügt es ihm nicht, wenn du ihm, was du bisher hast, per Mail zukommen läßt?«

»Leider nicht. Außerdem will er natürlich auch mit mir sprechen, und das geht nun mal weitaus besser von Angesicht zu Angesicht als nur per Mail.«

»Und wie war das Treffen mit deinem Kollegen?«

»Toll. Der Glückliche darf die nächsten zwei Wochen nach Nessie suchen.«

Na, wenn das Glück bedeutete ... »Und was machen wir jetzt?«

»Ich schlage vor, wir packen schon mal – dann geraten wir morgen früh nicht in Streß.«

»Gute Idee. Bis nachher dann«, sagte Nathalie und ging in ihr Zimmer, um ihre Sachen zusammenzusuchen. Da sie sich mit Einkäufen zurückgehalten hatte, kam nicht allzuviel extra mit in den Koffer. Einen schönen Bilderrahmen hatten sie schließlich auch erstanden, und an einem sonnigen Nachmittag waren Eileen einige wirklich posterreife Aufnahmen geglückt. Beim Bummeln durchs Dorf hatten sie noch einige Kleinigkeiten erworben. Als Andenken hatte Nathalie für sich selbst einen Schal mit einem Tartanmuster gekauft – im nächsten Winter würde der ihr sicher gute Dienste leisten. Für ihre Mutter hatte sie eine CD mit traditioneller schottischer Musik erstanden, und Vater würde sich über die Flasche original schottischen Whiskey sicher sehr freuen. Dazu noch Kleinigkeiten für die anderen Lieben zu Hause.

Eileen, die fertig mit Packen war, als Nathalie zurück in ihr Zimmer kam, schlug vor, den letzten Abend in Schottland in einem Pub ausklingen zu lassen. Unwillkürlich mußte Nathalie an den Abend denken, an dem ihre Beziehung ihren Lauf genommen hatte, und ein Kribbeln breitete sich in ihrem Bauch aus.

»Ein schottisches Ale gehört da natürlich dazu«, sagte Eileen, und in ihren Augen blitzte es.

»Du würdest mich auch ganz ohne Bier in dein Bett bekommen.«

»Davon bin ich überzeugt.« Eileen lächelte dermaßen verführerisch, daß Nathalie versucht war, ihr vorzuschlagen, den Abstecher ins Dorf ausfallen zu lassen und direkt ins Bett zu gehen. »Aber das können wir nachher ja so oder so machen, ob nun mit oder ohne Bier vorher.«

»Klingt nach einer guten Idee«, schnurrte Nathalie. Doch dann flitzte sie schnell noch mal ins Bad, um ihr Styling zu überprüfen. Ja, so konnte sie bleiben, die hellblaue Bluse war nicht zerknittert, auch die dunkelblaue Hose sah noch ordentlich aus. Da das Wetter in Schottland so wechselhaft war, und es oft zu kurzen, aber heftigen Schauern kam, dann aber wieder heiß die Sonne brannte, hatte sie sich angewöhnt, Hemden und Blusen zu tragen, bei denen sie bei Bedarf die Ärmel einfach hochkrempeln konnte.

Eileen wartete bereits an der Tür auf sie. »Fertig? Oder

mußt du dich noch weiter aufhübschen?«

»Nimmst du mich denn so mit?« Nathalie streckte die Arme nach oben und drehte sich vor Eileen einmal um die eigene Achse.

»Ich denke, so kann man dich herzeigen.« Die Professorin grinste breit und nahm dann Nathalies Hand.

Der Rückflug war ruhig und ein bißchen langweilig. Eileen hatte die erste Maschine des Tages gebucht, so daß sie schon um kurz nach fünf die Pension verließen. Den Leihwagen hatte Eileen gestern abend noch zurückgebracht.

Der Taxifahrer, der sie zum Flughafen von Inverness kutschierte, war für Nathalies Geschmack viel zu munter und ausgeschlafen für die frühe Stunde. Er plapperte unentwegt in seinem breiten schottischen Englisch.

Im Flieger dösten sie beide dann noch ein wenig ein. Es war spät geworden gestern abend. Sie hatten sich noch jede ein schottisches Ale gegönnt, einem Dudelsackspieler gelauscht und waren dann leicht angeheitert in die Pension zurückgekehrt. Doch zum Schlafen waren sie beide viel zu aufgedreht gewesen, so daß der späte Abend in Albereien, einer Kissenschlacht und schließlich heißem Liebesspiel geendet hatte.

Als sie in Deutschland landeten und ihr Gepäck einfingen, war es gerade Vormittag. Nathalie überlegte, ob sie Tim oder Patrick zu erreichen versuchen sollte, um das Geld fürs Taxi zu sparen. Doch da zog Eileen sie schon mit sich zum Taxistand. Der Fahrer half ihnen mit den Koffern und fragte nach ihrem Ziel.

Nach Eileens Aufforderung nannte Nathalie ihm ihre Adresse. Eine plötzliche Nervosität überfiel sie, je näher sie der

WG kamen. Heute abend würde sie nicht in Eileens Bett schlafen. Nicht ihre Finger durch die weichen kastanienbraunen Haare gleiten lassen, nicht beim Aufwachen in diese faszinierenden grünen Augen schauen.

»Was ist los?« fragte Eileen leise. Sie saßen beide hinten, und dieser Taxifahrer war ein stiller Vertreter seiner Art. Stur den Blick geradeaus gerichtet, fuhr er durch die belebten Straßen.

»Ach, nichts.«

»He, komm schon, du hast doch irgendwas.«

»Ist nicht wichtig«, wehrte Nathalie ab. Sie hatte nicht damit gerechnet, daß Eileen sie so genau beobachten oder gar spüren würde, wenn es ihr nicht gut ging.

»Wieso, ist es dir peinlich? Ha, ich weiß!«

»Was weißt du?« fragte Nathalie und schaffte es nicht ganz, den Schrecken in ihrer Stimme zu übertönen. War sie wirklich so leicht zu durchschauen?

Die Professorin grinste breit. »Du bedauerst, daß du ab heute wieder selbst dein Bett machen und das Bad putzen mußt. Kein Personal mehr, das sich um auf den Boden geschmissene Handtücher kümmert oder die schmutzigen Kaffeetassen einsammelt.«

Nathalie beschloß, die Vorlage zu nutzen. »Ja, es wird mir schwerfallen, ins WG-Leben zurückzukehren. Und nicht nur wegen der Schmutzwäsche und dem Bettenmachen.«

Eileen nickte, Verständnis stand in ihren attraktiven Zügen. »Ich wäre auch am liebsten noch geblieben. Aber wer sagt denn, daß das unser letzter gemeinsamer Schottlandaufenthalt war? Ich gehe davon aus, bald wieder hinfliegen zu können.«

»Das wäre toll.«

»Finde ich auch. Aber jetzt wartet erst mal ein Berg Arbeit auf mich. Darf gar nicht dran denken . . .« Sie rollte die Augen nach oben.

»Kann ich dir helfen?«

»Danke, das ist lieb von dir, und ich komme bestimmt darauf zurück, aber einiges muß ich erst mal selbst machen. Das Gespräch mit meinem Sponsor hat oberste Priorität, er will natürlich Ergebnisse sehen, und zum Glück kann ich ihm da ja einiges vorlegen.«

Nathalie nickte geistesabwesend. Sie bogen bereits in die Straße ein, in der das Haus stand, in dem sie wohnte. Nur wenige Minuten noch, dann würde sie nicht mehr die Hand ausstrecken können, um Eileen zu berühren.

»Ich rufe dich morgen an, okay?«

Nathalie schaute auf. »Ja, sicher. Das Handy habe ich für gewöhnlich immer bei mir.«

Der Taxifahrer parkte direkt vor der Haustür und trug ihr den Koffer nach oben. Nun war es also so weit. Abschied. Nathalie schluckte, doch der Kloß in ihrer Kehle blieb.

»Bis dann.« Eileen umarmte und küßte sie.

Nathalie versuchte sich nicht allzusehr an sie zu klammern, doch der Kuß wurde länger und leidenschaftlicher als geplant. Als sie sich endlich voneinander lösten, bemerkte sie, daß der Taxifahrer längst zurück war. Einen Meter von ihnen entfernt stand er da und schaute diskret zur Seite.

Hitze stieg Nathalie dennoch in die Wangen. »Bis morgen«, murmelte sie, winkte kurz und rannte die Treppen hoch.

Noch war keiner der Jungs da. Sie hatte ihnen gestern gemailt, daß sie heute zurückkommen würde, aber keine Uhrzeit genannt, da sie die selbst nicht gewußt hatte.

Auf dem Küchentisch fand sie einen kleinen runden Kuchen, davor lag ein A4-Blatt. In großen bunten Buchstaben stand »Herzlich willkommen zurück, Nathalie!« darauf.

»Ist das süß!« Nathalie war ganz gerührt und mußte blinzeln. Das war bestimmt Tims Idee gewesen. Sie zog ihr Handy heraus und schickte Tim und Patrick eine SMS, daß sie wieder da sei.

Bei ihren Eltern würde sie sich später melden, um diese

Zeit waren beide noch auf Arbeit, und darauf, eine roboterartige Ansprache auf dem Anrufbeantworter zu hinterlassen, hatte sie keine Lust.

Dann machte sie sich ans Auspacken. Es war besser, etwas zu tun zu haben, das hielt sie gut vom Grübeln ab.

Als hätten sie sich abgesprochen, kamen Tim und Patrick fast gleichzeitig zur Tür herein. Nathalie wurde überschwenglich begrüßt. Patrick hob sie sogar hoch und wirbelte sie herum, bis sie kreischte, er solle sie endlich runterlassen.

»Das war so still ohne dich«, beschwerte er sich.

Tim nickte. »Ja, habe mich richtig allein gefühlt. Er«, ein Fingerzeig auf Patrick, »war ja kaum da.«

»Wie kommt es, bahnt sich da was an?« wollte Nathalie wissen.

»Mal schauen«, antwortete Patrick geheimnisvoll und wurde ein kleines bißchen rot. Das war ihr Antwort genug, sie war ganz sicher, daß er was am Laufen hatte. Schön, sie gönnte ihm das Liebesglück. »Aber jetzt erzähl endlich, wie es in Schottland war.«

»Ach, so viel gibt es da eigentlich gar nicht zu erzählen. Wir haben halt gearbeitet, sind auch mal in die Highlands geritten, durchs Dorf gebummelt. Hab euch übrigens was mitgebracht.«

»Später, ich will endlich das Wichtige hören.« Patrick grinste sie an. »Was ist zwischen dir und der schönen Professorin gelaufen?«

Natürlich, diese Frage mußte ja kommen. Aber die Jungs würden keine Ruhe geben, bis sie ihnen eine Antwort präsentierte. »Nicht so wirklich viel. Also so richtig zusammen sind wir, glaub ich, nicht.«

»Wie, du weißt nicht, ob ihr zusammen seid? Wenn ihr es nicht wäret, könntest du das doch sagen, also muß da mehr sein«, stellte Tim fest. »Jedenfalls siehst du aus, als hättest du richtig guten Sex gehabt.«

Nathalies Augen weiteten sich, und der Mund klappte ihr auf.

»Tim, also wirklich!« Doch Patricks Strenge wurde durch das unterdrückte Kichern in seiner Stimme abgemildert. »Und, hat er recht?« wollte er wissen.

»Das sag ich euch nicht.«

»Also hattet ihr Sex«, schlußfolgerte Tim sogleich.

Nathalie seufzte. War sie denn wirklich so leicht zu durchschauen? »Wollen wir nicht endlich den Kuchen anschneiden? Der sieht echt gut aus, und ich kriege langsam Hunger.«

»Nicht vom Thema ablenken.« Doch Tim stand auf, um Tortenheber, ein Messer, Teller und Gabeln zu holen.

»Du mußt ja keine Details ausplaudern«, sagte Patrick.

»Also schön: Wir haben miteinander geschlafen. Nun zufrieden?«

»Das klingt so ... langweilig, wie du das jetzt sagst. Wie ein altes Ehepaar, das erzählt, daß es letzten Samstag nach dem Krimi noch Sex hatte«, meinte Patrick und hielt Tim ohne hinzusehen seinen Teller entgegen.

»Gerade meintest du noch, daß ich keine Details preisgeben müsse«, erinnerte sie ihn.

»Ja, ja, aber ganz so langweilig hatte ich es eben nicht erwartet.«

»Es war nicht langweilig, und einen Fernseher hatten wir gar nicht auf dem Zimmer.«

»Dem Zimmer?« pflückte Patrick sogleich heraus. »Aha, ihr habt also in einem einzigen Zimmer gewohnt.«

Der Junge sollte Polizist werden. Oder Privatdetektiv. »Nein, eigentlich nicht. Ich hab dann nur eben immer bei Eileen geschlafen.«

»Na, das hört sich doch schon besser an.« Tim stellte ihr den Teller, der mit einem großen Stück Schokoladenkuchen beladen war, vor die Nase.

»Wie man es eben nimmt.« Nathalie stieß die Gabel in die schokoladenbraune Masse. Der Kuchen verströmte einen verlockenden Duft nach Vanille und gutem Kakao. »Wir hatten tollen Sex, ja. Aber Eileen hat kein Wort darüber verloren, wie es mit uns weitergehen soll. Oder ob es überhaupt weitergehen soll.«

»Warum hast du sie nicht einfach gefragt?« wollte Tim wissen.

Ja, warum eigentlich nicht? Weil sie dafür kein Talent hatte? Zu feige war? Nie der richtige Moment für ein solch ernstes Gespräch dagewesen war? Sie sich vor der Antwort fürchtete, wenn Eileen ihr sagte, daß sie für sie nur eine nette kleine Affäre gewesen sei?

»Du kannst das ja jetzt nachholen«, schlug Patrick vor. »Ihr seht euch doch bestimmt in den nächsten Tagen, oder braucht sie dich jetzt nicht mehr als Assistentin?«

»Doch, schon. Eileen wollte mich morgen anrufen. Aber am Telefon kann man so etwas unmöglich besprechen.«

»Du sollst sie ja auch nicht direkt damit überfallen«, meinte Tim, und Patrick nickte zustimmend. Die beiden schienen das ganz locker zu sehen. Nathalie lag auf der Zunge, sie zu fragen, warum ihnen so wenig Liebesglück beschert war, wenn das alles doch so einfach sei.

»Aber eben mit ihr reden. In einem passenden Moment«, ergänzte Patrick.

»Ja, ja, mache ich, versprochen.« Sie wandte sich wieder ihrem Kuchenstück zu, das sie über der Diskussion ganz vernachlässigt hatte. »Schmeckt übrigens köstlich.«

Tim strahlte. »Schokoladenkuchen nach Sacher Art. Wußtest du eigentlich, daß Schokolade ein Aphrodisiakum ist?«

Schon beim Aufstehen kontrollierte Nathalie, ob ihr Handy aufgeladen war. Das war es eigentlich immer und die Überprüfung daher unnötig, aber der Gedanke, daß Eileen sie vielleicht zu erreichen versuchte und es aufgrund technischer Probleme nicht konnte, war ihr unerträglich.

Die Jungs waren zu ihren jeweiligen Jobs gefahren, Nathalie kümmerte sich um die Wäsche und versuchte nicht jede Minute auf die Uhr zu schauen. Es war noch nicht mal zehn, so früh würde Eileen vermutlich nicht anrufen, denn sicher mußte sie sich heute erst mal mit ihrem Sponsor treffen.

Am Kühlschrank hing wie üblich eine Einkaufsliste. Nathalie nahm sie, schaute selbst noch durch die Schränke, schrieb Spaghetti, Kondensmilch und Zucker mit auf und ging los. Der Supermarkt war um diese Zeit wunderbar leer.

Gerade als sie ihre Sachen vom übervollen Einkaufswagen auf das Rollband lud, klingelte ihr Handy. Eine Entschuldigung murmelnd langte sie in ihre linke Hosentasche und nahm das Gespräch an, während sie mit der rechten Hand weiter Waren auf das Rollband legte.

»Habe ich dich geweckt?« fragte Eileen statt einer Begrüßung.

»Nein, keine Sorge. Bin gerade einkaufen.« Neben ihr piepste es jedes Mal, wenn ein neuer Artikel eingelesen wurde.

»Soll ich in einer halben Stunde noch mal anrufen?«

»Nein!« Nathalie fing den anklagenden Blick der Verkäuferin auf, die auf ihr Geld wartete und darauf, daß die Waren zurück in den Einkaufswagen geräumt wurden. Zum Glück war niemand hinter ihr.

»Bist du sicher, daß ich nicht störe?«

»Moment bitte, ja.« Nathalie legte das Handy ab, drückte der Kassiererin einen Fünfzig-Euro-Schein in die Hand, und während diese sich darüber mokierte, daß Nathalie es nicht kleiner hatte, schaufelte sie die Waren in Windeseile zurück in den Wagen.

»Ihr Wechselgeld«, sagte die beleibte Dame hinter der Kasse mit eisigem Blick.

»Dankeschön.« Nathalie schenkte ihr ein freundliches Lächeln, das das Gesicht der Frau noch mehr verfinstern ließ. Rasch schnappte sie sich ihr Handy und schob den Einkaufswagen Richtung Ausgang. »Bist du noch dran?«

»Klar. Und, kannst du nun reden?«

»Ja.« Nathalie blieb an ihrem Auto stehen. »Hast du schon das Gespräch mit deinem Sponsor gehabt?«

»Ja, bis gerade eben, deswegen rufe ich auch an.«

»Soll ich schon die Koffer packen?« Es war mehr als Scherz gemeint, doch die Vorstellung zum nächsten aufregenden Abenteuer an Eileens Seite aufzubrechen, ließ ihr Herz sofort in einen schnelleren Rhythmus fallen.

»Nee.« Eileen lachte und verstärkte damit das Kribbeln in Nathalies Bauch noch. »Aber hast du Zeit, bei mir vorbeizukommen?«

»Sicher. Wann paßt es dir?«

»Heute nachmittag wäre gut, so nach drei Uhr. Ich habe nämlich gleich noch einen Termin. Ginge das?«

»Paßt mir prima.« Sie hatte doch ohnehin nichts weiter vor, als gleich die fertige Wäsche aus der Maschine zu holen und die Einkäufe einzuräumen.

»Wunderbar. Bis nachher.«

»Bis nachher.« Nathalie starrte noch einen Moment auf das Handy, dann drückte sie das kühle Gerät an ihre Lippen. Sie würde Eileen wiedersehen, in wenigen Stunden schon!

Der Gedanke ließ sie unwillkürlich über sich selbst lachen. Es war doch noch nicht mal ein ganzer Tag her, seit sie gemeinsam aus dem Flugzeug gestiegen waren. Sie tat ja gerade so, als seien Wochen oder gar Monate seitdem vergangen.

Doch die Aussicht auf ein Zusammensein mit Eileen beflügelte sie geradezu. Einen Song auf den Lippen, lud sie die eingekauften Sachen in den Kofferraum und fuhr singend zur WG.

Da auch nachdem sie Wäsche und Aufräumen erledigt hatte, noch viel Zeit blieb, bereitete sie eine Lasagne vor, die nur noch in den Ofen geschoben werden mußte. Die sowieso ewig hungrigen Jungs würden sich da sicher drüber freuen.

Ein Abstecher ins Bad war natürlich auch nötig. Nathalie entschied sich dazu, ihr Haar offen zu tragen. Da sie es heute früh wie üblich geflochten hatte, fiel es ihr nun in weichen Wellen über die Schultern. Sie tuschte sich die Wimpern noch einmal; als echte Blondine war auch ihre gesamte Körperbehaarung hell. Nur Make-up, das mochte sie weniger. Zum Ausgehen, ja, aber besonders Lippenstift fand sie ziemlich eklig. Und mit Rouge mußte man auch vorsichtig sein – zu leicht geriet man beim Schmusen in Gefahr, sich die Klamotten einzusauen. Außerdem hatte der Aufenthalt in Schottland ihrer Haut einen zarten Goldton verliehen, deswegen war Farbe ohnehin nicht nötig.

Sie zog sich zweimal um, bis sie zufrieden war. Das Top war luftig und leicht, genau richtig für die Hitze, die heute herrschte. Und man konnte gut eine Hand darunter schieben . . .

Gerade als sie gehen wollte, kam Patrick zur Tür herein. »Alles fit bei dir?«

»Ich bin auf dem Weg zu Eileen.«

»Ah.« Er grinste wissend.

Sie knuffte ihn in die Seite. »Im Kühlschrank steht eine Lasagne, muß nur für zwanzig Minuten in den Backofen.«

»He, klasse, ich verhungere.«

»Laß Tim aber auch noch was übrig«, rief sie, während sie leichtfüßig die Treppe hinuntersprang.

Es war drei Minuten nach drei, als sie auf den Klingelknopf mit der Aufschrift *Eileen Kessling* drückte. Das Haus lag in einer Seitenstraße, ruhig, gepflegte Vorgärten und keine Probleme, einen Parkplatz zu finden. Aber es wirkte alles viel zu still, als sei niemand daheim. War sie zu früh? Wenn Eileens Termin länger dauerte, würde diese sie doch sicher anrufen, oder?

In ihre Überlegungen hinein ertönte das Geräusch des Öffnungsmechanismus. Nathalie drückte die Tür auf und schlüpfte ins Treppenhaus.

»Hier oben«, erklang Eileens Stimme über ihr.

Nathalie spurtete die Stufen hoch. Sie war ein bißchen verlegen. Was sollte sie sagen? Sie hatte vor wenigen Stunden erst telefoniert. »Alles glattgegangen bei deinen Gesprächen?«

»Ja, sieht so aus. Aber komm erst mal rein.« Eileen zog sie in die Wohnung und in ein gemütlich eingerichtetes Wohnzimmer. »Setz dich ruhig schon, bin gleich wieder da.«

Nathalie kam der Aufforderung nach und ließ ihren Blick durch den Raum schweifen. Alles sauber und aufgeräumt, kein WG-Chaos, wie sie es gewohnt war. Und dabei war ihre WG noch harmlos; sie hatte schon weit schlimmere Behausungen zu Gesicht bekommen. Aber Eileen war schließlich auch keine Studentin mehr, die ihre Bücher auf dem Küchentisch liegenließ oder Notizzettel an den Kühlschrank haftete, um besser auswendig lernen zu können.

Eileen kam zurück und hielt eine Flasche Champagner hoch.

»O ha, haben wir was zu feiern?«

»Jepp, haben wir.« Eileen ließ sich neben Nathalie aufs Sofa fallen und stellte die Flasche auf dem Tisch ab. »Mein Sponsor hat mir weitere Gelder bewilligt.«

Und das bedeutet vermutlich auch den nächsten Tauchgang. Nathalie unterdrückte ein Schaudern. Die Bilder der ertrinkenden Eileen standen ihr immer noch deutlich vor Augen, und mehr als einmal hatte sie schon Alpträume gehabt, in denen es ihr nicht gelang, die Professorin rechtzeitig an Land zu bringen.

Eileen ließ den Korken knallen und schenkte zwei Gläser voll. Schaumbläschen sprudelten hoch, bildeten eine Krone und schwappten über den Glasrand. »Ich bin so froh, daß ich weitermachen kann. Das ist bei mir immer so ein Vabanquespiel – bekomme ich genügend Gelder, kann ich weiter forschen, wenn nicht, bleibt mir wieder nur, an Universitäten Vorlesungen zu halten. Nicht, daß ich das nicht auch gern täte. Aber mein Herz schlägt nun mal für die Kryptozoologie, und ganz besonders für Nessie.«

Sie hatte es bestimmt nicht so gemeint, doch ihre Worte trafen Nathalie. Kein Wort über eine Beziehung, auch wenn man kaum mehr leugnen konnte, daß sie zusammen waren. Vielleicht mußte man auch nicht immer alles aussprechen. Es war ja sehr schön mit Eileen, jedenfalls meistens.

»Hier.« Die Professorin drückte ihr ein Glas in die Hand und stieß an, daß es leise klirrte. »Auf den Erfolg. Und auf uns.«

Ihre Worte waren wie ein warmer Regen für Nathalie. Eigentlich machte sie sich nicht besonders viel aus Sekt, und für Alkohol fand sie es noch viel zu früh am Tag, aber mit der großen Liebe Champagner trinken war schon etwas anderes. Das besaß eine gewisse Exklusivität. Auch wenn Eileen den Schampus vermutlich nur wegen ihrer zugesagten Forschungsgelder gekauft hatte.

Nachdem sie beide einen großen Schluck getrunken hatten, stellte Eileen das Glas ab und nahm auch Nathalie das ihre aus der Hand, um die Freundin nun leidenschaftlich zu küssen. Der Champagner prickelte noch nach auf ihrer Zunge, was dem Kuß eine ganz besondere Intensität verlieh.

»Was genau bedeutet das denn jetzt? Schickt man dich wieder nach Schottland?« fragte Nathalie noch leicht atemlos.

»Ja, aber noch nicht sofort. Erst einmal muß ich die Daten und Bilder weiter auswerten, zusammen mit einigen anderen Experten.«

»Und wie kann ich dabei helfen?« Das war ja nun nicht gerade ihr Spezialgebiet.

»Ach, da gibt es immer reichlich Daten in den Computer einzugeben und Unterlagen abzuheften.« Eileen drehte sich halb und deutete auf das Regal in ihrem Rücken. »Siehst du die Aktenordner dort? Und das ist noch nicht mal die Hälfte von allen, die ich schon habe.«

Nathalie pfiff leise durch die Zähne. »Sieht nach einer ganzen Menge Papierkram aus.«

»Ist auch so.« Sie strich Nathalie eine hellblonde Haarsträhne aus dem Gesicht. »Aber darum machen wir uns jetzt keine Gedanken.«

Ihrem Tonfall haftete etwas unterschwellig Verführerisches an, das Nathalie ein erregtes Prickeln über die Haut laufenließ. »Und worum machen wir uns statt dessen nun Gedanken?«

Eileen lachte leise. »Ich hab da schon eine Idee . . .« Sie ließ ihre Finger Nathalies Hals hinab wandern, strich über ihr Schlüsselbein und tastete sich langsam weiter vor.

Im Geiste beglückwünschte Nathalie sich zu der richtigen Kleiderwahl – Eileens Hand paßte perfekt unter das Top. Nathalie veränderte ihre Position ein wenig, so daß sie nun halb auf der Couch lag und Eileen dadurch besseren Zugang zu ihren Brüsten hatte.

Die Professorin streifte ihr das störende Kleidungsstück ab und betrachtete einen Moment lächelnd die festen Brüste. »Du bist so schön«, flüsterte sie. »Ich könnte die immerzu ansehen. Dich berühren«, sie fuhr mit dem Finger über die rechte Brust, tippte die schon aufgerichtete Warze leicht an. Ein Schauer der Erregung durchlief Nathalie und verursachte ein süßes sehnsüchtiges Ziehen in ihrem Schoß, »dich küssen«, Eileen neigte den Kopf, um die kirschrote Brustspitze mit den Lippen zu umschließen, doch fast im selben Augenblick gab sie sie wieder frei, »dich verwöhnen, bis du vor Lust stöhnst.«

Das Ziehen wurde stärker. Nathalie lächelte sie voll vorfreudiger Erwartung an.

Eileen enttäuschte sie nicht. Mit wenigen Handgriffen befreite sie Nathalie von den abgeschnittenen Jeans. »Hübsch«, kommentierte sie den Spitzenslip aus schwarzer Seide, der darunter zum Vorschein kam. Sie streichelte Nathalie durch den Stoff hindurch.

Nathalie stöhnte, drängte sich der Hand entgegen. Ihr Fuß stieß gegen den Tisch, was die nah beieinander stehenden Sektgläser zum Klirren brachte. Nathalie sah hoch und rutschte weiter auf die Couch, um nicht aus Versehen doch noch für Scherben zu sorgen.

Auch der Slip landete auf dem Boden. Eileen beugte sich weit über Nathalie, um sie zu küssen. Nathalie nutzte die Gelegenheit, der Professorin die weiße Bluse aufzuknüpfen. Die prachtvollen Brüste sprangen ihr entgegen, die Spitzen hart und korallenrot.

Nathalie wollte die Beine um Eileen schlingen, um sich an ihr zu reiben, doch das vereitelte die Freundin, indem sie weiter hinunterrutschte. Nun kniete Eileen vor der Couch, genau zwischen Nathalies noch immer gespreizten Beinen. Sie gab ihr einen Kuß auf den flachen Bauch, dann noch einen und noch einen. Bis zum Venusberg küßte sie sich hinab.

Warum hörte sie jetzt auf? Nathalie unterdrückte ein frustriertes Seufzen.

Eileen griff nach dem Sektglas und nahm einen großen Schluck. In einer fließenden Bewegung beugte sie sich über Nathalies Schoß, und ehe sich's diese versah, hatten Eileens Lippen die pulsierende Perle eingesaugt. Der Champagner, den sie noch im Mund hatte, umspielte die hochempfindliche Klitoris, unterstützt von ihrer eifrigen Zunge.

Ein kleines Rinnsal lief kühl herab, prickelte auf seinem Weg weiter. Nathalie hatte das Gefühl, es vor Lust kaum mehr aushalten zu können. Sie wand sich wie ein Fisch auf dem Trockenen.

Eileen nahm einen weiteren Mundvoll Champagner und wiederholte die köstliche Prozedur. Erneut prickelte es um Nathalies Perle. Ihre Säfte flossen, vermischten sich mit dem Champagner. Eileen ließ von ihrer Klitoris ab, leckte über den ebenso empfindlichen Eingang und schob ihre Zunge ein

Stück hinein.

Ein lautes Stöhnen entfuhr Nathalie.

Eileen löste sich von ihr und sah sie lächelnd an. Ihr Kinn glänzte von dem Liebestau. Dann nahm sie erneut Champagner in den Mund.

Nathalie spürte, wie sich tief in ihr der Orgasmus aufbaute, als Eileen ihre Klitoris bearbeitete. Ihre Beine zuckten. Sie krallte die Finger ins Polster, während die Wellen sich über ihren Leib ausbreiteten, sie schüttelten und bunte Sternchen sehen ließen.

Als sie wieder genug Atem hatte, um sprechen zu können, lächelte sie Eileen an. »Ist noch etwas Champagner übrig?«

»So viel du willst.« Mit einem Glitzern in den Augen reichte die Professorin ihr ein gut gefülltes Glas.

Noch eine ganze Zeit nach ihrem heißen Liebesspiel lagen die beiden Frauen auf der Couch. Eigentlich war das Möbelstück dafür etwas zu schmal, doch so eng halb aufeinander zu liegen, hatte durchaus etwas Reizvolles an sich.

Faul spielte Nathalie mit Eileens Haaren, bis diese schließlich aufstand. »Ich brauche jetzt erst mal einen Kaffee«, verkündete sie. »Du auch?«

»Gern. Aber ich kann dir auch helfen.«

»Nee, laß mal, aber lieb von dir.« Auf nackten Füßen lief sie davon, schnappte sich lediglich ihre Bluse vom Boden und zog sie im Gehen über.

Nathalie sah ihr hinterher. Eileen hatte eine tolle Figur, lange schlanke Beine und sanfte, weiche Kurven an den richtigen Stellen. Der viele Aufenthalt im Freien hatte ihre Haut golden getönt.

Während aus der Küche klappernde Geräusche und das

Schlürfen einer Kaffeemaschine in Betrieb tönten, stand Nathalie ebenfalls von der Couch auf, klaubte ihre Sachen zusammen und zog sich an.

Langsam ließ sie ihren Blick durch das Wohnzimmer wandern. Etwas auf der Kommode erregte ihre Aufmerksamkeit. Nathalie trat näher.

Eine Reihe gerahmter Bilder stand auf dem Schränkchen. Auf einigen war Eileen zu erkennen. Manche mußten ziemlich aktuell sein, andere älteren Datums, wie an den verschiedenen Frisuren und dem Kleidungsstil zu erkennen war.

Sie betrachtete die Fotografie ganz links. Die Frau neben Eileen war keine große Schönheit, aber ihr kantiges Gesicht besaß etwas Interessantes, das den Blick anzog, ohne daß der Betrachter so recht zu sagen vermochte, was genau es nun war. Je länger Nathalie sie ansah, desto attraktiver fand sie die harten Züge. Auf dem Foto daneben war die Frau allein abgebildet. Sie lächelte für den Fotografen, doch wirkte ihr Ausdruck hier distanzierter.

Mit einem Tablett in der Hand trat Eileens ins Zimmer. Nathalie bemerkte den Schatten auf ihrem Gesicht. War es Eileen nicht recht, daß sie die Fotos angeschaut hatte? Aber die Bilder standen schließlich ganz offen auf der Kommode, jeder, der ins Wohnzimmer kam, konnte sie sehen. »Wer ist das?« fragte sie und deutete auf das Bild.

Etwas heftiger als nötig stellte Eileen das Tablett auf dem Tisch ab und trat zu ihr, nahm das Bild an sich. »Bianca. Meine . . .«, sie zögerte kurz, umklammerte das Holz etwas fester, »ehemalige Freundin.«

Sie hatte ein Foto der Ex aufgehängt? Zugegeben, Nathalie besaß auch noch etliche Bilder von Sandra und auch welche, auf denen Sandra und sie selbst waren, aufgenommen an glücklichen gemeinsamen Tagen. Aber die hatte sie in Fotoalben und einem alten Schuhkarton. Nicht im Traum wäre ihr in den Kopf gekommen, eines der Fotos zu rahmen und an die Wand zu nageln. Schon gar nicht, wenn sie in einer neuen Beziehung war. Sie hatte es nur bisher nicht übers Herz gebracht, die Fotos zu vernichten. Es hatte zwischen ihnen trotz all dem Streß und Streit auch viele sehr schöne Momente gegeben, außerdem war Sandra ihre erste richtige Liebe gewesen. Ohne die Beziehung mit ihr wäre sie jetzt vielleicht ein ganz anderer Mensch.

Eileen stellte die Fotografie zurück auf die Kommode, ging an den Tisch und nahm die Teller und die Kanne vom Tablett. »Kommst du?«

»Bin schon da.« Beim Anblick der mit Schinken und Käse belegten Brote knurrte ihr Magen vor Hunger. Doch das Foto ging ihr nicht aus dem Kopf. Eileen mußte es mit Bianca ziemlich ernst gewesen sein. Nathalie spürte, daß ihre Geliebte nicht über das Thema reden wollte. Vielleicht war die Trennung noch recht frisch und der Schmerz daher nicht abgeheilt. Besser, sie bohrte nicht weiter nach. Außerdem war diese Frau Vergangenheit, kein Grund also, ihr eine Chance zu geben, die junge Beziehung zu belasten.

»Ich habe mir überlegt, daß wir morgen mit den Aktenordnern anfangen«, sagte Eileen, während sie Nathalie Kaffee einschenkte und ihr den Zuckernapf reichte. »Wäre dir das recht?«

»Ja, sicher. Außerdem mußt du das doch nicht fragen, immerhin bin ich deine Assistentin, da muß ich mich nach deinen Arbeitszeiten richten.«

»Ach, so eng sollten wir das nicht sehen.«

Nathalie beobachtete sie. Eileen wirkte angespannt und war geradezu krampfhaft bemüht, das Gespräch ja nicht wieder auf ihre Ex kommen zu lassen. Was mochte da bloß vorgefallen sein?

»Zuerst mal müssen zwei Stapel einsortiert werden, nach Datum geordnet«, fuhr Eileen fort. »Das ist eine Arbeit, die an Stumpfsinnigkeit kaum zu überbieten ist und die ein Schimpanse erledigen könnte, wenn er denn fähig wäre zu lesen. Muß aber halt gemacht werden.«

»Klar. Habe ich bei Feldleben auch oft genug tun müssen.«

»Keine Sorge, wenn du dich mal vertust; es geht einzig darum, daß ich Unterlagen wiederfinde, und wenn da mal aus Versehen der vierte vorm zweiten Juli ist, ist das auch kein Drama.«

»Soll ich schon anfangen?« fragte Nathalie, nachdem sie ihren Kaffee getrunken und die Brote verzehrt hatten.

»Nee, morgen ist früh genug. Laß uns heute mal noch so richtig faul sein.« Eileen streckte sich und lehnte sich dann im Sessel zurück.

Nathalie, die ihren Platz auf der Couch behalten hatte, tat es ihr gleich. Gemeinsam faul zu sein, war schön. Sie lächelte und blickte Eileen durch halb geschlossene Augen an. »Und was gibt es sonst Neues?«

»Das war es eigentlich schon. Was sich genau an Forschungsaufträgen ergibt, erfahre ich erst in den nächsten Tagen. Und bei dir?«

»Ach, das übliche WG-Leben halt. Aber war schön, die Jungs wiederzusehen. Irgendwie habe ich sie tatsächlich ein bißchen vermißt.«

»Du magst sie wohl sehr, hm?«

»Ich bin mit zwei jüngeren Brüdern aufgewachsen, Tim und Patrick erinnern mich manchmal daran. Und es funktioniert gut mit uns dreien. Patrick ist zwar ein Chaot, was Ordnung betrifft, aber Tim sorgt schon dafür, daß die Bude nicht zugemüllt wird. Und das war so süß, als ich jetzt aus Schottland zurückkam, erwartete mich ein selbstgebackener Kuchen.«

»Das ist wirklich lieb.«

Nathalie zwang sich, nicht zur Kommode hinüberzusehen. Einfach war das nicht, es schien, als würde ihr Blick immer wieder magnetisch angezogen werden von den Fotos.

Plötzlich sprang Eileen auf. »Eines habe ich ja fast vergessen!«

»Was denn?«

»Eine Sekunde, bin sofort zurück.« Sie flitzte aus dem Raum, und Nathalie hörte sie nebenan Schubladen durchwühlen. Als sie zurückkam, trug sie ein rechteckiges Kästchen in rot-grünem Geschenkpapier. »Hier, für dich.«

»Für mich? Aber – wieso?«

»Frag nicht lang, pack aus.« Eileen grinste. »Muß man denn immer erst auf Geburtstag oder Weihnachten warten, wenn man etwas schenken will?«

Vorsichtig löste Nathalie die dünne goldene Schnur, die um das Päckchen gewickelt war und das Papier zusammenhielt. Zum Vorschein kam ein schwarz glänzendes Kästchen.

»Na los, mach doch endlich auf«, quengelte Eileen.

Wäre Nathalie nicht selbst so neugierig gewesen, hätte sie den Moment noch etwas weiter hinausgezögert. Nun aber öffnete sie den Deckel und blickte auf eine silberne Kette, die in einem mitternachtsblauen Samtbett ruhte. »Oh, wie schön!« entfuhr es ihr. Sie nahm die Kette heraus und betrachtete den Anhänger. Es war ein silberner winziger Dudelsack, und an seiner Seite war ein Schwert befestigt. Einige Sekunden lang bewunderte sie die feine Arbeit. Dann sah sie Eileen an, die sie mit einem zufriedenen Grinsen betrachtete. »Ich weiß gar nicht, was ich sagen soll, außer: DANKE!« Sie fiel ihr um den Hals und küßte sie stürmisch.

»Ich dachte mir, daß es nett wäre, wenn du eine kleine Erinnerung an unseren Schottlandaufenthalt hast.«

Als ob sie diese Zeit jemals vergessen könnte! Aber es war so lieb, daß Eileen ihr diese Kette schenkte. Sie hielt sie ihr hin. »Legst du sie mir bitte um?«

Eileen drehte sie an den Schultern um, Nathalie nahm das lange, nun etwas unordentliche Haar nach vorn und spürte die Finger der Freundin in ihrem Nacken. Eileen drehte sie noch einmal. »Steht dir gut«, meinte sie.

Nathalie betastete den Anhänger. »Die nehme ich nie wieder ab«, versprach sie.

Das Sortieren der Akten war wirklich eine stumpfsinnige Tätigkeit, die dadurch erschwert wurde, daß Deutschland von einer Hitzewelle erfaßt worden war, tagsüber das Thermometer auf weit über dreißig Grad kletterte und auch die Nächte keine Abkühlung brachten. Zwar hatte Eileen schon am frühen Morgen alle Rolläden heruntergelassen und einen Ventilator aufgestellt, dennoch war es brütendheiß und stickig. Selbst das dünne, knappe Top klebte Nathalie am Rücken.

»Ich zerfließe«, stöhnte Eileen und drückte sich das Glas vor die Stirn. Sie tranken literweise Mineralwasser mit Zitronensaft und Eiswürfeln.

»Ich auch.« Nathalie seufzte und griff nach dem nächsten Ordner. Sie hatten noch nicht mal ein Viertel der Papierberge geschafft. Das bedeutete noch einige Tage Arbeit.

Die Hitze hatte etwas Lähmendes an sich. Mehr als einige Küsse tauschten sie nicht aus, denn jede Bewegung bedeutete weiteren Schweiß, und Nathalies Lust auf Sex tendierte gegen null. Nicht, daß der Anblick der schönen Professorin sie kaltließ – im Gegenteil, Eileen in den knappen Sachen, die ihr noch dazu so eng am Körper klebten, daß die Brustwarzen deutlich zu erkennen waren, hatte durchaus etwas sehr Reizvolles. Aber bei über zweiunddreißig Grad in der Wohnung fehlte ihr die Energie für heiße Liebesspiele.

Eileen schien es nicht anders zu gehen. In Schottland hatte es immer wieder ganz spontane Situationen gegeben, in denen sie übereinander hergefallen waren und sich leidenschaftlich geliebt hatten. Doch nun stöhnte auch die Professorin nur über die Hitze und nicht vor Lust.

»Machen wir Schluß für heute«, sagte Eileen schließlich.

»Kannst du deinen Sponsor nicht überreden, dich auf die Suche nach dem Yeti zu schicken? Ich komme auch liebend gern mit.«

Eileen lachte. »O ja, arktische Winde, das wäre jetzt schön.«

»Und abends kuscheln wir uns zusammen in einen Schlafsack«, spann Nathalie die Vorstellung weiter.

»Klingt verlockend, wirklich.« Eileen seufzte und deutete auf den Papierberg, der in der letzten Stunde kaum abgenommen hatte. »Aber erst müssen wir damit durchkommen. Solange der nicht beseitigt ist, ist an nichts anderes zu denken.«

»Sollten wir dann nicht heute doch noch ein wenig weitermachen?«

»Nein. Außerdem hat mir die Hitze inzwischen das Gehirn so durchgekocht, daß ich mich ohnehin nicht mehr konzentrieren kann. Laß uns lieber Eis essen gehen. Ich kenne da eine Gelateria, die klimatisiert ist.«

Eine halbe Stunde später saßen sie in dem Eiscafé, löffelten von einem riesigen Liebesbecher, wie das Eis für zwei hieß, und genossen die angenehme Temperatur. Es waren maximal zwanzig Grad, während vor dem Geschäft die Hitze auf den Steinen flirrte.

»Hier sollte man arbeiten«, bemerkte Nathalie und schaute voller Neid den Serviererinnen zu, die reichlich damit zu tun hatten, alle eishungrigen Kunden zu bedienen.

Sie blieben lange in dem Café, es war trotz des regen Zulaufs doch sehr gemütlich und ideal, um zu plaudern. Eileen vermied allerdings auch jetzt das Thema *Vergangene Beziehungen*.

Die Hitze blieb, doch so langsam wurden sie Herrinnen der Papierstapel. Sich mittags ins Eiscafé zu flüchten, war rasch zur Gewohnheit geworden.

»So, das war es. Wir sind tatsächlich durch.« Mit einem lauten Knall klappte Eileen den letzten Ordner zu.

Nathalie schielte zum Fenster. »Und nun, wo wir fertig sind, ziehen Wolken auf.«

»Ja, schaut nach einem Gewitter aus«, meinte die Professorin und setzte sich neben sie auf die Couch. »Ich denke, du bleibst besser hier, bis es vorbei ist.«

Nathalie gab ihr einen Kuß. »Ich würde auch ohne Gewitter bleiben.«

Eileen zog sie noch näher an sich und streichelte über ihren Rücken. Durch das geöffnete Fenster wehte eine kühle Brise herein. Eileen schob ihren rechten Oberschenkel zwischen Nathalies Beine.

Nathalie rieb sich an ihr. Der Stoff der abgeschnittenen Jeans verstärkte die Reibung noch, und sie fühlte, wie ihr Slip von Feuchtigkeit durchtränkt wurde. Ihre Hände umklammerten Eileens Schultern, während sie sich schneller bewegte.

Doch dann schob Eileen sie von sich und nahm sie an die Hand. »Ins Schlafzimmer«, flüsterte sie.

Die Laken fühlten sich kühl an, als sie nackt darauf sanken. Die wenige leichte Kleidung hatte den immensen Vorteil, daß sie in Sekunden abgestreift war. Nach der hitzebedingten Enthaltsamkeit kam es Nathalie so vor, als nehme sie jede Berührung noch intensiver wahr.

Durch die fast vollständig heruntergelassenen Rollos war es halb dunkel im Zimmer. Nathalie schlang ihre Arme um Eileen und ließ ihre harten Brustwarzen um die der Freundin kreisen.

Die Professorin legte den Kopf in den Nacken und stöhnte leise. Ihre Haare strichen leicht über Nathalies Finger. Da sie beide auf dem Bett knieten, war der Größenunterschied zwischen ihnen gut ausgeglichen. Nathalie ließ ihre Hände weiter wandern, drückte Eileen dann aufs Bett, um sich noch besser der Region zwischen ihren Beinen widmen zu können.

Ehe sie sich's versah, hatte Eileen sie allerdings gepackt und so gedreht, daß sich ihr Gesicht nun ebenfalls nah an Nathalies Schoß befand. Das nutzte sie sogleich aus.

Ein kleiner Schrei der Lust entfuhr Nathalie, als sie Eileens Zunge an ihrer Weiblichkeit spürte. Sie schob die Beine der Professorin etwas weiter auseinander und teilte mit den Fingern die schon feucht glänzenden Lippen. Mit dem Zeigefinger strich sie erst langsam durch die Nässe, dann stupste sie sanft gegen die blutgefüllte Perle.

»Ohhh«, entfuhr es Eileen.

Nathalie schob einen Finger in sie und bewegte ihn rhythmisch rein und raus. Eileen tat es ihr gleich. Das Pochen in ihrem Schoß verstärkte sich, doch Nathalie zwang sich dazu, sich auf ihr Tun zu konzentrieren.

Sie gesellte einen zweiten Finger dem ersten hinzu. Und wieder machte Eileen genau das gleiche. Die langen Finger der Professorin glitten tief in Nathalie hinein, streichelten sie von innen und fanden den ganz besonders empfindlichen Punkt an ihrer vorderen Wand.

Selbst in dem schwachen Licht konnte Nathalie sehen, wie ihre Finger glänzten, als sie sie herauszog. Wie erwartet, tat Eileen es ihr gleich. Nathalie stieß wieder in sie und küßte gleichzeitig die pulsierende Perle. Sie traute sich nicht, den kleinen Knubbel ganz einzusaugen, denn das würde Eileen unweigerlich sofort auch bei ihr machen – und dann wäre es mit ihrer Konzentration vorbei. Und so sollte es nicht enden. Sie wollte Eileen verwöhnen, intensiv und leidenschaftlich.

Die Finger still haltend, strich sie nun mit denen der anderen Hand über die samtigen Innenseiten von Eileens Oberschenkeln. Das Echo davon bekam sie an ihren eigenen Beinen zu spüren. Sie ließ ihre Finger zum Delta der Weiblichkeit wandern, streichelte über die gespreizten Schamlippen, zwischen denen ihre Finger verschwanden. Allein der Anblick steigerte ihre Erregung. Und Eileen sah das gleiche.

Der Atem der Professorin ging schneller, als Nathalie nun komplett stillhielt. Sie spannte ihre inneren Muskeln an, umschloß Eileens Finger und fühlte ihre eigenen Finger auf die gleiche Art festgehalten.

Sie entspannte sich, und als auch Eileen ihre Muskeln locker ließ, zog sie die Finger heraus, doch nur um gleich darauf erneut in sie zu stoßen. Diesmal jedoch gesellte sie den Zeigefinger dem mittleren und Ringfinger hinzu. Drei Finger schoben sich in Nathalie, dehnten sie, verwöhnten sie und brachten sie dazu, ihren Atem in Stöhnlauten entweichen zu lassen. Mit der anderen Hand teilte Eileen die Schamlippen und legte den Mittelfinger auf den prallen Kitzler. Sanft bewegte sie die Perle, rieb zart, dann etwas stärker.

Nun gab es kein Zurück mehr. Der Orgasmus raste durch sie hindurch, veranlaßte sie, ihre Finger in wildem Rhythmus in den Körper der Professorin zu stoßen. Nathalie hatte das Gefühl sich aufzulösen, dahinzufließen unter der Hitze und den süßen Empfindungen.

Schwer atmend sank sie auf Eileen. Nun, da diese sich ebenfalls entspannte, entfernte sie vorsichtig die Finger aus ihr. Ihre schweißnasse Haut klebte an Eileens Körper.

Die Professorin zog sie zu sich hoch und gab ihr einen Kuß auf den Mund. Zärtlich strich sie ihr eine lange Haarsträhne aus dem Gesicht.

»Wir sollten duschen«, sagte Nathalie nach einem langen Moment.

Eileen lachte. »Du hast wohl noch nicht genug?«

Nathalie stimmte in ihr Lachen mit ein. »Eigentlich meinte ich duschen, um nicht festzukleben. Aber gemeinsam duschen hat auch was ...« Obwohl sie von ihrem gewaltigen Orgasmus noch ziemlich erschöpft war, spürte sie bei der Vorstellung, gleich mit Eileen unter die Dusche zu treten, ein Prickeln in ihrem Schoß.

Die Professorin kämpfte sich hoch und hielt Nathalie die Hand hin. »Kannst du laufen, oder soll ich dich tragen?«

»In mir steckt noch reichlich Energie.« Nathalie grinste sie an und sprang aus dem Bett.

»**A**m liebsten würde ich dich nie mehr fortlassen.« Eileen seufzte und ließ Nathalies langes Haar durch ihre gespreizten Finger gleiten. Sie lagen wieder in ihrem Bett, nachdem das Duschen sich zu einem weiteren heißen Liebesspiel entwickelt hatte.

»Ich würde am liebsten auch gar nicht fort«, murmelte Nathalie, eingekuschelt an Eileens Brust.

»Dann bleib doch einfach hier, heute nacht«, schlug die Professorin vor. »Zahnbürste habe ich noch in Reserve da, und was du an Klamotten brauchst, kannst du von mir haben.«

»Hm, warum eigentlich nicht?« Nathalie hob den Kopf ein wenig an, um Eileen zulächeln zu können. Die streichelte ihr zärtlich über die nackten Schultern. »Okay, überredet.«

Nachdem sie sich etwas erholt hatten, liebten sie sich noch ein weiteres Mal und schliefen in wohliger Erschöpfung ein. Nathalie bezahlte den vielen heißen Sex mit leichtem Muskelkater in den Oberschenkeln. Sie nahm an, daß es Eileen da nicht anders erging, denn die Professorin bewegte sich weniger geschmeidig als üblich.

Beim Bäcker an der Ecke kauften sie sich frische Brötchen und machten es sich dann im Wohnzimmer gemütlich. Endlich hatte es sich abgekühlt, und war so nicht mehr nötig, den ganzen Tag die Rolläden unten zu lassen. Eileen hatte alle Fenster weit geöffnet, so daß die Morgenluft hereinströmte.

»Was geschah mit Bianca?« Nathalie hatte mit der Frage gewartet, bis sie fertig mit Frühstücken waren, aber noch zusammensaßen.

Eileen, die gerade die Hand nach der Kaffeetasse ausgestreckt hatte, hielt in der Bewegung inne. Nathalie fürchtete sich vor der Antwort, aber sie mußte es unbedingt wissen. Irgend etwas in Eileens Verhalten sagte ihr, daß da mehr dahintersteckte als eine Beziehung mit Trennung. Jedenfalls konnte das unmöglich eine normale Trennung gewesen sein. Und so lange sie keine Klarheit hatte, konnte sie keine richtige Beziehung mit Eileen eingehen, so gern sie das auch wollte. Aber es erschien ihr immer so, als sei ihre Traumfrau nicht richtig frei und als verberge sie etwas vor ihr.

»Sie ist tot«, sagte Eileen nach einem langen Moment des Zögerns. Ihre Augenlider senkten sich.

»Das tut mir leid.« Kein Wunder, daß immer ein solcher Schmerz in Eileens Gesicht stand, wenn sie an ihre Ex dachte. Eine Liebe zu verlieren, war immer schlimm, aber jemanden endgültig zu verlieren, noch weitaus schrecklicher, als wenn man sich nur trennte, weil in der Beziehung etwas nicht mehr stimmte und nicht zu kitten war.

Eileen sah auf. Ihre Lippen waren fest zusammen gepreßt. »Es kam so unerwartet«, sagte sie, nachdem sie eine ganze Weile geschwiegen hatte.

»War es ein Unfall?« fragte Nathalie vorsichtig.

»Vielleicht. Bianca war Zoologin wie ich auch. Dann bekam sie die Gelegenheit, an einer Expedition in den Amazonasdschungel teilzunehmen. Sie sagte sofort zu. Ich hatte ihr ja auch dazu geraten. Zwar wußte ich, daß wir damit für mindestens sechs Wochen getrennt sein würden, aber diese Reise war ihr ganz großer Traum. Sie war vorher schon zweimal dort gewesen und schwärmte stets davon. Also redete ich ihr natürlich zu, mitzufahren; wann würde sie schließlich noch einmal eine solche Chance bekommen? Wir verabschiedeten uns voneinander, und ich versprach, in der Zwischenzeit nach einer Wohnung für uns zu suchen, denn wir wollten endlich zusammenziehen. Doch daraus wurde nichts.«

»Was geschah?« fragte Nathalie behutsam, als Eileen nichts mehr sagte. Sie hielt den Kopf gesenkt, den Blick auf ihre Schuhe gerichtet.

»Sie gelten als verschollen, alle Mitglieder der Expedition. Lediglich vom Teamleiter wurde einige Monate später in einem Boot die halb verweste Leiche gefunden. Vielleicht wurden sie überfallen und verschleppt. Es ist anzunehmen, daß sie tot sind. Man hat sie dann alle für tot erklärt, damit die Lebensversicherung ausgezahlt werden konnte; unter den Forschern befanden sich zwei Familienväter, so wurde wenigstens für die finanzielle Sicherheit ihrer Hinterbliebenen gesorgt.«

»Wie schrecklich.« Nathalie tat es leid, so neugierig gewesen zu sein. Daß Bianca wahrscheinlich tot war, war ja schon schlimm genug, aber die Ungewißheit, was sie erlebt hatte, mußte für Eileen die Hölle sein. Genau wie für alle anderen Angehörigen der Expeditionsteilnehmer.

»Nun weißt du es ja.« Eileen stand auf und wollte an ihr vorbeigehen, doch Nathalie sprang ebenfalls auf die Füße und hielt sie am Arm fest.

»Entschuldige, wenn ich alte Wunden aufgerissen hab. War wirklich nicht meine Absicht.«

»Schon gut.« Eileen rang sich ein Lächeln ab, hob dann eine Hand, um Nathalie sanft über die Wange zu streichen. »Nur ist das nicht gerade mein Lieblingsthema.«

»He, das verstehe ich doch. Wenn ich mir vorstelle, daß jemandem, den ich liebe, so etwas passiert . . . Das wäre der reine Horror für mich.« Sie schauderte.

»Verstehst du nun, warum ich manchmal so kühl bin oder

abblocke? In mir ist immer noch diese wahnsinnige Angst da, daß ich die Frau, die ich liebe, ebenso verliere, wie es bei Bianca geschah.«

»Du …« Ihre Worte sickerten in Nathalies Bewußtsein, aber richtig glauben konnte sie sie nicht. »Du liebst mich? So richtig, mit allem Drum und Dran?«

»Mit allem Drum und Dran.« Eileen lächelte schief, nahm ihr Gesicht in beide Hände und küßte sie zart auf den Mund. »Ich möchte so wahnsinnig gern mit dir zusammensein. Aber immer, wenn ich versuche, einen Schritt in diese Richtung zu gehen, überfällt mich Panik. Ich will dann die Gefühle für dich nicht zulassen, versuche mir einzureden, daß es nur körperliches Verlangen ist, dabei weiß ich doch, daß es viel mehr ist. So unendlich viel mehr.«

»Oh, Eileen.« Nathalie umarmte sie mit aller Kraft. »Warum hast du denn nicht eher was gesagt?«

»Weil ich eine Idiotin bin.« Sie lachte leise auf, die Wange an Nathalies Ohr geschmiegt. »Verzeihst du mir meine Dummheit?«

»Natürlich verzeihe ich dir. Ich liebe dich Eileen. Mehr, als ich jemals zuvor eine Frau geliebt habe. Irgendwie war das bei mir bisher nie so etwas richtig Festes – auch wenn ich das einmal dachte, bei meiner ersten großen Liebe.«

»Wer war sie?«

»Sie hieß Sandra. Wir hatten uns noch auf dem Gymnasium kennengelernt, verliebt, waren gleich nach dem Abi zusammengezogen und hatten uns alles ganz einfach vorgestellt. Einfach war dann gar nichts, wir gingen uns schnell ganz tierisch auf die Nerven, und die Trennung war schon bald abzusehen.« Sie zuckte leicht mit den Schultern. »Aber es war trotzdem eine gute Erfahrung für mich. Ich habe dadurch gelernt, was man alles falsch machen kann. Denn wir hatten beide so viel falsch gemacht.«

»Das war bei Bianca und mir nicht anders. Im Rückblick vergißt man gern die Tiefen in einer Beziehung, wenn man jemanden verloren hat, den man so sehr geliebt hat. Doch wir hatten diese Tiefen auch, stritten uns, redeten manchmal tagelang kein Wort miteinander.« Ihr Blick glitt in weite Ferne.

Nathalie drückte fest Eileens Hand. »Ich danke dir für deine Offenheit.«

»Ich hätte viel eher mit dir darüber reden sollen.«

»Nun hast du es ja.« Nathalie stellte sich auf die Zehenspitzen, um sie rasch zu küssen. »Das allein zählt für mich.«

»Meine wunderbare Nathalie.« Eileen hielt sie ganz fest umschlungen, so sehr, daß Nathalie kaum Luft bekam, doch sie beschwerte sich nicht. Es war herrlich, Eileen so nah zu sein – und diesmal nicht nur körperlich.

»Und was machen wir jetzt?« fragte Nathalie, nachdem Eileen sie losließ und begann den Tisch abzuräumen. Die Kaffeekanne schnappend, dackelte Nathalie ihr hinterher in die Küche.

»Arbeiten.«

»Wie, ich dachte, wir sind fertig?«

»Schön wär's!« Eileen nahm die Kanne, die Nathalie ihr reichte, spülte sie aus und stellte sie auf die entsprechende Vorrichtung der Kaffeemaschine. »Fertig ist nur der Papierkram der letzten Wochen. Ich fahre nachher zu meinem Sponsor und nehme den nächsten Berg Arbeit mit, den er ganz sicher für mich hat.«

»Hoffentlich kann ich da auch helfen.«

»Bestimmt kannst du das.«

»Soll ich mitkommen?«

»Brauchst du nicht, das ist langweilig ohne Ende.«

»Würde mich nicht stören, wenn ich bei dir bin.«

Eileen lächelte. »Das ist lieb, aber ich verbringe lieber nachher Zeit mit dir. Viel Zeit, wenn wir ungestört sind.« Die letzten Worte hatte sie gehaucht und damit einen erregenden Schauer bei Nathalie verursacht.

»Darauf freue ich mich schon.« Sie konnte es kaum erwarten, sich mit Eileen wieder auf dem Bett zu wälzen.

»Und ich mich erst. Bleibst du heute auch hier?«

»Gern. Ich fahr dann nur gleich rüber in die WG und hole ein paar Sachen.« Sie zupfte an dem T-Shirt, das Eileen ihr gegeben hatte. Zwar paßte es, hätte aber gut auch als Minikleid durchgehen können.

»Mach das. Ich schätze, ich werde so gegen vierzehn Uhr zurück sein. Soll ich uns auf dem Weg was zu Futtern mitbringen?«

»Gern.«

»Mache ich. Was magst du denn? Italienisch, Chinesisch, Griechisch oder Mexikanisch?«

»Italienisch wäre toll, ich stehe total auf Pizza und Pasta.«

»Dann bringe ich uns da was Schönes mit.«

»Nur bitte nichts mit Oliven und Sardellen.«

»Ist notiert.« Eileen tippte sich an die Schläfe und grinste breit.

»Wir könnten das Wochenende doch zu meiner Familie fahren«, schlug Nathalie vor. Sie saß mit Eileen in deren Wohnzimmer, satt und zufrieden. Die Arbeit war ihnen leicht von der Hand gegangen, und das Zusammenleben mit ihr war genauso schön wie in Schottland. Nathalie hatte jetzt schon die zweite Nacht bei ihr verbracht. Und nichts dagegen, weitere folgen zu lassen. Als sie gestern ihre Sachen geholt hatte, war sie dabei auf Tim getroffen, der wissend gegrinst und ihr viel Spaß gewünscht hatte.

»Na, die würden sich herzlich bedanken, wenn du mit einer Frau ankommst, die altersmäßig fast deine Mutter sein könnte und sie ihnen als deine Geliebte vorstellst.«

»Du unterschätzt meine Leute.« Nathalie grinste. »Echt,

die sehen das alles ganz locker.«

»Wirklich? Du Glückliche! Meine Mutter ist immer noch der Meinung, daß sich meine sexuelle Gesinnung schon noch ändern wird, wenn erst der richtige Mann auftaucht. Und alles, was meine Oma dazu sagte, als ich ihr eröffnete, daß ich lesbisch bin, war: Kind, aber wieso denn? Wir sind doch nicht mehr im Krieg, es gibt doch Männer genug.«

Nathalie verbiß sich ein Lachen. Das mit der Oma war irgendwie süß. Ihre eigene Großmutter hatte es ganz gelassen hingenommen, daß sie Frauen den Männern vorzog. Vielleicht hatte ihre Familie es sogar schon vor ihr geahnt. Jedenfalls schien es für keinen von ihnen eine Überraschung gewesen zu sein. Aber Nathalie wußte, wieviel Glück sie mit ihren Leuten hatte. Längst nicht jeder homosexuelle Jugendliche lebte in solch einer tollen Familie. Tim sprach nicht viel über seine Angehörigen, aber das, was er sagte, verriet ihr, daß sie große Probleme mit seiner Homosexualität hatten. Besonders sein Vater kam nicht damit zurecht, eine »verdammte Schwuchtel« als Sohn zu haben, wie er es genannt hatte, wie Tim ihr einmal in einer nachdenklichen Stunde erzählt hatte. Das hatte ihn sehr getroffen, und er war direkt nach seinem achtzehnten Geburtstag ausgezogen.

»Meinst du wirklich, deine Familie würde sich freuen, wenn ich da mit dir auftauche?«

»Ja sicher. Du mußt vielleicht mit dem ein oder anderen Streich meiner Brüder rechnen, aber mehr wird bestimmt nicht passieren.« Sie sah in Eileens Augen. Unsicherheit schimmerte in den grünen Tiefen. »Und ich würde mich riesig freuen, wenn du meine Lieben daheim kennenlernst.«

»Und du glaubst wirklich, daß das keinen Streß gibt? Ich will echt nicht der Grund dafür sein, daß es zu Spannungen kommt.«

»Das wird es nicht, bestimmt. Hör mal, ich kenne meine Eltern doch – die sind cool.«

»Es ist aber nun mal offensichtlich, daß ich ein ganzes Stück älter bin als du.«

»Wir sind beide erwachsen; alles andere zählt da nicht. Und so wild sind sechzehn Jahre Altersunterschied doch nun auch nicht.« Nathalie konnte sich nicht vorstellen, daß ihre Eltern das anders sehen würden.

»Na gut, wenn du meinst ...«

»Ja«, erklärte Nathalie entschlossen und lächelte sie an. »Und wenn es dir unangenehm ist oder so gar nicht gefällt, können wir immer noch schnell wieder abreisen.«

»Ich bin ja auch neugierig. Immerhin haben sie dich mit geprägt, da würde ich sie schon gern kennenlernen.«

»Na siehst du.« Nathalie freute sich. Außerdem konnte sie ihren Lieben daheim dann endlich die in Schottland erworbenen Geschenke geben.

Sie arbeiteten den Freitag durch und brachen am Samstag früh morgens mit Eileens Auto auf. Die Professorin zeigte zwar eine unbeschwerte Fassade, doch Nathalie vermochte sie damit nicht zu täuschen.

»Es wird schon alles gutgehen«, flüsterte sie ihr zu, als sie die Auffahrt nebeneinander entlangschritten. Anders als sonst hatte Nathalie diesmal nicht angerufen, um ihren Besuch anzukündigen.

»Wie sehe ich denn aus, Haare in Ordnung so? Keine Flecken im Gesicht oder gar Salat zwischen den Zähnen?«

»Wir hatten Nutellabrote, keinen Salat«, erinnerte Nathalie sie grinsend an ihre kurze Rast. »Aber sei unbesorgt, du siehst toll aus.«

Eileen atmete einmal tief durch. »Na gut, wenn du das sagst. Also, auf deine Verantwortung.« Doch als Nathalie auf den Klingelknopf drücken wollte, fing sie ihre Hand ab.

»Was, wenn sie noch schlafen? Heute ist Samstag, und wir haben gerade mal kurz nach zehn Uhr; viele liegen um diese Zeit noch im Bett und genießen den freien Tag.«

»Hör auf, es hinauszuzögern«, tadelte Nathalie sie, schob ihre Hand beiseite und klingelte.

Eileen sah zum Himmel hinauf, der strahlend blau und ohne eine Spur von Wolken war. Es versprach ein wunderschöner Tag zu werden. Doch das schien die Professorin gar nicht zu bemerken. Alles an ihr drückte Anspannung aus; die Art, wie sie ihre Schultern zurück hielt, die Hände, die ihre Tasche umklammerten, als wollten sie sich an ihr festhalten. Selbst ihr Hintern wirkte in den engen Jeans angespannt.

»Sie fressen keine Menschen«, raunte Nathalie ihr zu.

Ehe Eileen darauf reagieren konnte, wurde die Tür geöffnet, und Leon, Nathalies jüngster Bruder, grinste sie an. »He! Das ist ja 'ne Überraschung. Hast du mir was mitgebracht aus Schottland?«

Obwohl neun Jahre jünger als sie, überragte Leon sie bereits um gut eine Handbreit. »Langsam. Laß uns bitte erst mal reinkommen.«

Leon sah Eileen an. Sein Blick blieb für Nathalies Geschmack eine Spur zu lange an den schönen Brüsten hängen. »Wer ist das denn?«

»Eileen. Meine Freundin.« Demonstrativ nahm sie Eileens Hand.

Leon pfiff leise durch die Zähne. »Die sieht heiß aus.«

Eileens Augen weiteten sich. Dann lächelte sie ihn entwaffnend an. »Danke, junger Mann.«

Junger Mann hörte Leon nicht oft, um so stärker war nun die Wirkung. Er strahlte die Professorin an, dann griff er nach ihrer Tasche. »Laß mich das doch für dich tragen.«

Nathalie nickte ihr zu, doch das war unnötig. Bereitwillig überließ Eileen Leon ihr Gepäck.

»Du hast einen Verehrer«, flüsterte Nathalie ihr zu, während sie hinter Leon in den Flur gingen.

»Dein Bruder ist ja echt süß«, antwortete Eileen.

»Süß?« Nathalie unterdrückte ein Kichern. »Du hättest mit ihm aufwachsen müssen, dann fiele dir nun eine andere Bezeichnung für ihn ein.«

»Ich bin ein Einzelkind, und meistens war das auch ganz schön so. Aber so einen niedlichen kleinen Bruder hätte ich schon gern gehabt.«

»Ich kann ihn dir ja mal für 'ne Woche ausleihen, dann sprechen wir noch mal über das Thema *Geschwisterwunsch*«, raunte Nathalie ihr zu.

Kaum waren sie drin, kam auch schon Moritz, Nathalies anderer Bruder, angestürmt. Mit seinen sechzehn Jahren maß er nun beinahe eins neunzig, war dabei aber so dürr, daß seine Arme und Beine überlang wirkten. Er umschlang Nathalie und hob sie einige Zentimeter vom Boden. »Hast du zugenommen? Du kommst mir schwerer vor.«

»Liegt nur daran, daß du Muskeln verloren hast«, konterte sie.

Moritz' Blick fiel auf Eileen. Genau wie bei seinem Bruder trat auch in seine Augen nun eine Mischung aus Bewunderung und Begehren. Nathalie verspürte ein klein wenig Stolz, daß ihre Freundin so hübsch war und ihren Brüdern so gut gefiel. Besonders wenn sie daran dachte, daß sie Sandra stets als »doofe Zicke« bezeichnet hatten; allerdings hatten sie zu dem Zeitpunkt Mädchen auch noch kollektiv blöd gefunden. Inzwischen hatte sich das geändert – Moritz hatte seit kurzem seine erste richtige Freundin, und Leon schwärmte laufend für ein anderes Mädchen, meist für welche, die eine oder zwei Klassen über ihm waren und somit null Interesse an ihm hatten.

Von dem Tumult angelockt, kamen ihre Eltern heran. »Na, das ist ja eine schöne Überraschung zu früher Stunde«, begrüßte ihre Mutter sie und umarmte Nathalie. Dann streckte sie Eileen die Hand hin. »Guten Morgen, ich bin Miriam Schneider.«

»Eileen Kessling«, stellte sie sich vor und warf einen hilfesuchenden Blick zu Nathalie.

»Eileen ist meine Freundin. Wir sind zusammen«, erklärte sie.

Ihre Mutter nickte. »Das ist aber schön, daß wir dich gleich kennenlernen. Das Du ist doch hoffentlich in Ordnung?«

»Ja, sicher.«

»Und ich bin Thomas«, sagte ihr Vater und schüttelte Eileen ebenfalls die Hand.

»Steht doch nicht hier im Flur wie bestellt und nicht abgeholt. Moritz, sei doch bitte so gut und hol uns frische Brötchen«, sagte Miriam und reichte ihrem Sohn einen Geldschein. Dann marschierte sie voran durchs Wohnzimmer auf die Terrasse.

»Siehst du?« flüsterte Nathalie Eileen zu, als ihre Mutter in die Küche verschwunden war, um die Kaffeemaschine mit Wasser und Pulver zu füttern, und ihr Vater Teller und Tassen holte. »Ich habe doch gesagt, sie sind unkompliziert.«

»Ich kann es immer noch nicht ganz glauben. So ein herzlicher Empfang . . .«

»Laß dich nur nicht von meinen Brüdern ärgern. Sie sind manchmal ziemlich frech und oft zu neugierig.«

Wenige Minuten später war der Tisch gedeckt, Moritz mit den Brötchen zurück, und es gab heißen Kaffee.

Natürlich dauerte es nicht lange, bis Moritz fragte, was Eileen denn so mache. Als er hörte, daß sie Zoologin mit dem Spezialgebiet Kryptozoologie war, bekamen er und sein Bruder leuchtende Augen und feuerten eine Frage nach der anderen auf sie ab.

»Nun laßt die arme Eileen doch erst mal ihren Kaffee trinken, bevor er kalt wird«, unterbrach Miriam schließlich. »Später ist doch sicher noch genug Zeit für die ganzen Fragen.«

»Ach, mich stört das nicht«, sagte Eileen. »ich rede ja selbst gern darüber.«

Damit hatte sie die Jungs endgültig auf ihrer Seite.

Als das Frühstück schließlich vorbei war, half Nathalie ihrer Mutter beim Abräumen. Eileen saß mit den drei Männern – denn ihr Vater hatte genauso Interesse an ihren Erzählungen wie die Jungs – noch auf der Terrasse. »Und, wie findest du sie?« fragte Nathalie leise, als sie in der Küche angekommen waren.

»Sie scheint sehr nett zu sein. Dazu hübsch und klug, kein Wunder, daß du dich in sie verliebt hast.«

»Sie ist wunderbar. Ich war noch nie so verliebt.«

Miriam lachte. »Das ist schön. Ich hoffe wirklich, daß da was Ernstes draus wird.«

»Ernst ist es schon.«

»Sie ist ein bißchen älter als du.«

Das hatte ja kommen müssen! Nathalie seufzte. »Ja, ich weiß. Sechzehn Jahre, wenn du es genau wissen willst.«

Ihre Mutter spülte die Kaffeekanne aus, wandte sich dann wieder Nathalie zu. »Wenn ihr beide damit zurechtkommt, macht das ja nichts. Aber eine Frau in dem Alter hat für gewöhnlich schon Beziehungen hinter sich und eine Vergangenheit, die sie geprägt hat. Außerdem ist sie Wissenschaftlerin und hat vor, durch die halbe Welt zu reisen, auf den Spuren irgendwelcher Wesen, von denen keiner wirklich sagen kann, ob sie tatsächlich existieren.«

»Ich bin eine angehende Wissenschaftlerin und habe ebenfalls vor, durch die halbe Welt zu reisen. Auf den Spuren versunkener Schätze, von denen keiner zu sagen vermag, ob sie wirklich dort liegen, wo sie vermutet werden.«

Ihre Mutter bedachte sie mit einem Lächeln. »Das ist meine Tochter. Entschlossen und nicht von etwas abzubringen, das sie sich einmal in den Kopf gesetzt hat.« Sie umarmte Nathalie und küßte sie auf beide Wangen. »Ich wünsche dir ganz, ganz viel Glück, Kleines.«

Erleichterung durchströmte Nathalie. Zwar hatte sie gewußt, daß ihre Eltern sich vor Eileen niemals etwas anmerken lassen würden, wenn sie nicht mit ihr einverstanden wären. Aber nun sozusagen Mamas Segen zu bekommen, war wunderbar.

»Deine Familie ist echt unbezahlbar«, meinte Eileen, als sie am Abend auf den ausgebauten Dachboden hochgingen. Bis zu ihrem Auszug hatte Nathalie hier gewohnt, und da sie immer dort schlief, wenn sie nach Hause kam, war alles so geblieben.

»Habe ich dir doch gesagt.« Nathalie unterdrückte ein Gähnen. Es war ziemlich spät geworden, was sie bei den interessanten Gesprächen gar nicht bemerkt hatten.

»Ich wünschte, meine Leute wären auch so cool. Versteh mich bitte nicht falsch: Ich will dich ihnen gern vorstellen. Nur im Moment noch nicht.«

»He, das ist doch absolut in Ordnung.« Natürlich wäre es ihr lieber gewesen, wenn Eileen eine ebenso unkomplizierte und herzliche Familie gehabt hätte wie sie selbst. Obwohl sie ja recht früh ausgezogen und immer schon ziemlich selbständig gewesen war, bedeutete ihre Familie Nathalie alles.

»Meine Mutter ist eigentlich ganz okay«, fuhr Eileen fort. »Nur würde sie dich oder eher gesagt unsere Beziehung nicht ernst nehmen. Sie würde es als Spielerei abtun, weil eben gerade kein Mann verfügbar ist. Und das will ich halt nicht. Das, was wir haben, ist etwas ganz Besonderes. Das darf niemand kaputtmachen.«

Nathalie mußte sie für diese lieben Worte einfach küssen. Obwohl sie wirklich müde war, spürte sie, wie bei dem Kuß Begehren in ihr erwachte. Sie drängte sich enger an die Professorin.

»Ich liebe dich«, flüsterte Eileen zwischen zwei Küssen. Ihre Hände streichelten über Nathalies Rücken hinab, kneteten ihren Po.

Das Verlangen in Nathalie steigerte sich. Nun konnte es ihr gar nicht schnell genug gehen, aus den Klamotten zu kommen und die samtige Haut der Professorin an ihrem nackten Körper zu spüren.

Eileens geschickte Finger befreiten sie rasch von Oberteil und Hose. Ehe Nathalie sich's versah, hatte Eileen sie gepackt und hochgehoben. Vor Überraschung stieß sie einen kleinen Schrei aus.

Leise lachend ließ Eileen sie auf dem breiten Bett runter. Nathalie registrierte den Duft frisch gewaschener Bettwäsche. Gute liebe Mama, da hatte sie ihr irgendwann heute nachmittag oder am Abend das Bett frisch bezogen und sogar zusätzliche Kissen hingelegt.

Nathalie streckte die Arme nach ihrer Geliebten aus. Eileen zögerte nicht und legte sich so, daß sie ganz dicht aneinander waren und ihre Brüste und Schenkel einander berührten.

Während Eileen sie küßte, streichelte sie über ihren Busen. Nathalie tat es ihr gleich. Sie liebte das Gefühl der sich aufrichtenden Spitzen unter ihren Fingern.

Eileen stöhnte leise, dann arbeitete sie sich an Nathalie herab, um eine der kirschroten Knospen in den Mund zu nehmen. Abwechselnd umrundete sie diese mit ihrer Zunge, stupste sie an und saugte leicht.

Nun war es an Nathalie, vor Lust zu stöhnen. Mit geschlossenen Augen lag sie da und genoß die ihr zuteil werdenden Zärtlichkeiten ihrer Traumfrau.

Plötzlich hielt Eileen inne und sah auf. »Sind diese Räume eigentlich schalldicht?«

Nathalie gluckste. »Schalldicht sicher nicht. Aber man hört auch nicht alles. Also allzu laut sollten wir nicht werden. Ich durfte immer in guter Zimmerlautstärke Rockmusik hören. Das hat man unten dann nämlich nicht gehört. Nur alles, was lauter wurde. Also sei besser nicht lauter als die normale Toneinstellung eines CD-Players.«

»Ich werde versuchen, daran zu denken.« Mit ihrer Nasenspitze rieb Eileen ihr über den flachen Bauch, was kitzelte und gleichzeitig sehr erregend war. Dann jedoch hörte sie auf. »Ich habe da ja noch was, Moment.«

Nathalie sah verwundert zu, wie Eileen aus dem Bett glitt und zu ihrem Gepäck lief. »Was immer du auch suchst – es hat Zeit bis später.«

»Nein, eben nicht«, murmelte Eileen, die Hände im geöffneten Koffer vergraben.

»Muß ja enorm wichtig sein«, grummelte Nathalie. Das war doch wirklich nicht zu glauben! Mitten im schönsten Liebesspiel fiel ihr ein, daß sie was aus ihrem Koffer brauchte.

Eileen richtete sich wieder auf, in der Hand eine unscheinbare, längliche Schachtel. »Schon gefunden.« Sie lächelte triumphierend.

»Oh, ein Geschenk, das ist aber lieb.« Trotzdem hätte Nathalie nichts dagegen gehabt, wenn Eileen sich das bis nachher oder morgen früh aufgehoben hätte. Doch das zeigte sie ihr natürlich nicht.

»Ehrlich gesagt, ist es eher was für uns beide.« Eileen kehrte an ihren Platz zurück und legte die Schachtel zwischen sie.

Kein Geschenkpapier, statt dessen ein elfenbeinfarbener stabiler Karton, ohne Firmenlogo oder sonstige Hinweise darauf, was darin sein könnte. »Darf ich öffnen?« Nun war Nathalie doch neugierig.

Eileen nahm den Deckel ab. »Pack aus und staune.«

Weinrotes Seidenpapier befand sich darin. Vorsichtig wühlte Nathalie hinein und bekam einen länglichen Gegenstand zu fassen. Sie runzelte die Stirn. Was mochte das wohl sein? Ein Schmuckstück sicher nicht, denn für einen Kettenanhänger war es viel zu groß und auch zu schwer. Außerdem hatte Eileen ja gesagt, es sei für sie beide.

»Nun mach schon«, drängte Eileen. Sie wirkte ganz kribbelig.

Entschlossen zog Nathalie das Ding heraus und wickelte es aus dem Seidenpapier, in das es noch einmal extra eingeschlagen war. Zum Vorschein kam eine Meerjungfrau in sehr länglicher Form. »Ist es das, was ich denke, daß es ist?«

Eileen lachte. »Wenn du denkst, daß es ein Vibrator ist, liegst du richtig. Ich hab gestern auf dem Rückweg von meinem Termin einen neu eröffneten Sexshop für Frauen entdeckt und war einfach neugierig, was die so haben. Und als ich diese kleine Lady sah«, sie streichelte über den rund gearbeiteten Kopf, »dachte ich, daß sie uns vielleicht auch Freude machen könnte.«

»Ich wußte gar nicht, daß es so etwas auch in solchen Formen gibt.« Nathalie war ganz fasziniert von dem meerblauen Sextoy. Bisher hatte sie sich nicht viel aus diesen Spielzeugen gemacht. In ihrer langen Singlezeit hatte sie zwar mal einen Vibrator gekauft, aber das Brummen war ihr zu sehr auf die Nerven gegangen, als daß sie lange daran Freude gehabt hätte. Daher war das Spielzeug bald im Sondermüll gelandet, sicherheitshalber persönlich in einen Container geworfen, der mehrere Straßen von der WG entfernt stand.

»Die hatten noch viel ausgefallenere Sachen da.« Eileen lachte. »Sogar eine Gummiente mit Vibrationsfunktion, die wie eine normale Quietscheente aussieht.«

Das klang lustig. »Ich glaube, da muß ich doch mal mitgehen und selbst gucken.«

»Gern. Aber wollen wir nun?« Eileen betätigte den versteckt liegenden Schalter, und sogleich begann die Meerjungfrau, ihren Oberkörper zu schwingen. Ein leises Sirren erklang dabei, nicht vergleichbar mit dem nervigen Gebrumme von Nathalies Versuchsvibrator.

Der Anblick der Meerjungfrau ließ Nathalies Schoß stärker kribbeln, und sie fühlte, wie ein neuer Schwall Feuchtigkeit sich aus ihr ergoß. »Mach schon, fang an«, flüsterte sie.

Eileen grinste wölfisch. »Nichts lieber als das.« Sie ließ die Spitze der Meerfrau über Nathalies Bauch tanzen, so zart zunächst, daß es mehr ein Kitzeln war, dann, als sie in ihre Schamregion kam, verstärkte sie den Druck.

Nathalie schnappte nach Luft, als der Kopf der Meerjungfrau ihren Kitzler streifte.

»Gut?« erkundigte Eileen sich.

Nathalie vermochte nur zu nicken. Das Gefühl war sehr intensiv; ungewohnt, aber keineswegs unangenehm.

Eileen ließ die Spitze des Vibrators nun um den Eingang kreisen. Dann schob sie ihn ein Stück hinein. Die lustvolle Stimulation nahm sofort zu.

»Mehr«, bat Nathalie und stöhnte laut, als Eileen ihr die Meerjungfrau nun tiefer hineinschob. Die Schwingungen in ihrem Inneren reizten sie bis aufs äußerste. Sie hatte das Gefühl, jeden Moment kommen zu müssen, doch es geschah nicht.

»Und? Wie fühlt es sich an?« wollte Eileen wissen. Ihre Stimme troff vor Lust.

»Gut«, brachte Nathalie hervor. Sie konnte kaum denken, geschweige denn sprechen.

»Dann stelle ich mal eine Stufe höher«, sagte Eileen und setzte die Ankündigung sogleich in die Tat um.

»Ohhh«, war alles, was Nathalie jetzt noch von sich geben konnte. Die Meerjungfrau berührte Stellen, die köstlichste Gefühle auslösten. Und als Eileen nun ganz sanft ihren Kitzler zu streicheln begann, brach der Höhepunkt wie eine Explosion über Nathalie herein, lief in Wellen über sie und ließ ihren Körper in süßer Ekstase zucken.

Sie brauchte einen Moment, ehe sie genug Atem zum Sprechen hatte. Seufzend stieß sie die Luft aus, als Eileen den Vibrator ausschaltete und vorsichtig herauszog. »Das war auf jeden Fall eine überwältigende Erfahrung.«

Die Professorin gluckste und tippte mit der Fingerspitze an den vor Feuchtigkeit glänzenden Kopf der Meerjungfrau.

»Diese nette Dame hat noch andere Vibrationsstufen. Laut Beschreibung gibt es zehn verschiedene . . .«

»Klingt vielversprechend.« Nathalie griff nach dem Vibrator. »Dann wollen wir doch mal sehen, was sie noch so draufhat.« Sie drückte Eileen aufs Bett und positionierte sich zwischen ihren weit gespreizten Beinen. Einen Moment lang genoß sie nur den Anblick der schlanken, goldgebräunten Schenkel und des feucht glitzernden Paradieses dazwischen. Ohne jeden Zweifel war Eileen bereits heftig erregt.

»Laß mich nicht länger warten!« bettelte die Professorin und bewegte aufreizend ihre schmalen Hüften.

Nathalie ließ den Kopf der Meerjungfrau in die glänzende Öffnung eintauchen. Er glitt mühelos hinein und entlockte Eileen dabei ein wohliges Stöhnen. Der Anblick war dermaßen erregend, daß Nathalie ein stärker werdendes Pochen in ihrem Schoß spürte.

Sie schob den Vibrator tiefer hinein. Dann schaltete sie ihn ein, zuerst auf der niedrigsten Stufe. Eileens Stöhnen wurde direkt lauter.

Nur zu gut erinnerte Nathalie sich daran, wie die Meerjungfrau sich in ihr angefühlt hatte. Sie zog sie ein Stückchen heraus, so daß nun die Spitze den Eingang stimulierte.

Eileen zappelte wie ein Fisch auf dem Trockenen.

Nathalie zog den Vibrator ganz heraus und hielt die sanft rotierende Spitze an Eileens Perle. Die Professorin bäumte sich auf, ihre Beine zuckten wild, ihre Finger krallten sich ins Laken. Kein Zweifel, sie stand kurz vor einem gewaltigen Orgasmus.

Nathalie schob ihr die Meerjungfrau wieder hinein und stellte sie zwei Stufen höher. Gleichzeitig beugte sie sich so weit herunter, daß sie den pochenden Kitzler mit den Lippen umschließen konnte.

»Dreh dich um«, flüsterte Eileen.

Nathalie hob den Kopf und sah sie verwundert an. »Was?«

»So, daß ich dich erreichen kann«, brachte sie gepreßt hervor und winkte mit einer Hand.

Nathalie kam der Aufforderung sogleich nach, positionierte sich nun rechts und links von Eileens Bauch und erzitterte in Vorfreude darauf, was gleich kommen würde. Sie senkte wieder den Kopf, um dort weiterzumachen, wo sie eben gestört worden war. Während sie ihre Zunge auf den heißen Knubbel drückte, spürte sie, wie sich eine Hand zwischen ihre Beine tastete. Eileens Finger fanden Nathalies empfindlichsten Punkt, rieben sie, glitten tiefer und drangen in sie ein. Sie stieß sich den Fingern entgegen, wollte von ihnen gefüllt werden, die innere Stimulation erneut spüren.

Sie hob den Kopf, um es nicht zu schnell zu beenden, und bewegte die Meerjungfrau in der engen Passage, spielte mit den verschiedenen Vibrationsstufen. Und die ganze Zeit steckten Eileens Finger in ihr, streichelten ihre empfindlichen Wände und brachten ihre Säfte zum Fließen.

Nathalie stellte die Meerjungfrau auf die niedrigste Stufe, zog sie heraus und ließ sie ganz langsam wieder eindringen. Fasziniert schaute sie zu, wie sie in dem dunklen Tunnel verschwand, bis nur noch ein kleines Stückchen hervorschaute. Sie zog sie zurück, sah zu, wie die Schamlippen sie umklammerten und vergeblich festzuhalten versuchten. Einen Moment tat Nathalie gar nichts. Eileen bewegte auffordernd die Hüften.

Nathalie setzte die Meerjungfrau an und stieß sie ihr mit einer wilden Bewegung tief hinein. Gleichzeitig nahm sie den Kitzler zwischen die Lippen und bearbeitete ihn mit ihrer Zunge.

Wie erwartet, setzte der Höhepunkt sofort ein.

Nur Sekunden nach der Professorin kam Nathalie erneut. Nachdem sie sich etwas erholt hatte, befreite sie Eileen von der noch immer rotierenden Meerjungfrau. »Alles okay?« fragte sie.

»Das sage ich dir, wenn ich meinen Körper wiedergefunden habe«, murmelte Eileen mit geschlossenen Augen. »Im

Moment fühle ich mich wie verflüssigt.«

Nathalie kicherte. »Ich weiß, was du meinst.«

Die Professorin streckte eine Hand aus und zog sie neben sich. »Jetzt will ich nur noch schlafen.«

»Gute Idee.« Nathalie kuschelte sich in eine bequeme Position. Sie fühlte sich herrlich erschöpft und vollkommen befriedigt.

Der Sonntag flog nur so dahin. Nachdem sie lange ausgeschlafen hatten, erwartete sie unten bereits ein reich gedeckter Frühstückstisch.

Leon schlug vor, in den Freizeitpark zu fahren, der ganz in der Nähe lag, und Eileen und Nathalie stimmten begeistert zu, so daß sie sich gemeinsam in den Volvo ihres Vaters quetschten.

Nathalie kreischte auf der Achterbahn mit Eileen um die Wette. Und als Eileen den Jungs Zuckerwatte und gebrannte Mandeln spendierte, hatte sie endgültig das Herz von Leon und Moritz gewonnen.

»Deine Freundin ist so cool«, schwärmte Moritz. »Und sie fährt sogar Kettenkarussell. Ich wünschte, Marie wäre auch so tough.«

»Marie ist sicher auch ohne Karussellfahren ein tolles Mädchen«, sagte Nathalie.

»Ja, ich liebe sie ja auch. Aber wäre schon klasse, wenn wir mal auf mehr als nur diese öde Wildwasserbahn gehen könnten.« Er seufzte und warf einen sehnsüchtigen Blick zu Eileen, die gerade mit Leon auf die Schiffsschaukel ging. Sie war wirklich tough, mußte auch Nathalie zugeben. Obwohl sie selbst ganz gut mit ihren Brüdern mithalten konnte, wenn es um die Fahrgeschäfte ging, so übertraf die Professorin sie da noch um einiges. Furchtlos stieg sie nicht nur in die Schiffsschaukel, sondern setzte sich auch in den Turm, bei dem die Passagiere gut dreißig Meter hoch transportiert und dann mit rasender Geschwindigkeit zur Erde zurück stürzten. Leon hatte sich bisher allein nicht darauf getraut. Nun kam er, ein wenig wackelig zwar, aber übers ganze Gesicht strahlend, an Eileens Hand wieder heraus.

»Das war so klasse«, meinte er.

»Na, da hast du ja endlich jemanden gefunden.« Nathalies Vater lachte und klopfte seinem Sohn auf den Rücken. »Danke, Eileen. Aber das hättest du doch nicht tun müssen.«

»Ach was, ich habe da doch selbst viel Spaß dran«, erklärte sie sofort und reckte den Kopf, um sich nach der nächsten Attraktion umzusehen.

Nathalie konnte nur staunen. Sie lernte eine völlig neue Seite an ihrer Freundin kennen. Und war stolz, wie gut Eileen mit ihrer Familie zurechtkam. Es war einfach wunderbar zu sehen, wie sehr sie akzeptiert wurde und wieviel Spaß ihre Brüder mit ihr hatten. Es schien fast, als gehöre sie schon lange zu ihnen.

»Deine Familie ist einfach wunderbar«, schwärmte Eileen auf der Rückfahrt. »Ich würde am liebsten bleiben. Ob deine Eltern mich wohl adoptieren möchten?«

Nathalie lachte. »Wir können sie beim nächsten Besuch ja mal fragen.«

Es war spät geworden und bereits stockfinster, als sie in Eileens Wohnung ankamen. Nathalie würde bei ihr übernachten, so konnten sie am nächsten Morgen gleich mit ihrer Arbeit weitermachen.

Das allerdings war weniger spaßig als das Wochenende.

»Schon wieder Papierberge?« fragte Nathalie, als Eileen einen Stapel anschleppte.

»Leider ja. Hat mein Sponsor mir gegeben, ich soll durchgucken und schauen, was davon seriös ist und was ein Fake.«

»O je, ich fürchte, da kann ich dir nicht helfen.«

»Doch, kannst du. Einfach schon mal vorsortieren. Achte bei den Fotos einfach auf so Sachen wie Hintergrund, Lichteinfall, Schatten und so weiter. Bei Montagen wird oft vergessen, die Schatten mit einzufügen. Wenn da also etwas keinen Schatten wirft, obwohl andere Dinge auf dem Bild einen haben, ist es entweder ein Vampir oder eine Fälschung.«

»Nach Vampiren suchen wir aber nicht, oder?«

Eileen grinste. »Nein, die gibt es nämlich tatsächlich nicht, mit absoluter Sicherheit.«

»Dann schaue ich mal, was ich tun kann.« Nathalie schnappte sich einen Stapel Fotos und die Lupe. Einige der Bilder waren auch ohne das Vergrößerungsglas direkt als Fälschung zu erkennen. »So etwas hier hätte mein Bruder besser hinbekommen«, schimpfte sie und warf eine Abbildung von Nessie in leuchtendem Lila zur Seite. »Sieht aus wie für einen Animationsfilm.«

Eileen hob das Bild auf und grinste. »Yeah. Und vermutlich ist es auch die Arbeit eines Teenagers, der sich einen Spaß daraus gemacht hat. Kritisch wird es nur, wenn die Eltern darauf reinfallen; nicht immer sind auch Mutter und Vater so fit in Computersachen, daß sie wissen, was mit Bildbearbeitungsprogrammen alles möglich ist.«

»Und rufen dann Museen und Forschungsinstitute an?«

»Genau. In dem Glauben, ihr Sprößling habe eine bahnbrechende Entdeckung gemacht. Was glaubst du, was mir da schon für Bilder vorgelegt wurden. Da werden einem Hauskatzen als Aliens und Wellensittiche als Dinosaurier verkauft.«

Nathalie lachte. »Hast du die Bilder noch?«

»Die besten habe ich gesammelt. Moment.« Sie stand auf

und holte aus einem der Regale einen Ordner. »Hier, viel Spaß damit.«

Nathalie schnappte sich den Ordner, setzte sich im Schneidersitz auf die Couch und begann zu blättern. Die Fotos waren wirklich schräg – und selbst für ihr ungeübtes Auge direkt als bearbeitet zu erkennen. Wobei manche noch nicht mal mit dem Computer nachbearbeitet worden waren, sondern die fleißigen Fotografen hatten sich mit entsprechenden Modellen beholfen.

Diese gefälschten Fotos blieben dann aber auch die einzige Auflockerung, und nach drei Tagen Auswerten und Vorsortieren konnte Nathalie kein Bild mehr sehen. Nessie-Aufnahmen bildeten nur einen kleinen Teil davon, weit schwerer wogen die Fotos von neu entdeckten Tierarten und vermeintlichen fliegenden Untertassen.

»Sind wir denn nicht bald durch?« fragte Nathalie.

»Der Stapel da noch.« Eileen deutete zu den Papieren, Ausdrucken und Fotos, die auf dem Wohnzimmertisch lagen. »Aber mach ruhig erst mal Pause. Und überleg dir, was wir Feines futtern könnten.«

»Ich durchsuche mal deine Küche«, sagte Nathalie und stand auf. »Bin zwar keine begnadete Köchin, aber einfache Gerichte kriege ich hin.«

»Du mußt doch jetzt nicht zu kochen anfangen. Ruf einfach den Pizzadienst an.«

»Ich mache das gern, ehrlich.«

»Na, wenn das so ist, werde ich mich sicher nicht beschweren.«

Nathalie verschwand in die Küche und schaute erst in den Schrank, dann in den Tiefkühler. Eileen war ziemlich gut bevorratet: Lasagneplatten und verschiedene andere Nudelsorten fanden sich ebenso wie eine große Auswahl an Tiefkühlgemüse und -obst.

Da es immer noch ziemlich warm war, entschied Nathalie sich für Pasta mit Gemüsesoße und als Nachtisch Vanillepudding mit rotem Beerenpüree.

Wohl durch den Duft angelockt, kam Eileen in die Küche. »Hm, das riecht ja köstlich.«

»Ist in einer Minute fertig. Kannst dich ruhig schon setzen«, sagte Nathalie und deutete auf den bereits gedeckten Tisch. Gekonnt hantierte sie mit Topf und Nudelsieb.

»Von wegen – keine begnadete Köchin«, meinte Eileen, nachdem sie die erste Gabel probiert hatte, »das schmeckt absolut phantastisch.«

»Im Nudelnkochen habe ich auch reichlich Übung. Wenn ich zu Hause was gekocht habe, wollten meine Brüder nichts anderes als Spaghetti. Und in der WG gibt es auch laufend Pasta.«

»Wenn du mich weiter so verwöhnst, bin ich bald dick und rund wie eine Tonne.«

»Quatsch. Und falls doch, bringe ich dich schon auf Trab, damit du dir die Kalorien wieder abtrainierst.«

»Wirst du wohl bald müssen. Aber das schmeckt zu gut, um bei einer Portion zu bleiben.« Sie lud sich den Teller noch mal voll.

»Genau. Außerdem brauchst du Energie. Für die Arbeit, für die Liebe …«

»He, keine falschen Prioritäten setzen; die Liebe steht natürlich an erster Stelle.«

Ein warmes Gefühl durchströmte Nathalie. Es war so schön mit Eileen. In ihrer Beziehung herrschte eine wunderbare Harmonie, und sie paßten perfekt zusammen, ergänzten einander.

»Und jetzt geh ins Wohnzimmer, während ich die Küche mache«, sagte Eileen, nachdem sie zum Platzen satt waren.

»Ich kann dir doch helfen«, bot Nathalie sofort an.

Doch davon wollte Eileen nichts hören. »Nichts da. Du hast bereits gekocht, jetzt kümmere ich mich darum, daß aufgeräumt wird. Also, ab auf die Couch, und sei faul. Das wirst du doch können, oder?« Sie zwinkerte ihr zu.

»Gerade so zu schaffen, denke ich.« Nathalie schlenderte ins Wohnzimmer, griff nach der Fernbedienung und zappte durch die verschiedenen Sender. Wie üblich am Nachmittag, lief für sie nichts Interessantes; sie mochte Telenovelas nicht besonders und konnte auch den Gerichts- und Kochshows nichts abgewinnen. Auf einem der Kulturkanäle lief eine Reportage über geologische Untersuchungen. Zwar auch nicht ihr Gebiet, aber wohl das Akzeptabelste im Moment.

Aus der Küche klapperte es, kurz darauf tauchte Eileen auf. »So, fertig, den Rest erledigt die Spülmaschine.«

»Und was machen wir heute noch?«

»Worauf wir Lust haben.« Eileen ließ sich neben sie auf die Couch fallen.

»Klingt gut.«

»Laß doch an«, meinte Eileen, als Nathalie nach der Fernbedienung greifen wollte. Die Reportage war ohnehin vorbei, und eine Aufweckungsmelodie kündigte die neuesten Meldungen an. »Ich habe heute noch gar keine Nachrichten mitbekommen.«

»Die Welt dreht sich weiter – genügt das nicht?« Da sie so oft weitab von TV und Nachrichten war, hatte Nathalie sich daran gewöhnt, nicht immer voll informiert zu sein. Geschah etwas Weltbewegendes, bekam sie das noch früh genug mit, warum also sich mit möglicherweise tragischen Meldungen einen schönen Tag verderben?

Eileen lachte und rückte näher heran. »Eigentlich schon.« Sie küßte Nathalie, schielte mit einem Auge auf den Fernseher. Die Nachrichtensprecherin las eine Meldung über ein in Bayern abgestürztes Privatflugzeug vor, verkündete die Gewinner irgendeines Medienpreises.

Nathalie hörte nur halb zu. Mit Eileen zu kuscheln, war weitaus besser, als Nachrichten zu verfolgen und auf den Beginn eines Films zu warten.

»Eben erreichte uns die Eilmeldung, daß eine deutsche Forscherin von einer Expeditionsgruppe gefunden wurde«, verkündete die Frau. Das Bild einer Brünetten wurde neben ihr eingeblendet.

Nathalie erstarrte zeitgleich mit Eileen. Das Foto kannte sie. Es war erst wenige Wochen her, daß sie es gesehen hatte.

Eileen langte nach der Fernbedienung, stellte die Lautstärke hoch und hing an den Lippen der Nachrichtensprecherin.

Eine plötzliche Kälte kroch Nathalie über den Rücken, breitete sich in ihrem gesamten Körper aus. Sie sah Eileen an, doch die saß nur starr da, den Blick auf den Fernsehschirm gerichtet.

»Ersten Berichten zufolge befindet sich die Frau in nicht lebensbedrohlichem Zustand.« Das Bild verschwand. »Und nun das Wetter.«

Eileen sprang auf, hetzte zur Tür.

»Wo willst du hin?« Nathalie lief ihr hinterher. Eigentlich war die Frage überflüssig. Sie quälte sich nur selbst damit.

»Bianca«, stammelte Eileen. »Ich muß zu ihr.«

»Aber du weißt doch gar nicht ...« Doch Eileen war bereits aus der Tür. Zurück blieb Nathalie, allein in der Wohnung der Frau, die sie liebte.

Der Fernseher lief noch. Nathalie registrierte, daß der Spielfilm längst angefangen hatte. Sie hatte nichts davon mitbekommen, nur wie paralysiert dagesessen. In nur wenigen Sekunden war ihre komplette Welt eingestürzt. Es war vorbei.

Sie blinzelte, aber ihre Augen blieben trocken. Zu unwirklich war die Trennung noch. Als befände sie sich in einem Alptraum und müsse nur aufwachen, um sich daraus zu befreien.

Langsam griff sie nach der Fernbedienung, schaltete den Fernseher aus und stand auf. Sie suchte ihre Sachen zusammen; da sie in den vergangenen Tagen weit mehr Zeit bei Eileen als in der WG verbracht hatte, hatte sich einiges angesammelt. Wahllos stopfte sie alles in eine große Stofftasche, schaltete die inzwischen fertige Spülmaschine aus, öffnete sie und räumte das Geschirr in den Schrank. Es war nicht zu befürchten, daß Eileen rasch zurückkam, also mußte Nathalie sich nicht beeilen. Und etwas zu tun, war besser als nachzudenken.

Als alles fertig war, fuhr sie in die WG und schloß sich in ihrem Zimmer ein. Patrick hatte seit kurzem eine neue Freundin und war daher kaum zu Hause. Tim jedoch war nach wie von Single, und kaum war er heimgekommen, klopfte er auch schon an ihre Tür. »Nat? Wieso hast du denn abgeschlossen?«

Sie atmete tief durch. Es wäre unfair, ihn anzufauchen und gar nicht zu antworten; das würde ihn so in Sorge versetzen, daß er womöglich die Tür aufbrach. »Weil ich meine Ruhe will.«

»Ist alles in Ordnung?«

»Tim, bitte, laß mich doch einfach in Ruhe.«

»Geht es dir nicht gut? Hast du Kopfschmerzen? Soll ich dir die Migränebrille holen oder ein Aspirin bringen?«

»Nein. Bitte, laß mich einfach nur in Frieden.«

»Nathalie, du klingst so komisch. Ist irgendwas mit Eileen? Habt ihr Probleme?«

Sie seufzte, zählte in Gedanken bis zehn. Warum das Unvermeidliche aufschieben? Tim würde es ja ohnehin erfahren. »Es ist aus zwischen uns.«

»Was? Aber ...«

»Bitte Tim, ich bin echt nicht in der Stimmung, darüber zu reden.«

»Ja, ja, verstehe ich ja, aber wenn du doch möchtest. Oder einfach nur jemanden brauchst, du weißt doch, Mäuschen, meine linke Schulter ist immer für dich reserviert.«

Seine lieben Worte trieben ihr Tränen in die Augen, und das schien den Damm zu brechen. Sie konnte nicht mehr antworten, drückte das Gesicht ins Kopfkissen und schluchzte leise.

Als sie Stunden später aus dem Bett krabbelte und von ihrer Blase getrieben ins Badezimmer tapste, roch sie einen süßen Duft. Auf dem Rückweg ging sie in die Küche, um sich eine Flasche Wasser aus dem Kühlschrank zu holen. Auf dem Tisch stand ein großes Törtchen mit rosa Zuckerguß. Mit pinkfarbener Zuckerschrift war »Ich bin ein Trostkuchen« darauf geschrieben worden.

Neue Tränen bildeten sich, ließen ihren Blick verschwimmen. Das war so süß von Tim, daß sie es nicht übers Herz brachte, den Kuchen zu ignorieren. Sie schnitt sich ein Stück ab.

Tim tauchte in der Tür auf. »Ist ein Schokoladenkuchen. Weil Schokolade doch glücklich macht.«

»Ich glaube, so viel Schokolade gibt es gar nicht, um mich glücklich zu machen«, sagte Nathalie. »Aber der Kuchen ist trotzdem lecker. Und so lieb von dir.« Nur mit Mühe gelang es ihr, weitere Tränen zurückzuhalten.

Tim setzte sich neben sie, strich ihr übers Haar. »He, das ist doch selbstverständlich. Du bist meine beste Freundin, Nathalie. Und wenn du leidest, dann tut mir das auch weh.«

Sie riß sich zusammen. Wenn sie jetzt weinte, würden auch Tim die Tränen kommen, und sie müßte ihn unweigerlich trösten. Das wollte sie nicht, dafür fehlte ihr momentan die Kraft. »Geht schon. Ich muß mich halt damit abfinden, daß es keine Zukunft mit Eileen gibt.«

»Hat sie echt einfach so mit dir Schluß gemacht?«

»Sie ist gegangen.« Nathalie seufzte, dann erzählte sie ihm in Kurzform, wie der Nachmittag abgelaufen war.

»Oh, Mist.«

»Ja«, stimmte sie ihm zu. »Aber halt nichts dran zu ändern. Eileen liebt nun mal Bianca. Und das schon seit vielen Jahren.«

»Ach Nat, das tut mir so leid. Ich hatte mich so gefreut, daß du in Eileen deine große Liebe gefunden hast.«

Nathalie preßte die Lippen zusammen. Große Liebe, ja. So

hatte sie auch gedacht. Aber von Eileens Seite aus war es das wohl doch nicht gewesen. »Sei mir nicht böse, aber ich gehe wieder in mein Zimmer. Ich will nur meine Ruhe.«

Tim nickte. »Kein Problem. Hier.« Er schnitt noch ein Stück Kuchen ab und legte es ihr auf einen Teller.

Nathalie rang sich ein kleines Lächeln ab. »Danke«, krächzte sie und nahm den Teller.

Der nächste Tag zog sich quälend langsam dahin. Irgendwann gegen Mittag stand Nathalie auf und duschte. In der Nacht hatte sie sich die meiste Zeit schlaflos herumgewälzt, und entsprechend groß waren nun ihre Augenschatten.

Tim war davon überzeugt, Nathalie beistehen zu müssen. Sie wollte ihn nicht verletzen, aber lieber als seine tröstenden Worte und Kuchenstücke war ihr ihre Ruhe. Nicht reden, niemanden sehen müssen.

In ihrem Kopf herrschte eine dumpfe Leere, nur ab und zu wirbelten Gedankenfetzen durch diese einsame Landschaft. Sie sollte froh sein – eine Totgeglaubte war zurückgekehrt, noch dazu nach Angaben der Medien bei guter Gesundheit. Wäre Bianca ihre Freundin gewesen, sie wäre sicher ganz aus dem Häuschen deswegen und hätte ihre Freude in die Welt hinausschreien wollen. Das hatte Eileen nicht getan. Zumindest so viel Anstand hatte die Professorin besessen.

Nathalie schämte sich für ihre Eifersucht und Wut auf Bianca. Die arme Frau konnte schließlich nichts dafür. Zudem wußte Nathalie nicht, was sie in den zwei Jahren außerhalb jeglicher Zivilisation alles erdulden hatte müssen. Von einem ihrer Teamkameraden hatte man nur noch die sterblichen Überreste gefunden, was mit den anderen geschehen war, war zur Zeit noch nicht bekannt.

Aber wer vor Mord nicht zurückschreckte, der tat auch noch ganz andere Sachen. Nathalie schauderte. Bianca war eine attraktive Frau. Nathalie wollte sich nicht ausmalen, was ihr vielleicht alles angetan worden war.

Wahrscheinlich war Eileen für Bianca die einzige Vertraute, die einzige, mit der sie über die Geschehnisse reden konnte. Die Frauen waren lange Zeit ein Paar gewesen, und sie hatten sich nicht getrennt, Eileen hatte geglaubt, daß Bianca tot sei, das war etwas ganz anderes als eine Trennung. Im Grunde konnten sie dort weitermachen, wo sie aufgehört hatten.

Und bestimmt taten sie das auch. Nathalie konnte es ihnen nicht einmal verübeln. Wenn sie sich vorstellte, daß Eileen spurlos verschwinden, alle Welt sie für tot halten und sie dann zwei Jahre später vor ihr stehen würde – sie würde jubeln vor lauter Glück.

In den Nachrichten kam am Abend die Meldung, daß die verschwundene Deutsche morgen zurückerwartet wurde. Ein Wunder, nannte es die attraktive Sprecherin. Es wurde ein Bericht über Bianca gebracht, über ihre Arbeit. Wahrscheinlich bekam sie dafür jetzt weit mehr Aufmerksamkeit als in all den Jahren zuvor.

Das Programm war geändert worden, ganz passend zum aktuellen Thema gab es erst eine Reportage über den Amazonas-Dschungel und danach einen dort spielenden Film.

Nathalie schaltete den Fernseher aus und ging in ihr Zimmer. Tim würde gleich kommen, und auch wenn er wirklich lieb war, ging er ihr auf die Nerven. Zum Glück verbrachte Patrick den Abend bei seiner neuen Freundin und würde vermutlich bei ihr übernachten.

Ohne viel Motivation blätterte Nathalie durch ein Fachbuch, schlug es jedoch bald wieder zu. Sie konnte sich nicht auf den Text konzentrieren. Immer wieder kehrten ihre Gedanken zu Eileen zurück. Unmöglich, die auftauchenden Bilder abzuschalten. So vieles hatten sie miteinander geteilt, so viel zusammen erlebt.

Aber all das war nun Vergangenheit. Sie mußte sich damit abfinden, und je früher das geschah, desto besser.

Warum tue ich mir das nur an? überlegte Nathalie, während sie versuchte etwas zu erkennen. Die Flughafenhalle war dermaßen überfüllt, daß überall Sicherheitspersonal herumlief und die Massen in halbwegs geordnete Bahnen lenkte. Zu den üblichen Passagieren, die wohl eher wenig Interesse an der Sensation hatten, kam eine stattliche Zahl Reporter. Wie die Aasgeier lagen sie auf der Lauer mit ihren einsatzbereiten Kameras und Diktiergeräten.

Nathalie stellte sich auf die Zehenspitzen, versuchte über die Köpfe hinweg zu sehen, doch sie war zu klein dafür. Auf der Anzeigetafel stand die bereits lang angekündigte Maschine, in der Bianca sitzen würde, nun ganz oben. Die voraussichtliche Landung sollte in drei Minuten stattfinden.

Unter Einsatz ihrer Ellbogen kämpfte Nathalie sich bis zur Fensterfront durch. Auf der Landebahn hob gerade eine Maschine ab. Trotz der dicken Glasscheibe klang es ohrenbetäubend laut. Ein Shuttlebus steuerte auf eine wartende Maschine zu. Dunkelblau gekleidetes Flugpersonal wuselte eifrig um die heruntergelassene Gangway herum und stand Spalier, während die mit dem Bus angekommenen Passagiere einstiegen.

Wieder erklang dröhnendes Motorengeräusch. Die Sonne ließ das sich im Landeanflug befindende Flugzeug silbern leuchten. Neben Nathalie klickten die Kameras der Reporter.

Was haben sie bloß davon, das Flugzeug zu fotografieren? überlegte sie und versuchte ihren Platz am Fenster zu behaupten.

Eileen hatte sie noch nirgends entdecken können, aber sie war ganz sicher, daß die Professorin hier war.

Der Shuttlebus fuhr über das Rollfeld, doch hielt er auf ein anderes Flugzeug zu, das soeben weiter hinten gelandet war. Und in welchem saß nun Bianca? Die Maschinen standen zu weit entfernt, als daß Nathalie ihre Kennummern hätte erkennen können.

Bei der vorderen Maschine wurde nun die Gangway heruntergelassen. Eine Stewardeß erschien, blieb aber am Ausgang des Flugzeugs stehen. Unten an der Gangway warteten bereits zwei schwarz gekleidete Männer. *Sicherheitspersonal*, dachte Nathalie. Sie hatte diese Typen, die so aussahen wie jene, die man gern vor Discos stellte, bereits in der Flughafenhalle bemerkt. Schlagstöcke baumelten an ihren Seiten, und sicher trug jeder von ihnen verborgen unter der Weste eine Schußwaffe.

Neben der Stewardeß tauchten nun zwei Personen auf, weitere folgten. War Bianca darunter? Nathalie zählte insgesamt drei Frauen mit braunen Haaren.

Der Shuttlebus verschluckte die Menschen und sammelte auf seinem Weg auch die aus dem anderen gerade gelandeten Flugzeug mit ein.

Das Gedränge nahm zu. Nathalie verteidigte ihren Platz und hielt sich im Windschatten eines fast zwei Meter großen Journalisten, der ein Kreuz wie ein Kleiderschrank besaß.

Die Passagiere kamen herein, ein Großteil von ihnen marschierte direkt auf das Gepäckband zu. Nur einige blieben stehen und sahen neugierig zu der wartenden Menge an Reportern.

»Bestimmt ist irgendein Promi mit an Bord gewesen«, meinte eine Frau, zuckte mit den Schultern und zog einen halbwüchsigen Jungen, der vermutlich ihr Sohn war, mit sich Richtung Gepäckausgabe.

Kameras klickten, und Blitzlichtgewitter stach Nathalie in den Augen. Sie blinzelte, erkannte dann aber die Gruppe aus drei Frauen, auf die sich die Aufmerksamkeit richtete. Rechts stand Eileen, den Arm um eine schlanke Brünette gelegt. Das mußte Bianca sein. Die Frau an Biancas anderer Seite war Nathalie unbekannt. Vielleicht eine Psychologin oder Geistliche, die losgeschickt worden war, die Verschollene in Empfang zu nehmen, um ihr seelischen Beistand zu leisten. Oder jemand vom Fernsehen. Denn daß dieser Fall weiterhin durch die Medien ging, war sicher.

Eileen hielt sich dicht an Biancas Seite, schirmte sie vor allzu aufdringlichen Reportern ab. Einer schaffte es nach vorn, hielt ihr ein Mikrofon und Diktiergerät hin und feuerte seine Fragen ab. Eileen schob ihn grob zur Seite. Bianca hatte noch kein Wort gesagt, zumindest nicht laut. Sie drängte sich mal eng an die Nathalie unbekannte Frau und mal an Eileen. Und Eileen sorgte dafür, daß sie freien Weg hatten. So geleitete sie ihre große Liebe sicher durch die Menge, hinaus aus dem Flughafen.

Nathalie lief mit den Reportern mit, doch alles, was sie noch sehen konnte, war ein wegfahrender Wagen.

»Du solltest mal wieder ausgehen«, sagte Tim.

»Keine Lust«, brummte Nathalie. Wo sollte sie auch hin? Im Kino lief zur Zeit kein einziger Film, der sie auch nur ansatzweise interessierte, den Wocheneinkauf hatte sie gestern erledigt, und mit dem Geld sah es auch nicht so rosig aus.

»Geh aus, in ein Café oder deine Stammkneipe oder eine Pizzeria. Du magst doch Pizza.«

»Hm«, machte sie und dachte über seine Worte nach. Vielleicht wäre es wirklich gut, mal wieder andere Gesichter und andere Wände zu sehen. Seit Biancas Rückkehr nach Deutschland waren nun fünf Tage vergangen. Und der Vormittag am Flughafen war auch das letzte Mal gewesen, daß sie die WG verlassen hatte. Sie schloß sich in ihrem Zimmer ein, aß Tim zuliebe die belegten Brote, die er ihr brachte, oder knabberte an dem, was er sonst so kochte. Er gab sich wirklich Mühe, weit mehr noch als Patrick, der nicht so recht zu wissen schien, wie er mit ihr umgehen sollte und sowieso kaum daheim war.

Tim gab ihr einen freundschaftlichen Stups. »Na los, hübsch dich auf. Wer weiß, was dann passiert?«

»Ich habe nicht vor, zu flirten.« Ihr Herz war noch viel zu verwundet, um offen für eine neue Liebe zu sein.

»Das kannst du erst wissen, wenn du dort warst«, erklärte Tim in seiner praktischen Art. Er stand auf, packte sie an der Hand und zog sie einfach hoch. »Ab mit dir.«

Nathalie seufzte und fügte sich. Für eine gute Idee hielt sie es zwar nicht, aber besser, als in ihrem Zimmer auf dem Bett zu liegen und die Wand anzustarren, war es allemal.

Eine halbe Stunde später betrat sie das *Lady's Kiss*. Die Lesbenkneipe war unter der Woche gemütlich, am Wochenende dagegen rappelvoll. Da heute Mittwoch war, konnte man gut atmen und sich bewegen, ohne andere Frauen zur Seite schieben zu müssen.

Nathalie sah sich nach bekannten Gesichtern um. Petra und Bettina winkten ihr zu, und Samantha sprang sogleich auf, lief zu ihr und umarmte sie. »He, du warst ja ewig nicht mehr hier. Alles klar bei dir?«

»Ja, wie es halt so ist als arme Studentin.« Sie erwiderte die Umarmung. »Und bei dir?«

»Ach, nichts Neues, leider.« Sie lachte. »Aber setz dich erst mal, bei uns ist noch frei.« Und schon wurde Nathalie von der hübschen Dunkelhaarigen mitgezogen.

Nathalie setzte sich zu den dreien und bestellte sich eine Cola mit Kirschsirup, eine Spezialität des Hauses, bei der man schon klebte, wenn man das Glas nur anschaute.

Petra und Bettina tauschten heiße Küsse. »Habt ihr kein

Zuhause?« stichelte Samantha und grinste breit.

»Neidisch?« Petra grinste ebenfalls. Neben ihr gluckste Bettina.

Nur mit halbem Ohr verfolgte Nathalie die gutmütigen Sticheleien. Als Samantha jedoch aufsprang, um eine weitere Frau zu begrüßen, schaute sie auf. Diese Stimme kannte sie doch . . .

Tatsächlich, das war Sandra. Na wunderbar, ihre Ex hatte ja gerade noch gefehlt. Sie rang sich ein Lächeln ab, denn um in Deckung zu gehen oder auf die Toilette zu fliehen, war es nun zu spät.

Sandra sah zu ihr herüber, dann trat sie an den Tisch. »Hi Nathalie«, sagte sie vorsichtig.

Wenigstens schien auch sie unsicher zu sein. Warum eigentlich? War doch nicht das erste Mal seit ihrer Trennung, daß sie einander über den Weg liefen. »Hallo Sandra. Gut siehst du aus.« Das war nicht gelogen. Sandras hübsches Gesicht leuchtete geradezu. Ihre dunkelbraunen Haare trug sie nun sehr kurz und vorn in einem frechen Pony, der ihre hohen Wangenknochen und die ausdrucksvollen Augen betonte. Sie wirkte reifer, erwachsener.

»Danke.« Sie schlug kurz die Augen nieder.

Jetzt erst bemerkte Nathalie, daß Sandra nicht allein gekommen war. Einen Schritt schräg hinter ihr stand eine schlanke Rothaarige, die Nathalie noch nie zuvor gesehen hatte.

»Das ist Anne.« Etwas hilflos fuchtelten Sandras Hände durch die Luft. »Meine Freundin.«

»Freut mich, dich kennenzulernen, Anne«, sagte Nathalie. Das war also die Neue. Wirklich attraktiv. Vermutlich zwei, drei Jahre älter als Sandra.

»Jetzt setzt euch doch endlich!« forderte Samantha sie auf.

Ob das so eine gute Idee war? Nathalie las in Sandras Zügen, daß ihr das gleiche durch den Kopf ging. Andererseits: Sie waren doch alles erwachsene Frauen, die Trennung war schon eine ganze Weile her, und bisher hatten sie es doch auch geschafft, ganz normal miteinander umzugehen. Nathalie rang sich ein Lächeln ab. »Genau, setzt euch.«

»Danke.« Sandra erwiderte das Lächeln. Noch etwas unsicher nahm Anne neben ihr Platz. Nathalie bemerkte, wie Sandra Annes Hand drückte.

»Wo kommst du her, Anne? Ich habe dich noch nie hier gesehen«, sagte Samantha.

»Ich bin vor kurzem erst hergezogen.« Ihre Stimme klang angenehm, aber sie sprach so leise, daß es schwierig war, sie zu verstehen.

»Es war Liebe auf den ersten Blick.« Sandra blickte sie lächelnd an, und beide schienen so ineinander zu versinken, daß Nathalie nicht sicher war, ob sie überhaupt noch wußten, wo sie sich gerade befanden.

Den Turteltauben zuzusehen, nervte und tat weh. Die ganze Zeit über tatschten die beiden aneinander herum. Mal strich Sandra Anne übers Haar, dann tauschten sie einen weiteren schnellen oder langsameren Kuß, warfen sich glühende Blicke zu. Sie zu ignorieren, erwies sich schlicht als unmöglich.

Um sich nicht weiter zu quälen, verabschiedete Nathalie sich ziemlich bald, mit der Ausrede, daß sie noch für die Uni was lesen wolle und daher noch in die Bibliothek müsse.

Draußen kam ihr dann der Gedanke, daß die Ausrede im Grunde auch in die Tat umgesetzt werden konnte. Es gab wirklich einige Bücher, die sie sich ausleihen wollte, und vielleicht fand sie in der Belletristikabteilung noch spannenden Lesestoff. Ein richtig blutrünstiger Thriller wäre gut.

Beladen mit einem ganzen Stapel Bücher kam sie in die WG und machte sich gleich daran, ihre Schätze genauer zu sichten. Das Fachbuch über die Bronzezeit bot genau den Stoff, den sie als nächstes lernen mußte. Dazu einige Nachschlagewerke und zwei Thriller. Beide hatten richtig düstere Cover, keine Gefahr also, daß sich dahinter eine zuckersüße

Liebesgeschichte verbarg.

Mit Feuereifer stürzte sie sich ins Lernen. Zum Glück begann in einigen Tagen die Uni wieder. Noch nie hatte sie den Beginn eines neuen Semesters so sehr herbeigesehnt wie jetzt. Na gut, als sie das Abi in der Tasche hatte, da war sie so extrem neugierig gewesen, daß sie natürlich auch am liebsten sofort mit dem Studium angefangen hätte.

Statt auszugehen, lernte Nathalie jeden Abend. Wurde sie zu müde, um sich auf die Texte zu konzentrieren, nahm sie sich einen Thriller zur Hand und las, bis ihr fast von selbst die Augen zufielen. Da sie nachmittags wieder öfter ins Fitneßstudio ging, war sie davon ohnehin geschafft. Ihrer Figur tat es gut – durch den Liebeskummer hatte sie zuerst abgenommen, dann dank Tims Trosttörtchen einige Pfunde zugelegt, die sie nun mit den Übungen in die richtige Form brachte. Ihr Bauch wirkte straffer – oder zumindest bildete sie sich das ein. Aber im Grunde war das auch egal; es war ja niemand da, der ihren Bauch sehen und berühren würde.

Sie mußte hier raus. Ja, das wäre nun genau das Richtige. Was anderes sehen, unter Leuten sein, die nichts von ihr und ihrem Schmerz wußten. Die Uni genügte da nicht, das war schließlich nur für wenige Stunden und alles auch viel zu vertraut. Nathalie richtete sich ein Stück von ihrem Bett auf, auf das sie sich geworfen hatte, kaum daß sie in die WG gekommen war.

Nun, da sie den Entschluß gefaßt hatte und so schnell wie möglich in die Tat umsetzen würde, fühlte sie sich schon ein klitzekleines bißchen besser.

Am nächsten Tag wandte sie sich an ihren Archäologieprofessor und fragte ihn, ob er wisse, wo sie vielleicht kurzzeitig arbeiten könne.

»Geben Sie mir einen Tag«, bat der grauhaarige Mann und lächelte ihr zu. »Ich höre mich um und sehe zu, ob ich Sie irgendwo unterbringen kann. Irgendwelche speziellen Wünsche?«

Nathalie schüttelte den Kopf. »Hauptsache, eine Ausgrabung.«

»Da wird sich bestimmt etwas finden lassen.«

Er hatte nicht zu viel versprochen. Bereits am nächsten Morgen bat er Nathalie zu sich in sein Büro. Erwartungsvoll schaute Nathalie ihn an und bezwang den Drang, von einem Fuß auf den anderen zu treten.

»Setzen Sie sich doch.« Er deutete auf den Stuhl gegenüber von ihm. »Kaffee oder Tee?«

Nathalie war viel zu aufgeregt, um etwas zu trinken. »Bitte, sagen Sie doch was. Haben Sie eine Stelle für mich gefunden?«

Er lachte leise. »O Nathalie, Sie tun ja gerade so, als hinge Ihr Leben davon ab.«

Hitze schoß Nathalie ins Gesicht. Bestimmt leuchteten ihre Wangen nun puterrot. Und sie hatte die Haare zum Zopf geflochten, so daß sie ihre Scham nicht kaschieren konnte.

»Aber ich will Sie nicht länger auf die Folter spannen.« Er goß sich selbst aus einer Kanne Kaffee ein und gab zwei Stücke Würfelzucker dazu. »Ich hätte da tatsächlich was, aber ich weiß nicht, ob es Ihnen zusagt.«

»Ich bin nicht anspruchsvoll. Und auf bisherigen Ausgrabungen habe ich auch schon oft tagelang im Zelt gewohnt, ohne fließendes warmes Wasser in der Nähe.«

Er nickte. »Ja, an solche Ausgrabungen kann ich mich auch noch sehr gut erinnern. Heute schätze ich allerdings meinen Lehrstuhl. Ich bin schließlich nicht mehr der Jüngste, und mein Rücken macht solche Eskapaden wie noch vor zwanzig, dreißig Jahren nicht mehr gut mit. Aber um zur Sache zu kommen: Da gibt es einen Kollegen von mir, Professor Bimbach. Er hat für Anfang nächster Woche eine Ausgrabung in England, genauer gesagt in Glastonbury geplant. Eine zusätzliche Hilfskraft könnte er dabei noch gut unterbringen. Meist ist sein Team ziemlich zusammengewürfelt, und neben seinen Experten nimmt er ab und zu sogar interessierte Laien mit. Studenten sind ihm sowieso stets willkommen. Sie wären also wahrscheinlich mit einer bunten Mischung der unterschiedlichsten Leute zusammen.«

»Das macht überhaupt nichts«, versprach Nathalie. England klang toll. Besonders Glastonbury, das für seine keltischen Funde berühmt war. Außerdem war es wunderbar weit weg von ihrem Alltag. Und von Eileen . . . Sie ignorierte den Schmerz, der sie beim Gedanken an die geliebte Frau durchzuckte, und sah ihren Professor an. »Würden Sie ihm bitte sagen, daß ich unbedingt mit will?«

Er griff nach einem Zettel und kritzelte eine Telefonnummer darauf. »Hier, damit erreichen Sie Professor Bimbach direkt. Bestellen Sie ihm einen schönen Gruß von mir.«

»Danke.« Nathalie wollte aufspringen, um den Anruf direkt zu erledigen, doch ihr Gegenüber hielt sie mit einer Handbewegung zurück.

»Da das ja nun geklärt ist, jetzt vielleicht einen Kaffee? Professor Bimbach läuft Ihnen schon nicht weg. Außerdem hab ich ihm bereits gesagt, daß er wohl mit einer weiteren Studentin rechnen kann, die ganz wild darauf ist, Schätze zu bergen.« Er zwinkerte ihr zu.

Nathalie erwiderte sein Lächeln und nahm die Tasse Kaffee entgegen, die er ihr reichte. Nur noch einige Tage, dann würde sie in England sein.

Professor Bimbach war ein lebhaftes kleines Männlein, das Nathalie ein wenig an Märchengestalten denken ließ. Er hatte feines, weißgraues Haar, das in alle Richtungen abstand, und einen ebensolchen Bart. Mit eifrigem Händeschütteln begrüßte er Nathalie. »Schön, daß Sie dabei sind. Packen Sie sich aber ja warme Unterwäsche ein, die Nächte werden schon sehr kalt.«

»Mache ich«, versprach Nathalie, perplex von seinen Worten.

»So ist es recht, Mädchen.« Er lächelte ihr zu und breitete Papier vor sich aus. »Dann wollen wir das mal eben ausfüllen.«

Fünfzehn Minuten später war alles geklärt. Nathalie hatte eine Liste bekommen, was sie einpacken sollte, und war von Professor Bimbach darüber informiert worden, was das Ziel der Ausgrabung war.

Glastonbury war eine sehr geschichtsträchtige Stadt; zahllose Mythen und Legenden rankten sich um den Ort und besonders um den Glastonbury Tor, einen Hügel, dessen keltischer Name »Ynis Witrin« lautete, was man mit »Glasinsel« übersetzen konnte.

Sehr wahrscheinlich war der Tor in früheren Zeiten von Moor und Wasser umgeben gewesen, so daß man ihn nur mit Barken erreichen konnte und ein Fremder leicht in Gefahr geriet, sich zu verirren.

Auf dem Hügel wurden Reste einer alten Festung aus dem fünften Jahrhundert gefunden, und man vermutete, daß er das sagenumwobene Avalon sei, jener Ort, an dem die Fee Morgana ihre Zauber wob und ihr toter Halbbruder, König Artus, seine letzte Ruhestätte fand. Außerdem wurde der Tor mit Gwyn ap Nudd in Verbindung gebracht, dem obersten Herrn der Unterwelt und späteren König der Feen. Es gab viele verschiedene Versionen der Sage, doch der Tor spielte in jeder eine Rolle.

Die Aussicht, an solch einen Ort zu reisen, stimmte Nathalie froh. Sie würde mit Professor Bimbach und den anderen nach Spuren von keltischen Stämmen suchen. Das war genau das, was sie wollte. Und die Chance, dort etwas zu finden, war sogar sehr groß, denn dort hatten definitiv die Stämme gelebt, und man hatte bereits etliche interessante oder sogar sehr wertvolle Artefakte aus der Erde geborgen.

Auf dem Flug hatte Nathalie Gelegenheit, sich die Gruppe genauer anzusehen. Sie war wirklich buntgemischt. Es schien, als hätte Professor Bimbach von überall her Leute eingesammelt. Eine stark geschminkte Frau in teurer Designerkleidung erzählte, wie aufregend sie das fand und daß diese Ausgrabung sicher das Gesprächsthema bei ihrem nächsten Kaffeekränzchen werden würde.

Wie es aussah, war Nathalie eine der jüngsten. Nur eine sehr große junge Frau schien in ihrem Alter zu sein. Sie setzte sich im Flugzeug neben sie und streckte ihr die Hand hin. »Hi! Ich bin Jennifer, aber alle sagen nur Jenni zu mir.«

»Nathalie«, stellte sie sich vor. »Bist du auch Studentin der Archäologie?«

»Nee, aber ich werde es vielleicht. Im Moment arbeite ich noch im Gemüseladen meiner Eltern.« Jenni grinste. Sie hatte raspelkurzes Haar, das so hell gefärbt war, daß es mehr weiß als blond wirkte.

Von den Kartoffelkisten und Kohlköpfen zur Schaufel. Na, wenigstens machte sie einen recht kräftigen Eindruck, überlegte Nathalie.

Jenni plauderte munter drauflos, erzählte, daß sie vor einem Jahr das Abitur gemacht hatte, aber nicht so recht wußte, was sie danach tun sollte. Da ihre Eltern einen eigenen Laden hatten, in dem Bio-Gemüse und selbstgekochte Marmeladen und Chutneys verkauft wurden, arbeitete sie nun dort. Aber Archäologie, das fand sie ganz toll, seit sie als Dreizehnjährige ihren ersten Indiana-Jones-Film gesehen hatte. Und daher wollte sie nun endlich auch ein solches Abenteuer erleben.

»Noch besser finde ich aber Lara Croft«, plapperte sie weiter. »Angelina Jolie ist echt heiß.«

Da mußte Nathalie ihr zwar zustimmen, aber aufgrund von Spielfilmen auf die Arbeit eines Archäologen zu schließen, fand sie doch ein klein wenig naiv. Hatte Jenni denn niemand gesagt, daß solche Geschehnisse wie bei Indiana Jones oder Tomb Raider die absolute Ausnahme bildeten? Daß ein Archäologe in einem Team arbeitete, oft über Wochen an einem Ausgrabungsort blieb und man Grabräuber, Kannibalen und sonstige üble Zeitgenossen meist auch nicht fürchten mußte? In Glastonbury auf jeden Fall nicht. Zwar würden sie in Zelten am Ausgrabungsort schlafen, aber es gab jederzeit die Möglichkeit, in die Stadt zu fahren, dort einzukaufen, und dank Handy und Internet war man auch von den Lieben zu Hause nicht abgeschnitten.

»Ich freue mich schon so auf die vor uns liegenden Abenteuer.«

»Dann hoffe ich, daß du nicht enttäuscht werden wirst. Die Chance, daß wir es mit Grabräubern zu tun bekommen, ist ziemlich gering. Und ehrlich gesagt bin ich da ganz froh drüber.«

»Ja, gut, Grabräuber müssen vielleicht nicht unbedingt sein«, stimmte Jenni ihr zu. »Aber irgendwas richtig Aufregendes wäre toll.«

»Also wenn man was findet, vielleicht sogar das, was man erhofft hat zu finden, dann ist das schon ziemlich aufregend und ein tolles Gefühl«, erklärte Nathalie.

»Darauf bin ich auch schon gespannt. Etwas zu finden, das noch nie ein Mensch zuvor gefunden hat.«

»Äh, also, das ist ziemlich unmöglich. Irgendwer hat es dort nämlich mal vergraben. Oder liegengelassen, und die Natur hat das mit dem Vergraben dann selbst erledigt. Und wir suchen ja auch nach Sachen, die von Menschen angefertigt wurden: Münzen, Waffen, Schmuck, Gebrauchsgegenstände.«

Jenni lachte und zeigte dabei ihre etwas zu groß geratenen Zähne. »Ach, ist ja auch egal, Hauptsache, wir finden was. Das wäre so toll, wenn ich echte Pfeilspitzen mitbringen könnte.«

»Mitbringen darfst du nichts. Wir dürfen nur ausbuddeln, nicht einstecken. Kriegt alles Professor Bimbach, und der muß es dann seinem Auftraggeber vorlegen.«

»Zu schade.« Jenni seufzte.

»Du kannst ja ein bißchen echte Glastonburyerde einstecken«, schlug Nathalie vor. »Das habe ich bei meiner allerersten Ausgrabung auch gemacht. Habe die Erde in so ein Schraubglas getan und zu Hause dann in meinem Zimmer ins Regal gestellt, beschriftet natürlich.« Sie hatte das Glas sogar noch, es stand in ihrem Zimmer im Haus ihrer Eltern.

»Das ist ja eine tolle Idee«, fand Jenni. »Das mache ich dann auch.«

Das Lager wurde am Fuß des Glastonbury Tor aufgeschlagen. Auf dem mächtigen Hügel thronte die Ruine von St. Michael's, einer mittelalterlichen Kirche, die zwölfhundertfünfundsiebzig erbaut worden war. Vor einiger Zeit hatte man den Turm restauriert. Von der Sonne angestrahlt, erhob er sich majestätisch gen Himmel.

Nachdem sie ihre Sachen abgelegt hatten, führte Professor Bimbach sie zum nur wenige Minuten Fußmarsch entfernt liegenden Ausgrabungsort. Der Boden dort war zum Campen zu feucht. »Morgen früh geht es los«, verkündete der Professor und blickte strahlend in die Runde, die sich um ihn versammelt hatte. Ihn mitgerechnet, waren sie zwölf Leute, davon fünf Frauen.

Nathalie blickte auf den noch jungfräulichen Boden und spürte ein Kribbeln in sich. Sie konnte es kaum erwarten, die Schaufel in die weiche Erde zu bohren.

Zurück im Camp, machten sie sich miteinander bekannt, erzählten, wo sie herkamen und womit sie sonst ihr Geld verdienten. Es herrschte eine entspannte Stimmung. Jenni hatte sich neben Nathalie gesetzt. Ihre Wangen leuchteten vor Aufregung und Eifer.

»Erste Ausgrabung?« fragte Laura, eine attraktive Dreißigjährige, die eigentlich Journalistin war, aber im Zuge der Reportagen, die sie verfaßte, schon an vielen Ausgrabungen und Expeditionen teilgenommen hatte.

»Ja«, gab Jenni zu und lachte. »Steht mir das eigentlich auf der Stirn geschrieben, oder wieso weiß das jeder sofort?«

»Nicht auf der Stirn, aber in deinen Augen. Du hast diesen besonderen Blick . . .« Laura zwinkerte ihr zu.

Der neben ihr sitzende James nickte und grinste sie an. »Das merkt man einfach. Ich kann immer genau sagen, ob ein Teilnehmer zum ersten Mal dabei oder ein alter Hase ist.«

»Jaa, ihr habt ja recht.« Jenni fuhr sich durch ihr kurzes Haar, so daß es nun wie Igelstacheln zu allen Seiten abstand. »Ich freue mich halt drauf.«

»Das ist doch auch gut so«, meinte Laura. »Aber schau trotzdem, daß du heute nacht ein bißchen Schlaf bekommst. Wir fangen früh an und sollten dabei fit sein.« Sie stand auf, streckte sich und gähnte. »Ich sage euch daher jetzt gute Nacht.«

»Ich fürchte, ich werde kein Auge zubekommen vor Aufregung.« Jenni seufzte.

»Versuch es erst mal«, riet Nathalie ihr. Sie blieb noch ein wenig bei Jenni, plauderte mit ihr und genoß den milden Spätsommerabend. Es war so ruhig um sie herum, die Luft klar, und egal, in welche Richtung sie schaute, sie sah nur die unberührte Natur.

Der Tag begann sehr früh für das Team. Nebel verschluckte die Ruine auf dem Tor. Der Hügel sah aus, als hätte ihm jemand ein Kleid aus feinstem Gespinst umgelegt.

Tief atmete Nathalie die kühle Morgenluft ein, streckte ihre Arme dem Himmel empor. Wie magisch wurde ihr Blick von dem Hügel angezogen. So in Nebel gehüllt, fiel es leicht, an die Legenden um den Tor zu glauben.

Sie beschloß einige Schritte zu gehen, um ihre Muskeln zu lockern und die Stille des Morgens zu genießen. Die anderen waren gerade erst dabei, aus ihren Zelten zu krabbeln; leises Gemurmel nach Zahnbürste und Kaffee schwebte über dem Platz.

Das Gras am Fuß des Tors war feucht, kitzelte mit seinen taubesetzten Spitzen Nathalies Fesseln. Sie hatte keine Socken angezogen, war nur einfach so in die festen Halbschuhe geschlüpft.

Langsam machte sie sich an den Aufstieg. Der Nebel war hier so dicht, daß sie keine fünf Meter weit sehen konnte. Außerdem schluckte er alle Geräusche, nicht einmal das Zwitschern von Vögeln war mehr zu hören. Nathalie hätte sich nicht groß gewundert, wenn sich nun wirklich vor ihr die Nebel geteilt hätten und eine Fee erschienen wäre.

Der Tor war nicht besonders steil, man konnte ihn gut zu Fuß in wenigen Minuten erklimmen, doch Nathalie kam es nicht auf Geschwindigkeit an. Sie wollte den Moment genießen.

Plötzlich verharrte sie. War da nicht eben etwas gewesen, das wie Schritte klang? Unmöglich, wer sonst sollte denn um diese Zeit hier herumlaufen? In ihrem Nacken kribbelte es, und sie hatte das Gefühl, nicht mehr allein zu sein.

Ihre Hände formten sich zu Fäusten, und ein Anflug von Panik befiel sie. *Blödsinn*, dachte sie und kämpfte die Angst nieder. Sie befand sich nicht in irgendeinem Dschungel, in dem wilde Stämme und Raubtiere lebten, sondern in einer europäischen Stadt, die seit Jahrhunderten keine Krieger mehr gesehen hatte.

Und gefährliche Tiere gab es hier auch nicht, maximal würde sie einem Fuchs über den Weg laufen. Sie ignorierte die Stimme in ihrem Kopf, die ihr zuflüsterte, daß auch in einer europäischen Stadt Verbrecher herumliefen und sie eine Frau allein ohne jegliche Waffe war.

Mit festen Schritten ging sie weiter, drehte sich nach einigen Metern um. Nur Nebel wogte hinter ihr. Doch das Gefühl, verfolgt zu werden, blieb. Aber wenn sie niemanden sehen konnte, war sie umgekehrt für denjenigen, der ihr auf der Spur war, vermutlich ebenso unsichtbar, und er konnte nur raten, wo sie entlangging.

Diesen Vorteil beschloß sie zu nutzen. Statt gerade weiter auf die Spitze des Tors zuzugehen, hielt sie sich in waagerechter Richtung. Alle paar Schritte sah sie hinter sich, doch blieb der Nebel als undurchdringlicher Vorhang.

Vielleicht bilde ich mir das auch nur ein, überlegte Nathalie. Sie hatte so dermaßen viele Sagen und Legenden über den Glastonbury Tor gehört und gelesen, daß es kein Wunder wäre, wenn ihre Phantasie ihr einen Streich spielte.

Dann jedoch glaubte sie, ein Geräusch zu hören. Derjenige, der ihr folgte, mußte ziemlich nah sein. Mit bis zum Hals klopfenden Herzen blieb Nathalie stehen. Ihr Blick glitt über den Boden. Da war nur Gras, nicht mal ein Stein oder dicker

Ast, den sie als Waffe hätte verwenden können.

Also mußte sie sich auf ihre Fäuste verlassen. Vor einigen Jahren hatte sie einen Selbstverteidigungskurs für Frauen gemacht. Man hatte ihnen dort beigebracht, wie man einen Angreifer mit Hilfe einer Tasche oder einem Pumps außer Gefecht setzen konnte. Beides hatte sie natürlich auch nicht zur Verfügung, aber sie erinnerte sich an einige andere Griffe und Tricks. Kampflos würde sie sich jedenfalls nicht ergeben.

Die Anspannung trieb ihr den Schweiß auf die Stirn. Alle ihre Sinne waren auf Alarmbereitschaft, ihre Ohren lauschten auf jedes kleinste verräterische Geräusch, die Augen brannten leicht von der Anstrengung, alles genau zu scannen.

Nichts tat sich. *Verrückt*, dachte Nathalie. Sie konnte nicht ewig hier stehenbleiben, und wenn sie wartete, bis der Nebel sich lichtete, würde man sie im Camp bald vermissen.

Einfach weitergehen. Das wäre das beste. Weitergehen und nicht dran denken.

Doch kaum hatte sie die ersten Schritte getan, legte sich eine Hand von hinten auf ihre linke Schulter.

Nathalie duckte sich, wirbelte gleichzeitig herum und warf sich mit ihrem vollen Gewicht gegen den Angreifer.

Sie gingen beide zu Boden. Nathalie landete auf einem weichen Körper, wollte gerade die Faust ins Gesicht des Angreifers rammen, als sie die Züge erkannte. »Jenni!«

»Bitte schlag mich nicht«, piepste die Blonde und starrte aus geweiteten Augen auf Nathalies erhobene Faust.

Nathalie wurde sich der vollen Brüste, auf denen sie lag, nur zu bewußt. Hitze schoß durch ihren Körper, und ein Kribbeln setzte in ihrem Schoß ein. Unter sich spürte sie Jennis raschen Atem und ihre Wärme. Sie krabbelte von ihr herunter und stand auf. »Alles okay?« Sie hielt ihr die Hand hin.

Jenni ergriff sie und kam auf die Beine. »Glaube schon. Mein Hintern ist nur ein bißchen naß geworden.«

Nathalie sah an sich herunter. Ihre Hosenbeine waren vorn auch feucht. »Bist du eigentlich völlig bescheuert? Du hast mich zu Tode erschreckt!«

Jenni zuckte zurück. Dann senkte sie schuldbewußt den Kopf. »Tut mir leid. Ich konnte doch nicht ahnen, daß du mich für einen Mörder, Vergewaltiger oder was auch immer halten würdest.«

Nathalie fuhr sich durchs Haar. Vom Nebel war es auch leicht feucht geworden. »Wie kommst du überhaupt dazu, mir nachzulaufen?«

Der Kopf blieb unten. »Ich wollte bei dir sein«, murmelte sie. »Wir haben uns doch gestern so nett unterhalten.«

Nathalie seufzte. »Warum hast du dann nicht einfach gerufen?«

»Weiß auch nicht. Es war alles so still, da hab ich mich nicht getraut. Blöd, nicht?«

»Ja, ziemlich blöd«, stimmte Nathalie zu, spürte aber, wie es in ihren Mundwinkeln zuckte. Wie ein begossener Pudel stand Jenni da, gut zwanzig Zentimeter größer als Nathalie selbst, aber dabei versuchend, möglichst klein und geknickt zu wirken.

»Tut mir leid«, sagte Jenni noch einmal. »Ehrlich, ich wollte dich wirklich nicht erschrecken. Ich wollte nur bei dir sein.« Bei den letzten Worten hatte sie noch leiser gesprochen und schüchtern die Augen gehoben.

»Ist ja schon gut, Hauptsache, uns ist nichts passiert.« Nathalie legte eine Hand auf Jennis Arm. »Komm, dann können wir auch gemeinsam zur Spitze gehen.«

Sofort verwandelte sich Jennis Gesicht in strahlenden Sonnenschein. Ihre dunkelbraunen Kulleraugen leuchteten. Irgendwie süß, fand Nathalie.

Als Jenni nun ihre Hand nahm, ließ sie es geschehen. Schweigend legten sie den Rest des Weges zurück. Von der Spitze des Hügels hatte man einen sehr guten Ausblick. Das Land lag noch unter der Nebeldecke, so daß nur in der Ferne die höheren Gebäude von Glastonbury zu erkennen waren. Selbst das Lager verschwand unter den milchweißen Schleiern.

»Das ist unglaublich«, wisperte Jenni dicht an Nathalies Ohr. »Ich habe Bilder davon gesehen und darüber gelesen, aber nie hätte ich gedacht, daß es wirklich so ist.«

»Ja, wirklich ein Schauspiel der Natur.« Ein ganz leichter Wind ging, wie zärtliches Streicheln fuhr er über Nathalies Wangen. Sie fühlte eine große Ruhe über sich kommen. Es schien ein bißchen so, als bliebe hier die Zeit stehen, als sei alles andere bedeutungslos.

Avalon, das Feenreich, die geheime Insel. Vielleicht hatte es sie hier wirklich gegeben oder gab es noch. Es fiel nicht schwer, daran zu glauben. Die Nebel waren undurchdringlich, wie Schleier zwischen den Welten. Nur wer die Macht besaß, würde sie teilen können und seinen Weg ins Feenreich finden.

Nathalie sah Jenni an und erkannte, daß der jungen Frau wohl ganz ähnliche Gedanken durch den Kopf gegangen waren. »Es ist, als wirke hier wirklich alte Magie. Ich erwarte geradezu, daß jeden Moment jemand vom Kleinen Volk auftaucht.«

Verständnisvoll nickte Nathalie. »Ich glaube, wenn das geschähe, würde es mich gar nicht überraschen.«

Jenni lächelte und wirkte dabei sehr hübsch und mädchenhaft. Nathalie bemerkte, daß Jennis Blick an ihrem Mund hängenblieb. Sie hielt die Luft an. Würde Jenni versuchen, sie zu küssen? Und falls ja, wie würde sie darauf reagieren? Wollte sie es? Sie wußte es nicht. Sie war nicht in Jenni verliebt; in dem Punkt war sie sich ziemlich sicher. Aber als sie eben auf ihr gelegen hatte ... Nathalie konnte nicht leugnen, daß Jenni sie anzog.

Nach einem Moment drehte Jenni sich halb um und blickte in die andere Richtung. Nathalie blieb eine Weile still. Was hätte sie auch sagen oder tun sollen? Schließlich berührte sie die ganz in Gedanken und den Anblick der Nebeldecke auf dem Land versunkene junge Frau am Ellbogen. »Wir sollten jetzt zurückgehen. Die anderen werden vermutlich schon beim Frühstück sein.«

»Ich habe gar keinen großen Hunger.« Wieder starrte Jenni auf ihre Lippen.

Nathalie unterdrückte den Drang, ihre Arme um Jenni zu schlingen und ihr ihren Mund darzubieten, auf daß sie ihn heiß und verlangend küßte. »Ich habe aber Hunger. Und wir brauchen Kraft für nachher.«

Das Funkeln in Jennis Augen blieb. Nathalie sah es bei jedem Blick, den sie von der großen Blonden auffing. Doch sie blieb auf Distanz. Wahrscheinlich hatte Jenni nur deshalb Interesse an ihr, weil sie nicht sehr viel älter war. Die anderen Frauen kamen halt einfach nicht in Frage. Laura war zwar hübsch und noch recht jung, aber sie schmachtete James dermaßen an, daß es Zeitverschwendung wäre, auch nur den Versuch eines Flirts zu starten.

Trotz ihres ständigen Geplappers arbeitete Jenni schnell und fleißig. Immer wieder ließ sie die Schaufel auf den Boden niedersausen, holte eine Ladung Erde nach der anderen hervor. Ihre langen muskulösen Arme glänzten vom Schweiß, und das weiße Top klebte ihr eng am Körper.

Sie trägt keinen BH, dachte Nathalie. Unwillkürlich blieb ihr Blick an den vollen Brüsten hängen, die durch die Bewegung leicht mitschwangen. Ihr Körper erinnerte sich daran, wie sie sich angefühlt hatten, und ein erregender Schauer überlief sie. Rasch griff sie ebenfalls nach einer Schaufel und bekämpfte ihre Lust mit harter körperlicher Arbeit. Das half, zumindest für den Moment.

Weniger hilfreich war, daß Jenni sich in der Mittagspause dicht neben sie setzte. »Magst du einen?« Sie hielt ihr Schokoriegel hin.

»Danke, gern.« Die Riegel waren eine Spur zu weich – kein Wunder bei der Hitze – und innen fast flüssig.

Jenni strich mit dem Zeigefinger über Nathalies Mundwinkel. »Du hast da noch Karamel.«

Die Berührung ließ sie erzittern, und wie von selbst stahl sich ihre Zunge hinaus und berührte dabei Jennis Fingerspitze. Langsam fuhr Jenni mit dem Zeigefinger Nathalies Lippen nach. Die kleine Zärtlichkeit schoß durch ihren Körper, fokussierte sich in ihrem Unterleib und verursachte dort ein sehnsüchtiges Ziehen. »Nicht«, flüsterte Nathalie.

»Uns beobachtet niemand«, sagte Jenni leise.

Das war es nicht, was Nathalie davon abhielt, Jenni zu ermutigen oder gar selbst aktiv zu werden. Sie rückte ein Stück von ihr ab. »Wir sollten das trotzdem nicht tun. Nicht jetzt.« Warum hatte sie das gesagt? Nicht jetzt – das klang wie: Später aber schon.

Jenni lächelte nur, das verheißungsvolle Funkeln in den dunklen Augen. »In meinem Zelt ist genügend Platz für zwei.«

Nathalie antwortete nicht. Was hätte sie darauf auch sagen sollen, wenn sie nicht einmal für sich selbst eine Antwort wußte.

Sie arbeiteten weiter. Das Team fand sich gut zusammen. Obwohl sie aus ganz unterschiedlichen Kreisen stammten, hatten sie alle doch den festen Willen, die Ausgrabung zu einem Erfolg zu führen. Selbst die gestern noch so geschminkte und gestylte Dame packte mit aufgekrempelten Ärmeln kräftig mit an.

Laura machte einige Fotos, nachdem sie jeden um seine Erlaubnis diesbezüglich gefragt hatte. »Ich muß das machen«, erklärte sie, als Nathalie sie darauf ansprach. »Einfach so Leute ablichten, darf ich zum einen nicht und zum anderen würde ich es auch nicht. Gehört sich für mich nicht.«

Das war sympathisch. »Hätte ich nicht gedacht bei einer Journalistin. Ich nahm an, daß deine Berufsgruppe ständig hinter spannenden Storys und aufregenden Bildern her ist.«

»Du meinst Papparazi. Aber so eine bin ich nicht. Ich will nur wissenschaftliche Reportagen schreiben, hinter Promis bin ich gar nicht her.« Sie strich sich eine braune Locke aus dem Gesicht. »Und ich liebe es, an Ausgrabungen teilzunehmen. Ist absolut meine Welt.«

»Warum bist du dann nicht Archäologin geworden?« wollte Nathalie wissen.

»Na, weil ich das Schreiben noch 'ne Ecke mehr liebe.« Sie grinste breit. »Ich mag weder auf das eine noch auf das andere verzichten, also habe ich geschaut, wie ich beides unter einen Hut bringen kann. Et voilà«, sie machte eine entsprechende Handbewegung, »mein Traumjob.«

Nathalie nickte. »Kann ich gut verstehen. Mein Traumjob ist das hier auch.« Nur fühlte es sich im Moment nicht so an. Die Ausgrabung an sich zwar schon – es war immer wieder aufs neue aufregend, wenn sie zu graben begannen –, aber ohne Eileen war es für Nathalie, als fehle ihr etwas.

Gitarrentöne erklangen. Laura wandte den Kopf in die Richtung und seufzte leise. »James spielt.«

»Das kann er gut«, sagte Nathalie leise, als sie zu ihm ans Feuer gingen, wo die anderen bereits saßen.

James hatte sein Hemd bis zu den Ellbogen hochgekrempelt und zupfte die Saiten. Sein dunkles Haar fiel ihm in die Stirn.

Jenni deutete neben sich, und Nathalie setzte sich zu ihr. Bei einer langsamen Ballade tasteten die Finger der Blonden nach Nathalies Hand.

Sie drückte sie und genoß den kleinen Schauer der Erregung, der sie überlief, als Jenni nun sanft die Innenseite ihres Handgelenks mit ihrem Daumen streichelte.

James besaß eine angenehme, leicht rauchige Stimme, die

gut zu den Gitarrenklängen paßte.

Es war bereits dunkel, und da sie weit von der Stadt entfernt waren und sich keine Wolken am Himmel zeigten, waren die Sterne besonders gut sichtbar. Der Mond war fast voll und erstaunlich hell.

Nach der körperlich recht anstrengenden Arbeit des Tages fühlte Nathalie eine angenehme Müdigkeit. Wie von selbst geschah es, daß sie sich an Jennis Schulter lehnte.

Die Blonde strich ihr übers Haar, wickelte sich eine der langen Strähnen um den Finger. Dann streichelte sie Nathalies Rücken. Es war schön. Eine harmlose kleine Zärtlichkeit. Nichts, was sie abblocken mußte.

Irgendwann reichte James die Gitarre an einen der anderen Männer weiter und setzte sich zu Laura. Nathalie lächelte still, als sie die Blicke bemerkte, die die beiden tauschten. Sie spürte einen leichten Stich der Eifersucht. Das frischverliebte Pärchen zu sehen war einerseits schön, wie eben das Strahlen in den Gesichtern Liebender immer schön anzusehen ist, und andererseits tat es ihr weh. Unwillkürlich hatte sie an ihre eigene kurze Zeit des Glücks denken müssen.

Sie fing Jennis Blick auf, sah die Einladung in den dunklen Augen. Einen Moment war sie versucht, sie anzunehmen. Aber es würde ihr nicht helfen, das wußte sie. Es wäre nur Sex, der sie für eine kurze Zeit ablenken würde. Und für sie funktionierte Sex nach wie vor nur in der Kombination mit Liebe. Als sie, ohne eine Beziehung mit ihr zu haben, mit Eileen ins Bett gegangen war, hatte sie die Professorin bereits geliebt.

Doch Jenni liebte sie nicht. Sie fand die junge Frau nett, sympathisch eben und auch nicht unattraktiv, aber halt nicht mehr. Darüber, was Jenni umgekehrt für sie empfand, wollte sie gar nicht erst nachdenken. Auf jeden Fall war es besser, die große Blonde nicht noch zu ermutigen.

Nathalie stand auf. »Ich gehe auch schlafen. Gute Nacht«, sagte sie in die noch verbliebene Runde, denn ein paar waren bereits in ihre Zelte gekrochen.

Sie wußte, daß Jenni ihr nachschaute, ihre Blicke konnte sie geradezu auf ihrem Rücken spüren. Nathalie putzte sich die Zähne, dann krabbelte sie in ihren Schlafsack, zog ihn bis zum Kinn zu und starrte hoch an die dunkle Decke ihres Zeltes.

Lange lag sie wach, versuchte nicht in Grübeleien zu versinken. Eileen war Vergangenheit. Es gab keine Chance auf eine Fortführung ihrer Beziehung. Das war Fakt, und damit mußte sie sich endlich abfinden.

»Kaffee?«

Nathalie starrte auf die dampfende Tasse, die Jenni ihr hinhielt. Die Blonde machte einen ziemlich ausgeschlafenen Eindruck, was leise Neidgefühle in Nathalie weckte. Irgendwann war sie doch in Morpheus Arme gesunken, aber dieser Aufenthalt war definitiv zu kurz gewesen. »Danke«, murmelte sie und nippte vorsichtig. Der Kaffee enthielt eine Spur zuviel Zucker, aber das würde die Wirkung nur verstärken.

Jenni lächelte. »Wollen wir wieder auf den Tor gehen?«

»Lieber nicht, die anderen sind doch auch schon wach. Und ich mag mich nicht abhetzen.«

Im Lager herrschte bereits reges Treiben. Laura kroch aus dem gleichen Zelt wie James. Ihr Gesicht hatte eine gesunde Farbe und die Augen jenes Leuchten, das verriet, daß sie in dieser Nacht eine umfassende Befriedigung genossen hatte.

Glückliche Laura, dachte Nathalie und wünschte ihr und James in Gedanken alles Gute.

Sie trank den Kaffee aus, nahm sich eines der bereitliegenden belegten Brötchen und ging dann mit den anderen zur

Ausgrabungsstelle.

Es tat gut, zu arbeiten, und als sie gegen Mittag, gerade als sie eine Pause einlegen wollten, auf Tonscherben stießen, war der Jubel groß. Die Pause war vergessen. Ein jeder schnappte sich eine Schaufel oder grub mit bloßen Händen. Auch Laura, die einige schnelle Aufnahmen gemacht hatte, legte ihre Kamera beiseite und half mit, das Erdreich zu durchkämmen.

Nathalies Schaufel traf auf etwas Hartes. »Hier ist etwas!« rief sie.

Sofort rannten Professor Bimbach und James zu ihr. Die anderen gruppierten sich um sie herum – in der kleinen Grube war für weitere Leute kein Platz.

Fest stieß James seine Schaufel in den Boden und beförderte eine große Ladung Erde nach oben. Sie landete auf dem Haufen, der sich neben Nathalie bereits türmte. Eine glatte Oberfläche wurde erkennbar.

James, ganz der vorsichtige Archäologe, legte die Schaufel zur Seite und machte mit den Händen weiter. Als er das Artefakt so weit freigelegt hatte, daß man es herausheben konnte, sah er Nathalie an. Schweiß glänzte auf seinen bloßen Oberarmen, und Erdflecken verunzierten sein Gesicht, doch sein glückliches Strahlen wirkte ansteckend. »Nathalie.«

»Ja?« Fragend sah sie ihn an.

»Du hast es gefunden, also gebührt auch dir die Ehre, es zu bergen.«

Nathalie schluckte. Sie hatte die Ausgrabungen immer als Teamarbeit angesehen und es für nicht so wichtig gehalten, wer was fand. Doch die Vorstellung, jetzt vielleicht eine bedeutende Entdeckung zu machen, ließ ihre Handflächen vor Aufregung ganz feucht und ihre Kehle trocken werden.

Professor Bimbach berührte sie am Unterarm. »Gehen Sie schon, Nathalie.«

Zögernd trat Nathalie zu James, der, soweit es die Grube erlaubte, zur Seite ging, um ihr Platz zu machen. Sie klemmte ihre Finger unter den Stein, merkte dabei, daß er weit tiefer hineinreichte, als sie gedacht hatte. Mit zusammengebissenen Zähnen zog sie. Schweiß bildete sich auf ihrer Stirn und im Nacken, ließ das Top an ihrem Rücken kleben. Sie keuchte, schaffte es aber nicht, die schwere Platte zu bewegen. Hilfesuchend sah sie James an. »Ich glaube, ich kriege das allein nicht gehoben.« Sie ärgerte sich, nicht mehr Kraft zu haben, fürchtete aber, das möglicherweise sehr wertvolle Artefakt zu beschädigen, wenn sie sich nicht helfen ließ.

James strich die Erde auf dem Stein beiseite. »Da brauchen wir wohl noch jemanden.«

»Darf ich?« meldete sich Jenni zu Wort. »Ich hab ziemlich viel Kraft. Zu Hause schleppe ich ganz allein die fünfzig-Kilo-Säcke mit Kartoffeln und Rüben, wenn es sein muß, auch zwei auf einmal.«

»Dann komm her«, meinte James, »aber denk bitte dran, daß das hier empfindlicher ist als ein Sack mit Rüben. Und es weitaus mehr Schaden anrichten könnte, wenn du es fallenläßt.«

Sogleich sprang Jenni zu ihnen in die Grube. Sie strahlte ihn an, und ihre dunkelbraunen Augen funkelten. »Wenn ich einen unserer Säcke fallenlasse, gibt es auch Ärger. Ich bin ganz bestimmt sehr vorsichtig.«

James nahm ihre Hände und zeigte ihr, wo sie anfassen mußte. Dann bezog er selbst Stellung und sah in die Runde. »Bereit?«

Nathalie nickte, ebenso Jenni.

»Gut. Ich zähle bis drei. Eins . . . zwei . . . drei!«

Unter Ächzen und Stöhnen bewegten sie die schwere Steinplatte. Dabei wurde deutlich, daß sie noch größer war als angenommen und schräg nach unten ins Erdreich ragte. Nathalie taten die Arme weh, doch sie war fest entschlossen, nicht aufzugeben. Zentimeter für Zentimeter bargen sie das Artefakt, bis sie es schließlich freigelegt hatten.

Die anderen nahmen es entgegen und reichten ihnen die

Hände, um ihnen beim Herausklettern behilflich zu sein. Von der Anstrengung zitterten Nathalies Arme leicht. Sie lief zu Professor Bimbach, der auf dem Boden kniete und mit bloßen Händen den Stein putzte. Die Platte war umgedreht worden, und endlich konnte Nathalie sehen, was genau es war: eine Steinstele, wundervoll verziert mit dem Relief eines jungen Mannes, der eine Art Geweih trug.

Der Hirschkönig, dachte Nathalie. Ehrfürchtig fuhr sie die Linien entlang. Es war eine überaus kunstvolle Arbeit; die Gesichtszüge waren deutlich zu erkennen.

Jemand klopfte ihr auf die Schulter, und als sie aufblickte, sah sie in das lächelnde Gesicht von Professor Bimbach. »Das haben Sie großartig gemacht.«

Hitze stieg ihr in die Wangen. »Es war doch Zufall, daß ausgerechnet ich es war, die sie gefunden hat.«

»Zufall oder nicht, das Ergebnis zählt«, erklärte er und nickte ihr zu. »Ich bin jedenfalls sehr froh, Sie in meinem Team zu haben.«

Nathalie blickte in die Runde, sah lauter lächelnde Gesichter. Nirgends eine Spur von Neid und Mißgunst. Wie gut das tat!

Neben ihr klickte es, sie wandte den Kopf und sah direkt in Lauras Kamera. Die Reporterin lachte. »Du bekommst auch einen Abzug.«

»Was ist das denn nun?« fragte Jenni.

»Eine keltische Stele«, erklärte Nathalie. »Sie wurde in der Zeit angefertigt, als die Stämme hier lebten.«

»Also ist sie weit über tausend Jahre alt?«

»Ja, das auf jeden Fall. Vielleicht tausendfünfhundert, vielleicht aber auch sehr viel älter.«

Vorsichtig berührte Jennis Zeigefinger das steinerne Gesicht. »Hat das was zu bedeuten, daß er dieses Dingsda auf dem Kopf hat? Eine Krone soll das doch wohl nicht sein, oder?«

»Nein, keine Krone. Es ist ein Hirschgeweih. Der junge

Mann, der für diese Stele Modell stand, war der Hirschkönig.«

»Davon habe ich schon mal gehört. Hat was mit Sex zu tun, nicht wahr?«

Unterdrücktes Gelächter war zu vernehmen. Auch Nathalie mußte sich ein Grinsen verkneifen. »Im weitesten Sinne, ja. Es hat mit Beltane zu tun, dem keltischen Sommersonnwendfest, bei dem Fruchtbarkeit eine nicht untergeordnete Rolle spielte. Ein kräftiger, junger Mann wurde auserwählt, das Geweih zu tragen. Zu ihm kam eine gesunde, junge Frau, als die jungfräuliche Jägerin. Sie fanden in jener Nacht zusammen, wie auch andere Paare sich bei diesem Fest fanden. Nicht immer waren das Paare, die in der restlichen Zeit des Jahres ein Liebespaar waren.«

»Ah, verstehe. Also so etwas wie ein antiker Swingerclub.«

»Ein wenig anders war es wohl schon«, sagte Nathalie. »Schließlich huldigten sie damit ja auch ihrer Göttin. Es hatte also auch einen nicht unerheblichen religiösen Hintergrund.«

»Diese Stele ist auf jeden Fall ein sehr bedeutender Fund«, mischte Professor Bimbach sich nun ein. »Und sie ist weit mehr, als ich zu finden gehofft hatte.«

»Vielleicht liegt dort, wo Nathalie sie ausgegraben hat, ja noch mehr«, meinte Jenni.

»Das kann zwar sein, doch ich halte es für unwahrscheinlich«, sagte der Professor. »Eine Stele wie diese ist ein sehr starkes Symbol. Man stellte es nicht in einem Haus auf, sondern draußen, an Plätzen, an denen viele Personen vorbeikamen und die gut zu erreichen waren. Wir werden also vermutlich keine Alltagsgegenstände neben der Stele finden. Dazu ist sie zu außergewöhnlich.«

»Aber dann sind doch dort, wo sie gefunden wurde, viele Leute vorbeigegangen. Vielleicht haben die dabei auch Sachen verloren«, sagte Jenni.

Professor Bimbach lächelte sie an. »Es kann auch sein, daß diese Stele eine Kriegsbeute war und ihr Fundort gar nicht der Platz ist, an dem sie ursprünglich stand.«

»Hm«, machte Jenni und saugte ihre Unterlippe zwischen die Zähne.

»Wir graben aber weiter«, mischte sich nun James ein. »Daß wir etwas gefunden haben, ist wunderbar, aber wir fahren deshalb nicht jetzt nach Hause.«

Seine Worte brachten das Strahlen auf Jennis Gesicht zurück. Sie wollte sogleich zu einer Schaufel greifen, doch Professor Bimbach schlug vor, nun endlich die längst überfällige Mittagspause einzulegen. Zusammen mit einem der anderen Männer schleppte James die Stele ins Camp. Er würde sie später zu einem Museum bringen, denn dort war sie weitaus besser und vor allem sicherer aufgehoben als in ihrem Lager. »Hast du Lust mitzufahren?« wandte er sich an Nathalie, als die Stele sicher auf der Ladefläche lag. Sie war so schwer, daß sie nicht verrutschen konnte.

»Gern.« Von Museen konnte Nathalie nie genug bekommen. Und Glastonbury selbst war wunderbar geschichtsträchtig, entsprechend konzentrierten sich auch die Museen in dieser Gegend auf die Vergangenheit der Stadt.

Nathalie bemerkte Jennis Blick, als sie zu James in den Landrover stieg. Er hatte die große Blonde nicht gefragt, ob sie ebenfalls mitkommen wolle. Nathalie schaute zum Fenster hinaus. Nach wenigen Minuten mußte James anhalten, da eine Schafherde die Straße überquerte. Sofort hatte Nathalie die Bilder von Schottland im Kopf, wie sie und Eileen in die Highlands geritten waren.

»Alles in Ordnung?«

James Frage ließ sie ihn ansehen. »Ja, wieso fragst du?«

»Du hast gerade einen so ... hm ... traurigen Eindruck gemacht. Ist es wegen der Stele? Tut es dir leid, daß wir sie nun ins Museum bringen müssen?«

Nathalie nahm die nur zu willkommene Ausrede an. »Ein bißchen schade ist das halt schon.« Sie seufzte.

Verständnisvoll nickte James. »Das Gefühl kenne ich, ich

würde auch am liebsten sämtliche Artefakte mit nach Hause nehmen.«

Sie schwiegen für den Rest der Fahrt.

Das Museum war klein, aber voller interessanter Stücke. Nur zu gern nutzte Nathalie die Gelegenheit, sich umzusehen, während James die Formalitäten erledigte. Es gab einen großen Trakt, der sich ausschließlich mit der keltischen Geschichte befaßte. Ein gutaussehender Mann erläuterte die einzelnen Artefakte. Er sprach stark keltisch eingefärbtes Englisch, so daß Nathalie ein klein wenig Mühe hatte, ihn zu verstehen. In Glastonbury gab es viele Leute, die die alte Sprache der Region noch beherrschten. Das Keltische hatte überlebt, in verschiedenen Dialekten waren große Teile davon noch vorhanden.

Leise trat James zu ihr, hörte den Ausführungen ebenfalls zu. Der Museumsmitarbeiter verstand es, so anschaulich zu erklären, daß man leicht den Eindruck gewann, er hätte einst selbst mit den Münzen, die er zeigte, bezahlt und das Schwert geschwungen, dessen Handhabe er erläuterte.

Nathalie hätte ihm noch weitaus länger zuhören mögen und war ein kleines bißchen enttäuscht, als der Vortrag zu Ende war. Sie wandte sich an James. »Alles erledigt?«

»Ja, die Stele liegt nun sicher in einem Raum des Museums und wird demnächst ausgestellt. Wenn du möchtest, können wir aber gern noch ein wenig bleiben.«

»Fragst du das ernsthaft?« Nathalie grinste. Sie hätte nicht einmal was dagegen gehabt, hier vergessen zu werden und eine ganze Nacht lang Gelegenheit zu haben, die vielen Ausstellungsstücke zu entdecken.

Sie wanderten durch die einzelnen Räume. Gerade, als sie gehen wollten, trat ihnen der Museumsdirektor in den Weg. »Einen Moment noch, ja? Unser Mr. Lake hat sich die Stele angesehen und kann schon ein bißchen was zu ihr sagen. Sicher möchten Sie das auch gern wissen.«

Nathalie und James folgten dem Mann. Erfreut erkannte

Nathalie, daß Mr. Lake derjenige war, der vorhin so anschaulich über die keltischen Artefakte geredet hatte.

»Die Stele ist aus dem fünften Jahrhundert«, sagte er nach einer kurzen Begrüßung. »Sie wurde am Fuß des Tors gefunden, nicht wahr?«

»Ja«, bestätigte Nathalie.

Er nickte. »Die Jahre werden ihre Position verändert haben, denn ich bin mir sehr sicher, daß sie ursprünglich auf dem Tor war.«

»Was macht Sie da sicher?« wollte Nathalie wissen. Sie zweifelte nicht an seiner Kompetenz, doch es interessierte sie, was er ihr noch über das Fundstück sagen konnte.

»Sie wurde zu Beltane aufgestellt. Das feierte man auf der Insel. Natürlich wurde es auch an anderen Orten begangen, doch im Fall dieser Stele bin ich mir sicher, daß sie von Avalon stammt.«

Beweise gab es dafür nicht – und würde es auch nie geben. Doch Nathalie glaubte ihm.

»Mr. Lake ist unser Experte für die keltische Frühgeschichte«, mischte sich nun der Museumsdirektor ein. »Ich bin auch immer wieder aufs neue erstaunt, mit welcher Präzision er Artefakte klassifiziert.«

»Ich war auch ganz fasziniert, wie Sie vorhin die einzelnen Stücke vorgestellt haben. Wenn man Ihnen zuhört, hat man fast das Gefühl, Sie seien dabeigewesen, als diese Dinge im Gebrauch waren.« Am liebsten hätte Nathalie ihn mit Fragen bestürmt. Nicht nur zu der Stele; er schien ein so immenses Wissen über die Kelten zu haben, daß es sicher enorm interessant war, sich mit ihm zu unterhalten.

Mr. Lake lächelte nur bescheiden. »Das Thema liegt mir einfach.«

»Sie sind herzlich eingeladen, zu uns rauszufahren und sich den Fundort anzusehen«, sagte James zu ihm und wandte sich dann an den Direktor. »Das gilt natürlich auch für Sie.«

»Danke, Sir«, sagte der Museumsleiter, »ich hoffe, daß wir

etwas Zeit erübrigen können.«

Sie verabschiedeten sich von den beiden Männern und fuhren zurück.

»Das war toll. Danke, daß du mich mitgenommen hast«, sagte Nathalie.

»Na hör mal, nachdem du es warst, die diesen unglaublichen Fund gemacht hat, ist das doch wohl das mindeste.«

»Es hätte ja sein können, daß du lieber Laura mitnimmst.«

James grinste. »Ist es so offensichtlich, daß was zwischen uns läuft?«

»Ich bin nicht blind. Aber das muß dir nicht peinlich sein«, fügte sie rasch hinzu.

»Oh, es ist mir auch nicht peinlich. Laura ist eine tolle Frau.«

»Das ist sie bestimmt«, pflichtete Nathalie ihm bei.

»Und was ist mit dir und Jenni?«

Sie zuckte zusammen. »Jenni?«

»Ich bin auch nicht blind.«

Hitze schoß ihr ins Gesicht. »Da ist nichts.«

»Von Jennis Seite aus aber wohl schon. Wenn sogar mir das auffällt . . .« Er zwinkerte ihr zu.

»Es ist wirklich nichts.«

»Sorry, wollte dir nicht zu nahe treten. Geht mich ja auch nichts an.«

»Du bist mir nicht zu nahe getreten. Nur gibt es da sowieso nichts zu berichten. Mein Liebesleben liegt so brach wie dieser Acker da.« Sie deutete aus dem Fenster auf ein freies Feld. Einige Unkräuter sprießten auf dem braunen Boden.

Wie Professor Bimbach vermutet hatte, fanden sie nichts weiter an der Stelle, an der Nathalie die Stele entdeckt hatte.

Der guten Stimmung tat das jedoch keinen Abbruch. Die Gruppe war bester Laune, besonders, als zwei Tage später der Museumsdirektor, Mr. Lake und eine weitere Mitarbeiterin zu ihnen kamen und sich die Fundstelle ansahen.

Professor Bimbach belegte Mr. Lake natürlich gleich mit Beschlag, kaum hatte er gehört, daß sein Spezialgebiet die keltische Frühgeschichte war. Er forderte ihn auf, doch mehr zu erzählen, und Mr. Lake kam dem gern nach.

»Ich verstehe nicht mal die Hälfte von dem, was er sagt«, wisperte Jenni, die sich neben Nathalie gesetzt hatte. »Er spricht ein so komisches Englisch.«

»Das ist ein keltischer Dialekt, der da mit einfließt.« Sie hatte sich inzwischen an seine für sie fremdartige Sprechweise gewöhnt. »Ich übersetze dir, was er sagt.«

Jenni war begeistert und sog jedes Wort auf. Nathalie kam zu dem Schluß, daß die junge Frau wirkliches Interesse an dem Thema hatte.

»Das war so faszinierend«, sagte sie, nachdem die Museumsleute abgefahren waren und die Gruppe sich zum Schlafengehen fertigmachte. Durch die interessanten Plaudereien war die Zeit nur so dahingeflogen, so daß es inzwischen stockfinster war. Lediglich das Lagerfeuer und einige aufgestellte Fackeln spendeten Licht. Nathalie hatte außerdem immer eine Taschenlampe bei sich, um nicht in völliger Dunkelheit ins Zelt kriechen zu müssen, um in der Nacht etwas zu trinken oder um auf die Uhr schauen zu können.

»Ja, ich fand es auch schön, daß sie zu uns rausgekommen sind«, stimmte Nathalie ihr zu.

Jenni blickte sie mit einem sanften Lächeln an, dann trat sie noch näher zu ihr, legte die Arme um sie und zog sie an sich.

Wie von selbst schmiegte Nathalies Körper sich an den der größeren Frau. Weich und warm spürte sie die vollen Brüste. Als Jenni den Kopf senkte und sie küßte, wich sie nicht aus.

Der Kuß begann vorsichtig, ein schüchternes Tasten. Nathalie öffnete leicht die Lippen, um Jennis Zunge einzulassen. Ihre Hände strichen über den Rücken der Blonden, und sie genoß das Gefühl, das sie durchströmte. Heißes Begehren flammte in ihrem Schoß auf.

»Du bist so schön«, flüsterte Jenni nah an ihrem Mund. »Ich will dich, Nathalie.«

Dieser offen geäußerte Wunsch paßte zu Jenni und machte sie Nathalie noch sympathischer. Aber wenn sie jetzt mit ihr schlief, würde sie ihre Probleme nur vergrößern.

Jennis Finger stahlen sich unter ihr Hemd. Sie hatte zwei der Knöpfe geöffnet, so daß sie die Hand hindurchschieben konnte. Nathalie erzitterte, als sie die zarte Berührung an ihren aufgerichteten Brustspitzen spürte.

Jenni griff nach dem Anhänger, zog ihn hervor und betrachtete das kleine silberne Schwert. »Was ist das?«

Sofort schoß Nathalies Hand hoch, löste die Finger der Blonden. »Ich glaube, wir sollten jetzt besser schlafen gehen.«

Jenni legte den Kopf leicht schief. »Habe ich was Falsches gesagt?«

»Nein, nein, es liegt nicht an dir.« Auf ihrer Brust fühlte sie das zarte Gewicht von Eileens Geschenk. Sie hatte den Anhänger nie abgenommen, seitdem Eileen ihn ihr umgelegt hatte.

»Aber ...«

»Bitte, Jenni. Sei mir nicht böse. Doch ich kann das nicht.«

»Du liebst eine andere, richtig?«

Nathalie seufzte. »Ja. Aber das ist eine komplizierte Geschichte. Und ich mag da auch gar nicht drüber reden.« Sie floh geradezu in ihr Zelt, zog den Reißverschluß zu und schlüpfte in ihren Schlafsack.

»Nathalie, da ist Besuch für dich.« Laura deutete in Richtung Camp. Sie kam gerade von dort, da James sie als Wache abgelöst hatte. Damit das Lager nicht völlig unbewacht war, blieb einer von ihnen immer dort.

»Für mich?« Wer sollte sie denn hier besuchen? Es wußten außer ihrer Familie und Tim und Patrick doch sowieso niemand, daß sie hier war.

»Ja, hat sie jedenfalls gesagt, daß sie zu dir wolle.«

Sie? Das wurde ja immer mysteriöser. »Und wer ist sie?«

»Keine Ahnung. Hatte auch ganz vergessen, nach dem Namen zu fragen. Aber wenn sie dich kennt, wirst du sie bestimmt auch kennen.«

Vermutlich. Doch rätselhaft war das Ganze schon. Vielleicht irgendeine Freundin, die gerade zufällig in der Nähe weilte und gehört hatte, daß sie, Nathalie, sich zur Zeit in Glastonbury aufhielt.

Laura lächelte. »Beeil dich besser. Die wirkte ziemlich ungeduldig und wäre am liebsten mitgekommen, aber du weißt ja, was Professor Bimbach von Fremden an der Ausgrabungsstätte hält.«

Nathalie nickte. Obwohl der kleine Professor Studenten und interessierte Laien gern mit in sein Team nahm, so schätzte er Besucher und Gaffer, wie er sie nannte, an der Ausgrabungsstätte gar nicht. Selbst im Camp mochte er Neugierige nicht besonders und fand, daß Teammitglieder ihre Rendezvous und sonstigen Treffen mit Nicht-Teamlern besser außerhalb abhalten sollten.

Sie machte sich auf den Weg ins Camp. Von weitem sah sie James, der die Hand hob und ihr zuwinkte. Sie erwiderte den Gruß und lief schneller.

James kam ihr entgegen. »Hat Laura dir gesagt, daß jemand auf dich wartet?«

»Ja, hat sie.« Nathalie reckte den Kopf, um an dem hochgewachsenen Mann vorbeisehen zu können. Kein fremder Wagen war zu erkennen, was allerdings nicht verwunderte; für die meisten Autos bedeutete diese Straße eine zu große Herausforderung.

»Ich habe sie ans Feuer gesetzt. Sie wollte zwar unbedingt mit Laura mit, um sofort zu dir zu können, aber ich habe es ihr erfolgreich ausgeredet. Sieh besser zu, daß sie wieder weg ist, bevor der Professor kommt. Und keine Sorge, ich werde nichts verraten, auch Laura hält bestimmt dicht.«

»Danke, James.« Sie schenkte ihm ein Lächeln und ging dann rasch weiter ins Innere des Lagers. Von hinten waren die schmalen Schultern einer Frau zu erkennen. Sonnenlicht ließ das kastanienbraune Haar leuchten. Nathalies Herz fiel in einen schnelleren Rhythmus. Konnte das wirklich wahr sein?

In diesem Moment stand die Frau auf und drehte sich zu ihr um. Tatsächlich. Es war Eileen.

Nun rannte Nathalie, doch zwei Schritte vor der Professorin blieb sie stehen. Was sollte sie sagen?

Ehe sie weiter darüber nachdenken konnte, hatte Eileen sie schon in ihre Arme gezogen. Ein Schluchzen kam tief aus der Brust der Professorin. »Endlich habe ich dich gefunden.«

»Ich bin nicht ausgewandert«, sagte Nathalie kühl. »In gut einer Woche fliege ich zurück nach Deutschland.« Sie legte ihre Hände vor Eileens Brust und schob die Größere von sich. Jetzt erst fiel ihr auf, wie elend ihre ehemalige Geliebte aussah. Ihre wunderschönen Augen hatten ihr Edelsteinleuchten verloren, dunkle Schatten zeugten von durchwachten Nächten, auch schien sie mindestens drei Kilo abgenommen zu haben.

»O Nathalie.« Tränen rannen Eileen über die blassen Wangen. »Du glaubst ja nicht, wie schwer es war, überhaupt rauszukriegen, wo du dich aufhältst.«

Nathalie schnaubte. »Nun übertreib doch nicht so; Tim und Patrick wußten Bescheid, meine Familie sowieso.«

»Die wollten mir nichts sagen.«

»Tja, dann überleg dir mal, warum.« In Nathalie wirbelten die Gefühle durcheinander. Sie hatte gehofft, in England über Eileen hinwegzukommen, doch sie nun vor sich zu sehen, sie berühren zu können, wenn sie nur die Hand ausstreckte, warf sie um Längen zurück.

»Nathalie, bitte, laß mich doch erklären.«

»Wo ist eigentlich Bianca? Hast du sie nicht mitgebracht? Oder sind gar Wolken ins Paradies gezogen?« Wie es aussah, war Eileen tatsächlich allein gekommen. Oder hatte zumindest so viel Anstand besessen, ihre Freundin im Hotel zu lassen.

»Laß mich doch bitte erklären.« Eileen hob beschwichtigend eine Hand. Vermutlich hatte sie die unterschwellige Aggressivität in Nathalies Stimme bemerkt.

»Das kannst du dir sparen«, fauchte Nathalie und begrüßte die Wut, die in ihr emporquoll. Das gab ihr Kraft. Auf keinen Fall wollte sie vor der Professorin in Tränen ausbrechen. Oder sich gar mit peinlichen Liebesschwüren blamieren. Eileen hatte sich entschieden – das war deutlich gewesen.

»Ich werde nicht eher gehen, bis du mir nicht zugehört hast«, erklärte Eileen mit fester Stimme. Sie hatte die Hände in die Hüften gestemmt und sah aus, als könne man sie nur mit Gewalt von der Stelle bewegen.

Nathalie wollte sich nicht auf eine Diskussion mit ihr einlassen. Für sie war alles gesagt worden, was es zu sagen gab. Nun gut, gesagt hatten sie sich im Grunde gar nichts. Aber gerade das war ja der springende Punkt; kaum war Bianca aufgetaucht, hatte Eileen nichts Besseres zu tun gehabt, als direkt zu ihr zu eilen. Und Nathalie zu vergessen.

»Du warst verschwunden, als ich mit dir reden wollte.«

»Ich bin auf einer Ausgrabung.« Nathalie machte eine das Camp umfassende Handbewegung.

»Du bist geflohen, vor mir.«

»Glaub doch, was du willst«, zischte Nathalie und wollte

gehen, doch da packte Eileen sie am Arm.

»Bitte, Nathalie.« Der Blick ihrer grünen Augen war flehend. In ihrem Gesicht standen so viel Schmerz und Leid, daß Nathalie zusammenzuckte.

Sie wollte sich von ihr losmachen, aber dann meldete sich ihr Gewissen. Bianca war nicht einfach eine Exfreundin, sondern Eileens große Liebe. Und sie war vielleicht durch die Hölle gegangen, brauchte Eileen, und wer wußte schon, welche Schäden diese zwei Jahre Wildnis bei ihr hinterlassen hatten? Auch wenn Nathalie selbst nun litt, Eileen litt eindeutig mindestens genauso. Sie seufzte. »Komm, gehen wir an einen ruhigeren Ort, wo wir ungestört sind.« Im Camp würden in spätestens einer Stunde die anderen auftauchen, und James, der Bewacher für den Rest des Tages, lief auch noch irgendwo herum. »Komm mit.«

»Danke«, murmelte Eileen und lief neben ihr.

»James, ich bin kurz weg, ja?« rief Nathalie zu dem Archäologen hinüber.

»Alles klar, Nat. Viel Spaß und bis nachher!« Er winkte ihr zu.

Spaß? Na, den würde sie sicher nicht haben. Aber das ging James nichts an. Nathalie überlegte, wohin sie gehen konnten, um wirklich ungestört reden zu können. Das Gelände um die Ausgrabungsstätte war nicht besonders für Spaziergänge geeignet, also nahm sie die schmale Straße, die vom Camp weg und Richtung Glastonbury führte. Bis zur Stadt war es zu Fuß eigentlich ein bißchen zu weit, aber auf dem Weg konnten sie wenigstens gut reden, denn hier fuhren kaum Autos. »So, dann sag, was du zu sagen hast.«

Eileen blieb stehen. Sie schluckte, befeuchtete sich die Lippen. »Ich liebe dich.«

»Oh, großartig. Und was sagt Bianca dazu?«

»Bitte, laß mich doch erklären!« Sie streckte ihr die Hände entgegen, ließ sie dann jedoch wieder sinken.

»Eileen, ich weiß nicht, was es da groß zu erklären gibt.

Du hast Bianca, und zwischen uns ist es aus. Das wolltest du selbst so.«

»Nein! Versteh mich doch, ich liebe dich. Aber als Bianca auftauchte, da mußte ich einfach zu ihr.«

»Sie ist eben deine große Liebe. Darüber solltest du glücklich sein.«

»Ich liebe Bianca, ja. Das wird sich auch nie ändern. Aber es ist eine ganz andere Liebe als die, die ich für dich empfinde.«

»Tut mir leid, Eileen, aber für mich gibt es keine Dreiecksbeziehungen. Entweder ich bin mit einer Frau zusammen und ihr treu – was ich dann auch von ihr erwarte –, oder ich bin Single und verzichte auf sexuelle Abenteuer. Mag sein, daß wir großartigen Sex hatten, aber mich gibt es nur ganz oder eben gar nicht.« Um nichts in der Welt würde sie sich so weit erniedrigen, daß sie Eileens Geliebte spielte, während die Professorin mit Bianca eine feste Beziehung führte.

»Ich will dich, Nathalie. Ganz und gar.« Eileen griff nach ihren Händen.

Diesmal war Nathalie nicht schnell genug. Die Berührung durchzuckte sie wie ein Stromstoß. Und nun begann Eileen auch noch, sanft mit den Daumen über ihre Handrücken zu streicheln. »Nicht, bitte«, flüsterte sie. Wenn Eileen sie so berührte, würde sie schwach werden. Und das wollte sie nicht, auf gar keinen Fall.

Doch Eileen zog ihre Finger nicht zurück. »Nathalie, meine süße, liebe Nathalie. Ich liebe dich so sehr.«

Nathalie schloß die Augen, atmete tief durch und kämpfte gegen die Gefühle an, die in ihr brodelten und versuchten, die Oberhand über ihren Willen zu gewinnen. »Es geht nicht, Eileen. Es geht einfach nicht.« Sie mußte stark sein. Wenn sie es jetzt nicht ein für alle Mal beendete, würde sie sich nur weiter quälen.

»Ich habe keine Beziehung mit Bianca.«

»Hat sie dich sitzengelassen? Bist du deswegen hier?« Wieder wallte Wut in ihr empor. Das war ja eine noch weit schlimmere Aussicht, als eine Dreiecksbeziehung einzugehen und Gelegenheitsgeliebte zu werden.

»Nein. Zwischen uns ist nichts gelaufen, seit sie wieder in Deutschland ist. Und da wird auch nie wieder etwas laufen. Ich liebe dich. Und nur dich will ich als meine Partnerin.«

Nathalie schnaubte. »Ach ja? Und woher dieser plötzliche Sinneswandel?«

»Wenn du mir nicht glaubst, dann frag Bianca selbst.«

»Wie? Du hast sie mitgebracht? Hierher?« Das würde ja echt immer heftiger. Was dachte Eileen sich bloß dabei?

»Ja. Aber es ist nicht so, wie du vielleicht denkst«, fügte sie rasch hinzu. »Bitte, Nathalie, gib mir doch die Chance, alles richtig zu erklären. Gib uns diese Chance. Wenn dir nur das geringste an mir und unserer Beziehung liegt . . .«

»Wir haben keine Beziehung mehr!« fiel Nathalie ihr grob ins Wort.

»Ich mußte zu Bianca, als ich hörte, daß sie gefunden worden war. Ich mußte einfach wissen, wie es ihr geht, ihr sagen, daß ich für sie da bin. Aber das hat für mich nie etwas an der Beziehung, die wir beide haben, geändert. Du bist meine Partnerin. Für dich habe ich mich entschieden.«

»Fällt dir ja früh ein«, zischte Nathalie voller Sarkasmus. Fast vier Wochen waren seit Biancas Rückkehr vergangen; das war nun wirklich Zeit genug, ein Wort in Richtung Beziehung zu sagen.

»Ich wollte schon viel eher mit dir reden. Aber dann warst du plötzlich verschwunden . . .«

»So lange bin ich auch noch nicht in England«, wandte Nathalie ein. »Wenn du wirklich mit mir hättest reden wollen, so hättest du dazu genügend Gelegenheit gehabt. Aber du bist ja direkt losgestürmt, kaum daß du die Meldung gehört hast.«

»Ich weiß.« Eileen senkte den Kopf. »Das war ein riesiger

Fehler von mir, dich ohne eine Erklärung zurückzulassen. Ich hätte dich mit mir nehmen sollen.«

Nathalie schnaubte. »Na herzlichen Dank! Hast du dich mal gefragt, wie ich mich dabei dann gefühlt hätte? Deine große Liebe zu empfangen?«

»So ist es doch gar nicht.«

»Nein? Wie hast du es dir denn vorgestellt?«

Eileen seufzte. »Komm doch einfach mit. Bitte.«

Ihrem flehenden Blick war kaum zu entgehen. Nathalie wollte protestieren, doch ihr Herz zog sich so schmerzhaft zusammen, daß sie nicht anders konnte, als zu nicken. »Na gut. Wohin?«

»Mein Mietwagen steht gleich da vorn.« Eileen deutete die Straße runter. Hinter der Biegung wartete ein blauer Rover.

Nathalie nahm auf dem Beifahrersitz Platz und fragte sich, ob es wirklich richtig war, was sie hier tat. Sie sollte das Kapitel Eileen abschließen. Die Professorin war für eine kurze – und wunderschöne – Zeit Teil ihres Lebens gewesen. Jetzt zu versuchen, an einer Beziehung herumzubasteln, die es nie wirklich gegeben hatte, war denkbar ungesund für ihr Seelenleben.

Aber wenn sie nur zur Seite sah, das schöne Profil der Älteren erblickte, dann war alles in klaren Bildern in ihrem Kopf. Die wunderschöne Zeit in Schottland, die vielen Nächte, die sie miteinander geteilt hatten, wie sie nach leidenschaftlichem Liebesspiel Arm in Arm eingeschlafen waren. Und auch, wie herzlich Eileen von ihrer Familie empfangen worden war.

Schweigend fuhr Eileen die Straße hinunter. Bis ins Zentrum von Glastonbury brauchte man etwa eine halbe Stunde um diese Zeit; der Feierabendverkehr verstopfte die Straßen. Nathalie sah zum Fenster hinaus, doch konnte sie nicht verhindern, immer wieder einen Seitenblick auf Eileen zu werfen. Die schöne Professorin wirkte angespannt. Nathalie kannte sie gut genug, um diese feinen Zeichen wahrzunehmen, wie die eine Spur zu fest zusammengepreßten Lippen, die Haltung ihrer Schultern, die Art, wie ihre Finger um das Lenkrad lagen.

Eileen parkte den Wagen auf einem Hotelparkplatz. Sie stieg aus und deutete zu dem mehrstöckigen Kasten. »Also, da wohne ich. Kommst du mit hoch?«

»Deshalb bin ich ja mitgefahren«, sagte Nathalie kühl. Sie ärgerte sich, daß sie kein Geld eingesteckt hatte; wenn die Situation eskalierte, würde sie nicht mit Eileen zurück zum Camp fahren wollen, also hieß es dann laufen.

Während sie auf den Fahrstuhl warteten, spürte sie Eileens Blick auf sich ruhen. »Nathalie ...«

»Was denn?« Sie hoffte, daß ihre Stimme nicht ganz so schroff klang. Auf der einen Seite hätte sie sich am liebsten in diesem Moment in Eileens Arme geworfen und sie nie wieder losgelassen. Doch auf der anderen tat der Verrat immer noch viel zu weh, um einfach so darüber hinwegsehen zu können.

»Danke. Daß du mich erklären läßt.«

»Keine Ursache«, knurrte Nathalie.

Die Kabine kam, und die Türen öffneten sich. Eileen drückte auf den Knopf mit der Zahl Drei. Das Licht wanderte von einem Knopf zum anderen, während sie nach oben befördert wurden.

Nathalie hielt die Luft an. Sie mochte Aufzüge nicht besonders, und jetzt mit Eileen steckenzubleiben, war so ziemlich das letzte, das sie wollte.

Der Aufzug hielt. Eine Sekunde später glitten die Türen auf, und Nathalie stieß den angehaltenen Atem aus. Diese Hürde war schon mal genommen.

Eileen schritt voran, den mit dunkelrotem Teppich ausgelegten Gang hinunter. An den Wänden waren vergrößerte Fotografien aus der Umgebung aufgehängt – der Glastonbury Tor aus verschiedenen Perspektiven.

Fast am Ende des Gangs blieb Eileen stehen und öffnete die

Tür. Sie warf Nathalie einen bittenden Blick zu.

Nathalie trat neben ihr ein und sah sich zwei Frauen gegenüber. Die eine war Bianca – dezent geschminkt und mit einem figurbetonten Hosenanzug in Türkisblau gekleidet, war sie auffallend attraktiv. Die andere hatte Nathalie noch nie gesehen. Sie hatte kurzes kupferrotes Haar, rehbraune Augen und eine etwas zu spitze Nase. Sie war deutlich jünger als Eileen, maximal dreißig, schätzte Nathalie.

Eileen stellte sich zwischen Nathalie und die beiden. »Nathalie, das ist Bianca, und das ist Celia.«

Die Rothaarige reichte ihr die Hand und lächelte. »Hallo, Nathalie, ich freue mich, dich kennenzulernen. Eileen hat uns bereits viel von dir erzählt.«

»Ich weiß von dir leider bisher nichts«, sagte Nathalie. Wer war diese Frau? Sie hatte ein nettes Lächeln, und der warme Ausdruck in ihren Augen gefiel Nathalie gut.

»Ich freue mich ebenfalls sehr, dich kennenzulernen«, sagte Bianca nun und reichte Nathalie ebenfalls die Hand.

Nathalie schluckte ihren Groll hinunter. Nicht Bianca war diejenige, die ihren Zorn verdiente. Bianca hatte schließlich nichts von ihr wissen können. So von nahem betrachtet, wirkten die kantigen Züge noch attraktiver als auf den Fotos. Ihr Haar war länger als auf den Aufnahmen, reichte ihr ein ganzes Stück über die Schultern.

»Wollen wir uns nicht setzen?« schlug Eileen nun vor und deutete zu der Sofaecke im hinteren Teil des Zimmers.

»Danke, aber ich denke nicht, daß das hier lange dauern wird«, sagte Nathalie ruhig. Sie war ob ihrer Gelassenheit selbst überrascht.

»Vielleicht doch«, sagte Bianca. Ein Lächeln glitt über ihr Gesicht und ließ es weicher erscheinen. »Wir haben schließlich etwas gemeinsam – wir lieben beide Eileen.«

Ja, und für dich hat sie sich entschieden, dachte Nathalie und hätte der Brünetten diese Worte am liebsten entgegengeschrieen.

»Na komm, setzen wir uns, das ist doch gemütlicher, als hier zu stehen«, meinte Celia und berührte Nathalie sacht am Arm. Dann nahm sie Biancas Hand und ging mit ihr voraus zu den Sesseln.

Eileen folgte ihnen, und so schloß auch Nathalie rasch zu ihnen auf. Es brachte ja nichts, es hinauszuzögern. Außerdem kannte sie die Wahrheit ja bereits. Kein Grund also, das Unvermeidliche aufzuhalten. Sie registrierte, daß Bianca und Celia dicht nebeneinander auf dem Zweiersofa Platz nahmen und sich noch immer an den Händen hielten. *Fast könnte man glauben, sie seien ein Liebespaar*, schoß es Nathalie durch den Kopf.

»Ich denke, es ist am besten, wenn ich alles erzähle«, sagte Bianca. Als die drei Frauen eine nach der anderen nickten, beugte sie sich leicht nach vorn und begann zu reden: »Wie ihr ja wißt, bin ich Zoologin. Vor zwei Jahren bekam ich die Chance, mich einer Expedition in den Amazonas-Dschungel anzuschließen. Für mich eine wunderbare Möglichkeit, meinen Forschungen direkt vor Ort nachgehen zu können. So flog ich also mit einer kleinen Gruppe Männer und Frauen nach Brasilien. Mit einem Boot ging es dann weiter. Wir hatten nur das allernötigste an Ausrüstung und Vorräten bei uns. Es war eine ziemlich primitive Lebensweise.« Sie richtete ihre hellen Augen auf Nathalie und lächelte ihr zu. »Aber du kennst das ja vermutlich, wenn auch in etwas abgeschwächterer Form.«

Nathalie nickte. »Ich wohne zur Zeit auch mal wieder in einem Zelt.«

»Wir kamen sehr gut voran, auch waren wir eine lustige Truppe, verstanden uns untereinander sehr gut. Unser Teamleiter war ein lustiger Vogel und alter Hase; er war bereits mehr als ein dutzendmal im Dschungel gewesen, kannte sich aus, wußte, welche Gefahren dort lauerten und wie man mit ihnen umging. Jedenfalls dachten wir das.« Kurz senkten sich ihre Lider. »Eines Abends – es war schon spät, und wir hatten uns gerade zum Schlafen niedergelegt –, hörten wir unbekannte Geräusche. Die Wache schlug Alarm, doch da war es bereits zu spät. Wir wurden von Diamentenräubern überfallen.«

Nathalie runzelte die Stirn. »Aber wieso? Eine Forschergruppe hat doch niemals Edelsteine bei sich, das müssen die doch gewußt haben.«

»Vermutlich waren wir irgendwie in ihre Jagdgründe geraten. Diese Männer sind skrupellos. Sie fragen nicht erst, sondern schießen sofort. Unseren Teamleiter nahmen sie gefangen, die anderen Männer töteten sie direkt.« Wieder sah sie kurz zu Boden. In ihrer Wange zuckte ein Muskel. »Auch uns Frauen fesselten sie Arme und Beine. Wir hatten keine Chance, uns zu befreien. Um Hilfe zu schreien, hätte nichts genützt, denn wir befanden uns ja mitten im Dschungel, da war niemand weit und breit, der uns hätte retten können.«

Eine Gänsehaut überlief Nathalies Arme. Bianca und die anderen mußten Todesängste ausgestanden haben.

»Drei Tage blieben sie mit uns in dem Lager, in das sie uns verschleppt hatten. Die Fesseln nahmen sie uns nur an den Händen ab, gaben uns Wasser und etwas zu essen. Dann brachen sie auf, fesselten uns wieder die Hände, aber zumindest konnten wir uns nun bewegen. An Flucht war jedoch nicht zu denken, denn jeder von ihnen war bis an die Zähne bewaffnet.« Sie atmete tief durch. »Eine der Frauen versuchte es dennoch. Sie erschossen sie, ließen die Leiche einfach liegen.«

»Wie schrecklich«, flüsterte Nathalie.

Bianca richtete ihren klaren, hellen Blick auf sie. »Am nächsten Tag kamen einige andere Männer zu ihnen und nahmen zwei der Frauen und unseren Teamleiter mit sich. Mich wollten sie nicht, vielleicht war ich ihnen nicht hübsch genug und außerdem im Gegensatz zu meinen Teamkolleginnen nicht blond.« Sie zupfte an einer Haarsträhne. »Das war mir ganz recht, denn so ließen sie mich doch weitgehend in Ruhe. Dennoch war mir klar, daß sie auch mich früher oder später verkaufen würden. Es gab dort genügend Gesetzlose, die eine Frau wollten.«

In Nathalies Augen war Bianca attraktiv, aber für Männer vielleicht weniger, gerade in einem Land, in dem blonde, blauäugige Frauen mit heller Haut begehrt waren. Eine Dunkelhaarige mit kantigen Zügen und sehnigem Körper weckte nicht das Interesse, wenn gleichzeitig genau der Typ Frau da war, den diese Männer wollten. »Haben sie denn irgendwas gesagt?«

»Sie redeten nicht mit mir. Vielleicht lag es auch an der Sprachhürde, nicht alle von ihnen konnten Englisch oder gar Deutsch. Also wartete ich, einen Tag auf den anderen, immer darauf gefaßt, daß gleich jemand käme, mich weiter verschleppen oder Schlimmeres mit mir anstellen würde. Diese Ungewißheit war schrecklich. Und ich wußte ja auch, daß uns niemand zur Hilfe kommen würde. Lösegeld wollten diese Männer sicher nicht, außerdem waren wir noch nicht lange genug fort, als daß man uns bereits vermißt hätte. Solche Expeditionen dauern oft mehrere Wochen. Und selbst wenn jemand auf unser Verschwinden aufmerksam geworden wäre – im Dschungel jemanden finden zu wollen, ist etwa so aussichtsreich, wie eine Nadel im Heuhaufen zu suchen.« Ein schiefes Grinsen glitt über ihr Gesicht. »Diesen Umstand machen sich natürlich auch jene zum Vorteil, die mit dem Gesetz in Konflikt kommen und untertauchen müssen.«

»Davon habe ich schon mal gehört«, sagte Nathalie. »Daß Verbrecher im Dschungel unterzutauchen versuchen.«

Bianca nickte. »Wenn sich einer dort auskennt, nicht anspruchsvoll und genügend skrupellos ist, kann er sich dort ein neues Leben aufbauen. Und es gibt einige Diamantenbarone, die sich ein ziemlich gutes Leben dort aufgebaut haben; eine neue Identität, Luxus, Frauen . . .«

»Und du wurdest zu so einem gebracht?«

»Nein. Ich nehme an, daß das der Plan der Bande war, doch dann kam es zu einem Kampf. Sie stießen auf eine Gruppe Yanomami-Indianer, die Eingeborenen des Urwaldes. Normalerweise sind sie sehr friedlich, doch als die Männer anfingen, sie regelrecht hinzurichten, wehrten sie sich natürlich. Immer mehr von ihnen kamen. Ich drückte mich an einen Baum, man hatte mir mal wieder Hand- und Fußgelenke gefesselt, so daß ich das allgemeine Chaos nicht zur Flucht nutzen konnte. Der Kampf dauerte lange, und ich erwartete jeden Moment, einen Pfeil in die Brust zu bekommen oder von einer verirrten Kugel getroffen zu werden.« Sie atmete einmal tief durch.

Auch Nathalie schnappte nach Luft; ohne es zu bemerken, hatte sie den Atem angehalten.

»Doch das geschah nicht. Irgendwann wurden die Kampfgeräusche leiser, hörten schließlich ganz auf. Um mich herum lagen zahlreiche Leichen, und die Luft war schwer vom Geruch des Blutes. Keiner meiner Entführer war mehr am Leben.«

Nathalie schluckte und versuchte die Bilder zu verdrängen, die unwillkürlich in ihr aufgezuckt waren. Bianca mußte Todesängste ausgestanden haben. Ein Wunder, daß sie so gefaßt und ruhig über diese Erlebnisse reden konnte. Sie war wirklich eine starke Frau.

»Dann traten zwei der Ureinwohner zu mir. Sie sahen ziemlich wild aus, trugen nur einen Lendenschurz und waren durch den Kampf überall mit Blut bespritzt. Sie beugten sich zu mir herunter, und während der eine etwas zu mir sagte, das ich nicht verstand, zückte der andere sein primitives Messer. Ich dachte, daß es nun endgültig vorbei sei mit mir. Doch er schnitt lediglich meine Fesseln durch, half mir dann auf. Ich war so schwach, daß ich allein nicht stehen konnte. Die beiden hielten mich fest, versuchten, mich zum Gehen zu bewegen. Als sie merkten, daß ich viel zu langsam war und mich kaum auf den Beinen halten konnte, warf der Größere der beiden mich über seine Schulter. Er trug mich so mühelos, als würde ich gar nichts wiegen. So liefen sie mit mir durch den Dschungel. Es waren noch andere ihres Stammes dabei, aber wie viele, vermag ich nicht zu sagen. Meine Erinnerungen an diese Tour sind sehr verschwommen, denn ich wurde immer wieder ohnmächtig.«

Wieder stockte sie kurz. Celia streichelte über Biancas Arm, drückte ermutigend ihre Finger.

»Irgendwann kamen wir in ihrem Lager an. Ich sah die primitiven Hütten, die ich bisher nur aus Reportagen kannte. Man brachte mich in eine von ihnen, und weitere Leute scharten sich um mich, flößten mir einen bittersüß schmeckenden Trank ein, der mich sofort einschlafen ließ. Als ich aufwachte, ging es mir besser. Ich fühlte mich zwar immer noch reichlich schwach, aber nicht mehr ganz so kraftlos wie zuvor. Wahrscheinlich habe ich ziemlich lange geschlafen, doch meine Uhr hatte ich da ja schon längst nicht mehr. Es kamen laufend Leute zu mir, schauten mich an, berührten mein Haar, meine Arme. Sie gaben mir zu essen und zu trinken, und ich merkte rasch, daß mir von ihnen keine Gefahr drohte.«

»Hast du dich mit ihnen verständigen können?« wollte Nathalie wissen. Auch wenn die Wilden friedlich waren – sie stellte sich das alles sehr alptraumhaft vor.

»Zuerst nur mit Gesten, aber mit der Zeit lernte ich ihre Sprache. Sie sind nicht so rückständig, wie man vielleicht glauben mag. Natürlich gab es dort keinerlei Luxus wie etwa Strom; und fließend Wasser hat man, wenn man sich unter einen Wasserfall stellt. Den gab es übrigens in der Nähe, sehr ideal zum Duschen. Aber der Stamm selbst war gut strukturiert, jeder hatte seine Aufgaben, Jüngere versorgten die Älteren und jene, die verletzt oder krank waren und deshalb nicht mit auf die Jagd gehen konnten. Als es mir besser ging, zeigten sie mir, wie man Essen zubereitet, und fortan half ich dabei. Ich war eine Fremde, konnte rein gar nichts, was für sie wichtig war, doch daran störte sich niemand. Sie hatten mich in ihren Stamm aufgenommen, halfen mir bereitwillig und erklärten und zeigten mir alles so lange, bis ich es begriff.«

»Sie sind dir nie zu nahe gekommen? Die Männer, meine ich.«

Bianca lächelte. »Nein. Die Yanomami sind matriarchalisch organisiert. Kein Mann darf eine Frau dort zu etwas zwingen, das sie nicht will.«

»Aber sie sind Krieger, nicht wahr?« Das hatte Nathalie zumindest mal gehört.

»Ja, das sind sie, und die Kinder werden auch schon recht früh an Kampf und Jagd herangeführt. Weinen gilt als wehleidig und ist so verpönt, daß keiner dort herumjammern würde.« Ein Lächeln huschte über ihr Gesicht. »Keiner des Stammes würde sagen, daß er wegen Kopfschmerzen heute nicht auf die Jagd gehen kann oder daß das Wetter ihn nervt.«

»Wenn sie jeden Tag jagen gehen, gab es dann nur Fleisch?« Schreckliche Vorstellung. Gegen einen Hamburger oder ein Schnitzel hatte Nathalie zwar nichts einzuwenden, aber das jeden Tag zu essen? Noch dazu, wo man im Urwald sicher kein Ketchup kannte.

»Nein, die Hauptnahrungsmittel sind Maniok und Eßbananen. Außerdem gibt es Früchte wie Papaya. Und Taro, das ist so etwas ähnliches wie Kartoffeln, es sind stärkehaltige Knollen, die man wie Kartoffeln kochen kann, und die Blätter davon werden als Gemüse zubereitet. Sie bauen selbst an, viele verschiedene Pflanzenarten. Große Beutetiere sind im Regenwald aber kaum vorhanden, daher ziehen die Jäger oft tagelang herum, kommen dann mit Wollaffen, Gürteltieren, Tapiren und verschiedenen Vögeln zurück. Man gewöhnt sich daran«, fügte sie hinzu und schmunzelte über Nathalies gekräuselte Nase.

Dafür, daß sie zwei Jahre von Sachen gelebt hatte, von denen Nathalie das allermeiste vermutlich nicht einmal dann anrühren würde, wenn sie kurz vorm Verhungern wäre und man von Papaya und Bananen sicher nicht dick wurde, sah Bianca wirklich gut aus. Sie war zwar sehr schlank, wirkte dabei aber nicht zerbrechlich, auch besaß ihr Haar einen gesunden Glanz, und ihre Zähne strahlten weiß und makellos in dem gebräunten Gesicht.

»Die Tage wurden bald zu Wochen und die Wochen zu Monaten«, fuhr Bianca fort, »ich lebte wie der Stamm, Zeit wurde bedeutungslos für mich, es zählte immer nur der aktuelle Tag und das, was an ihm zu erledigen war. Da ich mich besser verständigen konnte, fühlte ich mich auch viel wohler.«

»Hast du nie daran gedacht, zu versuchen zurückzukehren?«

»Doch, natürlich, besonders in den ersten Wochen. Aber allein hätte ich es nicht durch den Regenwald geschafft. Mir fehlte die nötige Ausrüstung, auch wäre es viel zu gefährlich gewesen. Und der Stamm zieht immer nur ein Stückchen weiter, wenn der Boden erschöpft ist. Die Jäger legen zwar weitere Strecken zurück, aber so weit, wie ich gemußt hätte, dann doch nicht.«

»Also hast du dich damit abgefunden.«

»Es war gar nicht so schlimm. Anfangs hatte ich immer gehofft, daß bald ein Forscherteam auftauchen und mich mitnehmen würde. Doch dann lebte ich mich ein. Und als dann plötzlich wirklich eine Expedition auftauchte, war das ein ganz komisches Gefühl.« Sie blickte Celia an. »Die haben ganz schön überrascht geschaut, als sie mich da sahen, inmitten der Eingeborenen. Denn ich lief inzwischen ja herum wie sie, meine Sachen waren ja schon bei der Entführung ziemlich lädiert worden; als sie mich dann in ihr Lager brachten, zogen sie die Klamotten aus und verbrannten sie. Nun ja, vermutlich hätte man sie sowieso nur noch als Putzlappen benutzen können.«

»Auf den ersten Blick wirkte Bianca wie eine der ihren«, sagte Celia. »Sie bewegte sich mit einer Selbstverständlichkeit im Lager, daß deutlich wurde, daß sie dazugehört.«

»Trotzdem war ich nicht abgeneigt, als Celia mir Sachen von sich gab.« Sie schmunzelte. »Und Schokoriegel. Sie hatten tatsächlich Schokoriegel bei sich. Du ahnst ja nicht, wie Schokolade schmeckt, wenn man zwei Jahre keine gekostet hat.«

»Dabei waren das noch nicht mal richtige Schokoriegel, sondern diese Energy-Dinger, in denen bittere Schokolade enthalten ist«, warf Celia ein.

Bianca kicherte. »Ja. Und dabei mag ich bittere Schoki sonst gar nicht.«

Zwei Jahre ohne Schokolade – was für eine Horrorvorstellung!

»Da ich die Sprache der Yanomami inzwischen fließend beherrschte, war der Kontakt zwischen ihnen und dem Expeditionstrupp natürlich sehr einfach. Ich übersetzte laufend. Die Gruppe bestand überwiegend aus Amerikanern, Celia war die einzige Deutsche, und es tat gut, mit ihr in meiner Muttersprache reden zu können. Denn obwohl ich immer noch auf deutsch dachte und träumte, fürchtete ich, meine Sprache irgendwann zu vergessen.«

»Wir haben sehr viel geredet«, sagte Celia.

Bianca nickte. »Wirklich allein ist man dort eigentlich nie; es sind ja immer Leute um einen herum, aber die Privatsphäre wird doch sehr respektiert. Und daß wir uns in einer Sprache unterhalten konnten, die nur wir beide verstanden, war natürlich ein großer Vorteil.«

»Bianca hat mich auf Anhieb fasziniert.« Celia schaute nur sie an, und es war offensichtlich, wie groß ihre Gefühle für die attraktive Brünette waren.

»Mir ging es mit Celia genauso. Daher schloß ich mich der Expedition an, als es für sie Zeit wurde, zurückzukehren.«

»Du meinst, du wärst ohne Celia im Dschungel geblieben?«

Bianca lächelte über den entsetzten Ausdruck in Nathalies Gesicht. »Gut möglich. Ich lebte ja bereits zwei Jahre bei dem Stamm. Ich wußte nicht, ob ich mich wieder in die Zivilisation einfinden könnte. Und ich konnte ja davon ausgehen, daß alle mich für tot hielten. Natürlich vermißte ich Eileen.« Sie warf der Professorin einen liebevollen Blick zu, den diese mit einem Lächeln erwiderte. »Aber mir war klar, daß in Deutschland das Leben ohne mich weitergelaufen war. Ich würde nicht dort weitermachen können, wo ich aufgehört hatte. Alles wäre weg – meine Wohnung, meine Arbeitsstelle«, sie atmete hörbar durch, »und auch meine Beziehung mit Eileen. Schließlich mußte sie davon ausgehen, daß ich tot sei. In ihrer Situation hätte ich es jedenfalls gedacht. Meine Gedanken waren sehr oft bei ihr, und ich hoffte, daß sie nicht zu sehr um mich trauerte. Und als dann Bianca zu mir kam, wußte ich, daß ich mich neu verliebt hatte. Das habe ich mir auch für Eileen erhofft.«

Nathalie schluckte. So war das also? Eileen und Bianca hatten gar keine Beziehung mehr miteinander? Sie wußte nicht, was sie dazu sagen sollte.

Bianca nahm ihre Hand und drückte sie. »Eileen liebt dich. Ich werde sie auch immer lieben, denn sie ist ein ganz wichtiger Teil meines Lebens, und wir hatten eine wirklich tolle Zeit zusammen. Aber meine Gefühle für Eileen sind nun nicht mehr leidenschaftlicher Natur. Du hast keinen Grund, eifersüchtig auf mich zu sein.«

Nathalie sah zu der Professorin. Unsicherheit stand in den schönen Edelsteinaugen. Sie trat zu ihr. »Für mich brach eine Welt zusammen, als du losgelaufen bist, kaum daß du gehört hast, daß Bianca gefunden wurde und am Leben ist.«

»Es war ein riesiger Fehler von mir, dich nicht mitzunehmen. Ich habe nicht nachgedacht. Ich habe überhaupt nicht gedacht«, gab sie zu und senkte den Kopf. »Alles, was ich denken konnte, war nur, daß Bianca lebt. Das war so überwältigend und gleichzeitig so unwirklich, als träume ich das nur. Jeder ging davon aus, daß sie zusammen mit den anderen ermordet wurde, ihre Leiche aber vermutlich von irgendeinem Tier verschleppt worden war.«

»So war es bei den anderen ja auch«, warf Bianca ein. »Lediglich die zwei Frauen, die von anderen Männern geholt worden waren, haben vielleicht überlebt.«

»Hat man nach ihnen gesucht?« fragte Nathalie.

»Ja – und tut es noch. Als ich auf Celia und ihre Gruppe stieß, erzählte ich ihnen natürlich davon. Sobald wir wieder in der Zivilisation waren, informierte ich die entsprechenden Behörden darüber. Sie haben wohl einen Suchtrupp losgeschickt, aber bisher wurden die Frauen nicht gefunden. Sie waren blond, hübsch, hatten sich zudem nicht gewehrt, als man sie verschleppte. Daher ist die Chance groß, daß sie noch am Leben sind.«

Nathalie wollte sich nicht vorstellen, was mit den Frauen alles geschehen war. Vielleicht hatten sie wirklich Glück gehabt und waren an jemanden geraten, der sie gut behandelte und ihnen sogar die Möglichkeit gab, in ihre Heimat zurückzukehren.

»Ich bin unendlich froh, daß Bianca ihr Urwaldabenteuer heil überstanden hat«, sagte Eileen.

»Wie ist es für dich, wieder in der Zivilisation zu sein?« wollte Nathalie wissen. Bei manchen Ausgrabungen hatte sie auch unter ziemlich primitiven Bedingungen gelebt, doch auch wenn man nach einigen Tagen daran gewöhnt war, nicht duschen zu können, keinen Strom und nur Instantpulver zum Kaffeekochen zu haben, so hatte sie ihre Badewanne doch stets vermißt.

»Ganz seltsam. Es ist immer noch ungewohnt, daß ich Wäsche nun in eine Maschine stecken kann und sie nicht per Hand in einem Tümpel oder Flußarm waschen muß.« Sie lachte. »Und obwohl ich nur zwei Jahre fort war, scheint mir die Technik riesige Sprünge gemacht zu haben. Im Internet twittert man nun, und Fotokamera am Handy sind Standard für alle Modelle.«

»Und was wirst du jetzt machen? Mit deinem Job, meine ich, hast du die Stelle zurückbekommen?«

»O ja. Sie haben mich nahezu angefleht, wieder einzusteigen.« Bianca strich sich eine Haarsträhne hinters Ohr. »Schließlich bin ich jetzt berühmt. Wenn ich gleich meine Mailbox öffne oder auf dem Handy nach Anrufen in Abwesenheit schaue, finde ich dort garantiert wieder etliche Nachrichten; Reporter, Fernsehsender, Zeitungen, alle wollen sie was von mir. Ein paar Anfragen von Forschungsinstituten, Universitäten und Wissenschaftlern sind auch schon eingegangen. Und ein Verlag hat sich gemeldet, ob ich wohl über meine Erlebnisse ein Buch schreiben könnte. Vielleicht mache ich das wirklich. Aber ich möchte demnächst auch wieder zurück in den Dschungel, zusammen mit Celia und einer Expeditionsgruppe. Es gibt dort noch so viel für mich zu tun. Auch in Hinblick auf die Yanomami. Bisher ist erst ein Bruchteil über sie bekannt.«

Eileen seufzte und setzte eine bedauernde Miene auf. »Ich darf gar nicht dran denken, daß du wieder in den Dschungel gehst.«

Bianca nahm ihre Hand. »Diesmal werden wir mit einem größeren Team und weitaus mehr Sicherheitsvorkehrungen reisen. Es ist zwar dort gefährlich, aber das ist eine Fahrt über die Autobahn auch. Und glaub mir, als ich nun nach zwei Jahren an einer vielbefahrenen Straße stand und auf die andere Seite wollte, hat das meine Adrenalinausschüttung ganz schön angekurbelt.«

»Ich passe schon auf sie auf«, sagte Celia und schlang Bianca die Arme von hinten um den Leib. »Und ich lasse sie bestimmt nicht los.«

Einen Moment war es still. Dann blickte Nathalie zwischen dem verliebten Pärchen und Eileen hin und her. »Ja, also ... ich werde dann jetzt auch mal gehen, im Camp vermissen sie mich sonst schon.« Sie hatte keine Uhr bei sich; die nahm sie morgens früh schon ab, bevor sie an den Ausgrabungsort ging. Aber ihrem Gefühl nach war sie bereits eine ganze Weile bei Bianca.

»Nathalie, warte!« Noch bevor sie an der Tür war, hatte Eileen zu ihr aufgeschlossen.

»Fährst du mich zurück?«

»Natürlich. Aber ...« Sie stockte, senkte kurz den Blick, als wolle sie so Mut sammeln, dann sah sie Nathalie wieder direkt an. »Ich hatte eigentlich gehofft, daß du bleiben würdest.«

»Eileen, das geht nicht. Im bin im Team von Professor Bimbach. Wenn ich spurlos verschwinde, alarmiert er womöglich die Polizei.«

»Ja. Ja, natürlich«, murmelte Eileen.

Sie schwiegen, während sie zum Auto liefen. Nathalie schritt zügig aus. Die Sonne war bereits dabei, unterzugehen, das Team würde also nun bereits aufräumen und zum Lager zurückkehren, da sie nur bei Tageslicht arbeiten konnten.

»Was wird denn nun? Mit uns, meine ich«, fragte Eileen, als sie auf der einsamen Landstraße Richtung Glastonbury Tor fuhren.

»Ich weiß es nicht«, antwortete Nathalie leise. Das war die absolute Wahrheit; sie hatte nicht die geringste Ahnung, wie sie mit dieser Situation umgehen sollte. Alles war so plötzlich gekommen, so ohne jede Vorwarnung, keine Zeit, sich auf irgend etwas einzustellen.

»Ich liebe dich«, sagte Eileen. »Aber ich fürchte, das allein genügt nicht.«

Nathalie schloß für einen Moment die Augen. Sie liebte Eileen von ganzem Herzen. Mehr, als sie sich jemals hatte vorstellen können, für jemanden zu empfinden. Alles in ihr sehnte sich danach, sich ihr in die Arme zu werfen, sie stürmisch zu küssen und ihr immer wieder zu sagen, wie sehr sie sie liebte. Mit ihr zusammenzusein, keine Minute voneinander getrennt, ihren Körper zu spüren, sie zu küssen.

Doch sie blieb reglos auf dem Beifahrersitz sitzen, den Blick starr auf die vorbeiziehende Landschaft gerichtet.

Eileen stieg nicht aus, als sie den Platz erreichten.

Nathalie zögerte nur für einen Moment. Dann gab sie sich einen Ruck, schlüpfte aus dem Wagen und lief zum Lager.

»Da bist du ja endlich!« begrüßte Laura sie. »Wir haben uns schon Sorgen um dich gemacht. Alles in Ordnung mit dir?«

Nathalie nickte und kämpfte tapfer die Tränen zurück. »Ja, alles bestens. Bin nur etwas müde.«

»Wer war das denn?« wollte Laura wissen und deutete mit einer Kopfbewegung hinter Nathalie.

Nathalie drehte sich um und sah den Wagen gerade noch, wie er um die Kurve bog. »Nur eine Bekannte. Sie ist zur Zeit auch in Glastonbury.«

»Du kannst dich ja morgen noch mal mit ihr treffen, Professor Bimbach hat bestimmt nichts dagegen. Aber sag uns bitte vorher, wenn du länger fortbleiben möchtest.«

Wie durch Watte hörte Nathalie die Stimme der Journalistin. Jenni gesellte sich zu ihnen, blickte Nathalie fragend an.

»Ich gehe schlafen«, murmelte Nathalie und verschwand so schnell, wie dies ohne Aufmerksamkeit zu erregen möglich war, in ihrem Zelt.

Lange lag sie wach, starrte in die Dunkelheit und dachte an Eileen. Wenn sie doch nur wüßte, was sie tun sollte, was die richtige Entscheidung war! Ihr Herz sagte ihr, daß sie am besten jetzt sofort aufstehen und zu Eileen fahren sollte. Aber wäre damit wirklich alles wieder in Ordnung? Sie konnte nicht vergessen, wie Eileen, kaum daß sie gehört hatte, daß Bianca am Leben war, losgestürmt war.

Hätte sie das umgekehrt auch getan, wenn Sandra als verschollen und wahrscheinlich tot gegolten hätte und dann plötzlich wieder aufgetaucht wäre? Sie dachte lange über diese Frage nach und kam zu dem Schluß, daß sie bestimmt auch nach ihr würde sehen wollen, aber eben aus dem Grund, weil sie sie gut kannte; Liebe und Leidenschaft gab es zwischen ihnen schließlich schon seit Jahren nicht mehr.

Bianca und Eileen aber hatten sich nie wirklich getrennt, allerdings hatte Bianca eine neue Liebe gefunden und war davon ausgegangen, daß auch Eileen nicht ewig auf sie warten oder um sie trauern würde. Sie hatte es sogar gehofft. Was ja logisch war, denn sie liebte Eileen und wünschte ihr daher natürlich Glück.

Nathalie fuhr sich mit einer Hand übers Gesicht, massierte sich dann die schmerzenden Schläfen. Doch die Gedanken wollten einfach nicht zur Ruhe kommen.

Schlaflos wälzte sie sich von einer Seite zur anderen, und als der Morgen herandämmerte, stand sie auf. Sie fühlte sich wie gerädert und dachte mit Grauen daran, daß sie gleich eine Schaufel zur Hand nehmen und weiter graben mußte.

Leise schlich sie durch das noch in tiefem Schlaf liegende Camp und setzte Wasser für Kaffee auf. Es war kalt heute morgen, die Sonne ging gerade erst auf und hatte noch keine Zeit gehabt, die Luft zu erwärmen. Der Tor lag umgeben von Nebel da. Nathalie sah zu dem Hügel hoch und überlegte, ob sie einen Morgenspaziergang machen sollte. Vielleicht würde das ihren Kopf klären.

Aber was würde das bringen? Kein Spaziergang der Welt konnte ihr Eileen herbeizaubern. Oder den Schmerz in ihrem Herzen beseitigen. Sie suchte Tassen zusammen und schaute nach dem Kaffee.

Sie war gerade fertig damit, da kamen die ersten aus ihren Zelten gekrochen.

»Oh, Kaffee, genau das, was ich jetzt brauche«, meinte Laura und nahm die Tasse, die Nathalie ihr reichte, mit einem dankbaren Lächeln entgegen.

»Vorsicht, heiß«, warnte Nathalie sie.

Laura nippte an der Tasse. »Ah, tut das gut!« Sie musterte Nathalie. »Du siehst noch schlimmer aus als gestern abend.«

»Vielen Dank für das Kompliment.«

»He, ist doch nicht böse gemeint.« Laura legte ihr eine Hand auf den Arm. »Ich mache mir echt Sorgen um dich. Ist gestern irgendwas vorgefallen? Willst du darüber reden?«

»Da gibt es nichts zu reden«, sagte Nathalie und preßte die Lippen zu einem dünnen Strich zusammen.

»Liebeskummer?«

Sie zuckte mit einer Schulter.

Laura streichelte über ihren Arm. »Das wird schon wieder. So ist es immer. Man denkt, man könne ohne den anderen nicht leben, und doch dreht sich die Erde weiter, und irgendwann kommt man darüber hinweg und findet eine neue Liebe. Manchmal sogar schneller, als man glaubt.«

»War das bei dir und James so?« fragte Nathalie. Eigentlich interessierte sie das gar nicht, aber so konnte sie von ihrem eigenen Schmerz ablenken.

»Ja.« Ein Lächeln glitt über ihr attraktives Gesicht. »Ich bin vor wenigen Monaten erst geschieden worden, nachdem mein Mann mich mit seiner bildschönen und blutjungen Sekretärin betrogen hat. Und das nicht nur als einmaligen Ausrutscher, sondern über mehr als ein Jahr, geschwängert hat er sie zudem auch noch.«

»Oh«, entfuhr es Nathalie. Das war heftig.

»Nun ja, es war nicht leicht für mich, und ich hatte mir geschworen, mich nie wieder zu verlieben.« Sie lachte leise. »Und dann begegne ich James, und du siehst ja, was los ist. Verstehst du? Man kann das nicht vorausplanen. Die Liebe trifft einen wie ein Blitz, das läßt sich nicht beeinflussen. Also laß den Kopf nicht so hängen.«

»Ich versuche es ja.« War es damals mit Sandra genauso schmerzhaft gewesen? Sie konnte sich nicht erinnern. Nach den zahlreichen Zankereien und so sehr, wie sie sich in der engen kleinen Wohnung gegenseitig auf die Nerven gegangen waren, war es zuerst mal eine Erholung gewesen, sie nicht mehr rund um die Uhr um sich zu haben. Natürlich hatte es auch schöne Momente zwischen ihnen gegeben, und sie hatte das Zusammensein mit Sandra oft vermißt. Aber nun schien es ihr, als hätte sie niemals vorher einen derartigen Schmerz in ihrem Herzen verspürt.

Inzwischen war die gesamte Gruppe auf den Beinen und fand sich zum Frühstück ein. Nathalie gesellte sich zwar zu ihnen, doch mit ihren Gedanken war sie weit entfernt von Kaffee, Brötchen und den üblichen morgendlichen Plaudereien.

Gerade als sie zur Ausgrabungsstätte aufbrechen wollten, rief Jenni: »Da kommt ein Auto! Sieht aus, als wolle jemand zu uns.«

Nathalies Muskeln spannten sich an, als sie den Wagen erkannte. Es war derselbe, in dem Eileen sie gestern abgeholt hatte.

Die Professorin parkte, stieg aus und schritt zu der Gruppe. Sie wirkte locker und selbstbewußt, doch als sie nahe genug war, erkannte Nathalie, daß sie mit dieser Fassade nur ihre Unsicherheit zu überspielen versuchte. Und sie war geschminkt, nicht sehr stark, aber doch so, daß sie Augenringe und einen käsigen Teint verstecken konnte.

Warum sollte es dir auch anders gehen als mir? dachte Nathalie.

Professor Bimbach trat ihr in den Weg. »Guten Morgen, ich bin Professor Bimbach, darf ich fragen, was Sie hierher führt? Sie sind hier nämlich im Camp eines archäologischen Teams gelandet.«

»Ich möchte zu Nathalie Schneider.« Über seinen Kopf hinweg sah Eileen Nathalie an.

Der Professor drehte sich zu Nathalie um. »Kennen Sie diese Dame, Nathalie?«

»Ja.« Sie spürte, wie ihre Handflächen feucht wurden. Ihr Herz schlug schneller, doch sie war sich all der neugierig auf sie gerichteten Augenpaare nur zu bewußt.

»Dann lasse ich Sie wohl besser allein«, meinte er und winkte den anderen, mit ihm zu kommen.

Nathalie wagte es, aufzuatmen. »Ich bin kurz oder vielleicht auch länger weg, ja?«

»Geht in Ordnung, Nathalie«, rief Bimbach ihr zu. Er war bereits ein ganzes Stück weit gegangen. Die anderen Teammitglieder standen um ihn herum, doch machte keiner von ihnen den Eindruck, unbedingt mitbekommen zu wollen, was da zwischen Nathalie und der gerade ins Camp gekommenen Frau vor sich ging. Allerdings war davon auszugehen, daß zumindest Jenni, James und Laura sich ihren Teil dachten, den Rest interessierte es wohl wirklich nicht.

Nathalie trat Eileen gegenüber. »Und jetzt?«

»Ich kann ohne dich nicht leben, Nathalie«, brachte die Professorin hervor. Tränen schimmerten in ihren Edelsteinaugen.

»Eileen ...«, begann Nathalie, doch die Ältere unterbrach sie sofort.

»Bitte, laß uns miteinander reden. Seit ich dich gestern zurück ins Camp gefahren habe, habe ich an nichts anderes denken können. Habe die ganze Nacht kein Auge zubekommen.«

»Ich auch nicht«, gab Nathalie zu und verspürte den Drang zu lächeln. Wie von selbst hoben sich ihre Mundwinkel.

»Also bin ich dir nicht egal«, folgerte Eileen daraus.

»Hast du das etwa ernsthaft geglaubt?«

»Nein.« Sie seufzte, wobei sich ihre vollen Brüste hoben und senkten. »Aber ich weiß, wie tief ich dich verletzt habe mit meinem unüberlegten Verhalten. Mich würde es nicht wundern, wenn du mir nicht verzeihen kannst und nichts mehr von mir wissen willst.«

»Ach Eileen.« Nathalie griff nach ihrer Hand und drückte sie ganz fest. »Wenn ich meine Gefühle so einfach an- und ausschalten könnte, ginge es mir besser, glaub mir. Ich weiß nur echt nicht, wo wir stehen. Ich liebe dich, das gebe ich gern zu. Und ich glaube dir auch, daß du mich liebst. Aber ich habe keine Ahnung, wie das mit uns funktionieren soll.«

»Könntest du dir denn vorstellen, es zu versuchen?« Eileens Stimme zitterte leicht. Ihre Augen wirkten größer als sonst, und der flehende Blick traf Nathalie bis ins Innerste.

Sie nickte. »Ich liebe dich so sehr. Und wünsche mir, mit dir zusammenzusein. So richtig. Mit allem Drum und Dran.«

»Das will ich auch«, flüsterte Eileen. Sie war näher getreten. Ihr Gesicht war Nathalie nun so nah, daß sie ihren warmen Atem auf der Stirn spüren konnte. »Was meinst du, wollen wir es wagen?«

»Wenn wir nachts Schlaf bekommen wollen, wird uns wohl nichts anderes übrigbleiben«, meinte Nathalie und grinste zu ihr hoch.

»Schlaf? Du willst in meinem Bett liegen und *schlafen*?« Sie sprach das Wort so aus, als sei es etwas ganz Schreckliches, das man unbedingt vermeiden müsse.

»Nun, irgendwann zumindest. Davor allerdings ...« Nathalie hob ihre Hand, legte sie auf Eileens Brust und begann sie zu streicheln.

Sofort beschleunigte sich der Atem der Professorin. Dann jedoch fing sie Nathalies Hand ab. »Nicht hier«, preßte sie hervor.

»Hast du ein Einzelzimmer im Hotel?« fragte Nathalie. Sie wäre zwar am liebsten jetzt und sofort über Eileen hergefallen, aber sie mit in ihr Zelt zu nehmen, war keine Option – viel zu klein, eng und vor allem hellhörig.

»Habe ich.« Eileen nahm Nathalies Hand und lief mit ihr zum Auto.

Ein Zittern der Vorfreude überlief Nathalie, während Eileen die schmale Straße hinabfuhr. Sie spürte, wie ihre Brustwarzen sich aufrichteten und Nässe sich in ihrem Schoß sammelte. Und ihr Herz ging auf, der schmerzhafte Griff darum schien spurlos verschwunden zu sein. Sie fühlte sich leicht, glücklich einfach. Befreit lachte sie auf.

»Was ist?« wollte Eileen wissen und warf ihr einen schnellen Seitenblick zu.

»Ich dachte gerade daran, wie verrückt das ist. Noch vor

einer Viertelstunde war ich am Boden zerstört und hatte das Gefühl, nie wieder lächeln zu können. Und jetzt fühle ich mich wie der glücklichste Mensch auf Erden.«

»Das kann nicht ein, denn der glücklichste Mensch auf Erden bin ich«, sagte Eileen und lächelte sie an. Sie hatte den Wagen an den Straßenrand gelenkt und dort geparkt. Nun beugte sie sich zu Nathalie herüber und küßte sie.

Wie gut es sich anfühlte, ihre Lippen auf ihrem Mund zu spüren! Und wie herrlich der Kuß schmeckte. Nathalie erwiderte ihn mit all der Leidenschaft und Liebe, die sie für Eileen empfand. Die Hand der Professorin knöpfte ihr Hemd auf und glitt darunter, um ihre Brüste zu liebkosen.

»Was . . . Eileen, wir sind im Auto!« protestierte Nathalie, doch gleichzeitig drängte sie sich der Berührung entgegen.

»Ich weiß. Aber ich kann nicht länger warten. Und was Teenager können, können wir doch schon lange.«

»Ich habe noch nie in einem Auto . . .«

Eileen gluckste. »Dann wird es dafür aber wirklich höchste Zeit.«

»Denke ich auch«, erwiderte Nathalie lächelnd und zog Eileen zu sich, um ebenfalls ihre Brüste zu berühren.

ENDE

Weitere Titel der édition el!es

Erotische Adventsgeschichten

Mit Geschichten von Catherine Fox, Maren Frank, Heike Fremmer, Ruth Gogoll, Julia Schöning u.a.

Erzählungen um alte Freundinnen, die sich wiedersehen, und neue Freundinnen, die sich finden, um die Suche nach der Liebe unterm Weihnachtsbaum, die trotz aller Schwierigkeiten immer gut endet, und um die Hoffnung, daß eines der Geschenke die Frau sein möge, nach der man sich schon so lange sehnt . . .

Julia Schöning: Verirrte Herzen

Erotischer Liebesroman

Anne, ihre vierjährige Tochter Lilly und Caro sind eine glückliche Familie. Doch als Lilly in den Kindergarten kommt und Anne beschließt, wieder halbtags zu arbeiten, bekommt die Beziehung Risse. Die erfolgreiche Anwältin Caro schafft es nicht, Anne im Haushalt zu unterstützen. Als Anne dann auch noch die geheimnisvolle Nora kennenlernt, die mit ihrer faszinierenden Ausstrahlung Verwirrung stiftet, scheint das Glück der kleinen Familie ernsthaft bedroht.
Können Caro und Anne ihre Gefühle füreinander bewahren und wieder zueinanderfinden?

Tina Grasses: Das Geheimnis der Nebelinsel

Lesbischer Fantasy-Roman

Die Sensei Iliska begegnet der Schwertkämpferin Shiree. Die beiden kommen sich näher, doch dann verschwindet Iliskas Freundin Beth unter dramatischen Umständen. Zur gleichen Zeit folgt Karimah einer geheimnisvollen Vision und findet in Beth ihre große Liebe. Doch ihr Glück wird überschattet von einer uralten Gefahr. Die vier Kriegerinnen nehmen den Kampf auf, doch wird es für Karimah und Beth eine gemeinsame Zukunft geben?

Toni Lucas: Paar für ein Jahr

Die Pierrots tanzen weiter

Leas Glück scheint perfekt. Lilia hat sich tatsächlich für sie entschieden und ist bei ihr eingezogen. Doch wie kann sie mit einer Frau zusammenleben, die gerade erst dabei ist, sich selbst zu finden und die so ganz eigene Vorstellungen von einer Beziehung hat?
Ihr bleibt nur ein Jahr, um das herauszufinden ...

Shari J. Berman: Herz ist Trumpf

Erotischer Liebesroman

Die junge Journalistin Rachel lernt auf einem Lesbenpokerabend die verführerische, etwas ältere Eden kennen – ein erotisches Abenteuer beginnt, das schnell zu Liebe wird. Obwohl zunächst alles perfekt scheint, bleibt die Vertreibung aus dem Paradies nicht aus und stellt die Beziehung auf eine harte Zerreißprobe.
Sind die Bande zwischen Rachel und Eden stark genug, die dramatischen Ereignisse zu überstehen?

Brenda L. Miller: Mein Herz bewacht dich

Liebesroman

Grace, pubertierender Teenager, wird für sechs Monate in ein Boot Camp geschickt. Dort lernt sie zu gehorchen, wird aber auch von der strengen Ausbilderin Carey ermuntert, ihre Nase in Bücher zu stecken und zu lernen. Denn Grace ist nicht unbegabt. Nach einiger Zeit jedoch wird das Verhältnis zwischen Grace und Carey immer freundschaftlicher – und liebevoller ...

Julia Arden: Liebe unerwünscht

Liebesroman

Jennifer Feiler ist knallharte Geschäftsfrau und bekannt für ihre Affären. Auch der Flirt mit der attraktiven Ärztin Caroline stellt keine Ausnahme dar, doch Caroline weist Jennifer ab. Caroline fühlt sich zwar mehr zu Jennifer hingezogen, als ihr lieb ist, aber Jennifer ist nicht die Frau, der man sein Herz schenken sollte – für tiefere Gefühle hat sie keine Verwendung: Liebe ist ihr unerwünscht.

Victoria Pearl: Das zwischen uns

Erotischer Liebesroman

Jasmin hat es sich recht gemütlich im Junggesellinnendasein eingerichtet, als eine atemberaubende Schönheit ihre Buchhandlung betritt. Sie verlieren sich aus den Augen, sie sehen sich wieder – und es beginnt etwas, das Jasmin »Beziehung« nennt. Ihre Geliebte hält sich jedoch einiges offen. Ständig lernen sie neue Frauen kennen, von denen Jasmin nie weiß, wie nahe sie und ihre Geliebte sich kommen. Geduldig erträgt sie die Spielchen, doch kann eine solche Beziehung wirklich ewig dauern?

Corina Ehnert: Eine WG zum Verlieben (Band 1: »Alex«)

Liebesroman

Eine Lesben-WG, in der es drunter und drüber geht: Alex kann sich nicht zwischen Katrin und Nico entscheiden, obwohl Nico eigentlich Paulas Blind Date ist; Casanova Franzi wandelt plötzlich auf monogamen Pfaden, und Thea kriegt irgendwie nie eine Frau ab. Verwicklungen und Verzwicklungen bleiben spannend bis zum Schluß – an dem sich die Fäden entwirren. ... oder?

Catherine Fox: Achterbahn der Gefühle

Liebesroman

Jessica will heiraten und hält sich für glücklich, als sie von ihren Freundinnen eine Junggesellinnenreise geschenkt bekommt. Auf einem Reiterhof soll sie ihrem Hobby frönen und die letzten Tage Freiheit genießen. Doch mit der Entspannung ist es bald vorbei, denn sie trifft Kim, die ihren Gefühlshaushalt gehörig durcheinanderbringt. Sie gerät in einen Strudel leidenschaftlicher Gefühle, erfährt eine Zärtlichkeit, die sie nicht kannte. Sie verliebt sich in Kim, aber was wird bleiben, wenn sie wieder zu Hause im alten Trott versinkt?

Ruth Gogoll: Zwei Welten

Erotischer Liebesroman

Wer sich etwas wünscht, sollte vorsichtig sein bei der Formulierung. Nico jedenfalls war es nicht und landet inmitten einer schrecklich netten Familie im Herzen der Heterosexualität: Häuschen in der Vorstadt, Ehegatte geht morgens brav zur Arbeit, die Kinder quengeln, die Nachbarinnen tratschen ... Da taucht in dieser Heterohölle ein ganz normales (lesbisches) Paar auf, und Nico verliebt sich. Wie kann sie aber in ihre eigene Welt zurückkehren und gleichzeitig diese Liebe aus der anderen Welt bewahren?

Anthologie »Lesbisches Jugendbuch«

Kurzgeschichten

In dieser Anthologie werden die Geschichten der Gewinnerinnen aus unserem Schreibwettbewerb »Lesbisches Jugendbuch« veröffentlicht. Geschichten von Jugendlichen für Jugendliche – ausgewählt vom Literaturteam des Jugendzentrums *anyway* in Köln.

Hanna Berghoff: Du bist die Welt für mich

Liebesroman

Ein Bauernhof inmitten Deutschlands: Die Fehde zwischen den Schwestern Veronika und Franziska Perner vertieft sich, als die neue Tierärztin Dr. Jutta Adler mit frischen Ideen und Behandlungsmethoden gehörig Staub aufwirbelt. Aus Liebe (zu den Tieren und zur Tierärztin) beginnt Veronika in München Veterinärmedizin zu studieren, doch Franziska läßt nichts unversucht, um dem Liebesglück ein jähes Ende zu bereiten. Als dann noch die Zukunft des Hofes auf dem Spiel steht, muß Veronika eine schwere Entscheidung fällen . . .

Toni Lucas: Vom Tanz der Pierrots

Liebesroman

Nach einem nicht ganz freiwilligen One-night-stand wird Lea aus ihrer bequemen, langjährigen Beziehung herauskatapultiert. Sie zieht in eine Kleinstadt, die trostloser nicht sein kann. Nur ihre verheiratete Kollegin Lilia bringt Farbe in den Alltag, und nach einiger Zeit mangelt es auch an Erotik nicht. Allerdings scheinen die beiden zunächst doch nicht füreinander geschaffen – oder müssen sie erst einmal auseinandergehen, um schließlich zueinander zu finden?

Heike Fremmer: Hotel Prinzess

Liebesroman

Sofie managt ein Hotel in Hamburg, das an einen Amerikaner verkauft werden soll. Die von ihm entsendete Frau fürs Grobe ist Erica, die sich inkognito im Hotel aufhält. Sofie und Erica kommen sich näher, doch Erica verschweigt den wahren Grund ihres Aufenthaltes. Kein gutes Fundament für eine Beziehung, doch Erica hat Angst, Sofie zu verlieren, wenn die Wahrheit ans Licht kommt . . .

Julia Arden: ... und wenn du auch die Wahrheit sprichst

Liebesroman

Michaela Dietz läßt sich engagieren, um die Tochter eines Hotelbesitzers zu überreden, das Familienunternehmen weiterzuführen. Sehr zur Freude des schlechten Gewissens blüht Tanja Kanter in Michaelas Nähe auf und – natürlich, verliebt sich in sie. Doch was passiert, wenn Tanja Michaelas wahre Gründe für die unerwartete Zuneigung erfährt? Und was sagt Michaelas langjährige Freundin Vanessa eigentlich dazu?

Ruth Gogoll: L wie Liebe

Liebesroman

Bunt und unterhaltsam: Großstadtlesben und ihre (Liebes-)Abenteuer. Da ist das ungleiche Paar Marlene und Anita, das gehörig Nachhilfe in Sachen Romantik benötigt; Carolin und Ina schweben (noch) im siebten Himmel; Chris und Sabrina stecken in einer verstaubten Beziehung fest, und schließlich können sich Rick, Thea und Melly noch nicht so recht entscheiden. Verwicklungen folgen, und schon sehr bald ist nichts mehr so, wie es anfänglich war . . .

Victoria Pearl: Endlich gefunden

Liebesroman

Krankenschwester Hanna hat sich gerade aus der unheilvollen Beziehung zu Birte gelöst, als ihr eine Fremde für einen kurzen Moment den Kopf verdreht. Zurück im Arbeitsalltag nimmt Hanna erst nach langer Zeit wieder via Internet Kontakt zu anderen Frauen auf. Die Überraschung folgt auf dem Fuß, doch ist die Traumfrau tatsächlich endlich gefunden?

Julia Arden: Vertrau mir

Roman

Anna Ravensburg lebt ruhig und zurückgezogen auf ihrem Tierhof. Mit der Idylle ist es vorbei, als Kommissarin Maike Roloff auftaucht: Zwei Pharma-Manager sind entführt worden, und Annas Vergangenheit als radikale Tierschützerin könnte bei der Aufklärung helfen. Zunächst widerstrebt es Anna, die Polizei zu unterstützen, doch bald muß Anna sich eingestehen, daß sie sich zu Maike hingezogen fühlt. Maike hingegen scheint sich nur für eines zu interessieren: Die Lösung ihres Falles.

Alexandra Liebert: Der Schlüssel zum Glück

Liebesgeschichten

Geschichten rund um das Verlieben: Ob gewollt oder ungewollt, überraschend oder nicht – Alexandra Liebert versteht es, ihre Heldinnen in kleinen, unbeschwerten Geschichten auf spannende Art zusammenzubringen. Da sucht Cathy nur nach einem Job und findet die Liebe, Lisa sucht erholsame Ferien in San Francisco – und findet die Liebe, Carmen und Maria haben sich mit dem Auto verfahren, suchen den richtigen Weg und finden: die Liebe.
Sie wollen jetzt wissen, wer noch alles die Liebe findet? Und welche Hürden dabei zu überwinden sind? Wir haben da einen kleinen Tip für Sie: Kaufen Sie doch einfach dieses Buch ...

Alexandra Liebert: Träume aus der Ferne

Liebesgeschichten

Geschichten rund um das Verlieben: »Viele Wege führen nach Rom, aber keiner führt an den Geschichten von Alexandra Liebert vorbei – wenn frau romantische Liebesgeschichten schätzt. In ihrer ganz eigenen, feinfühligen Art beschreibt die Autorin das Suchen und schließlich auch das Finden der Liebe, die verschiedene Gesichter haben kann und darum auch auf unterschiedlichen Wegen erkämpft, erwartet oder erkannt werden will.« (Victoria Pearl)

Anna Peters: Herzköniginnen

Liebesroman

Susanne gibt eine Zeitungsanzeige auf und lernt die um einiges ältere Anna kennen. Sie beginnen eine rege Brieffreundschaft, verlieben sich, treffen sich schließlich – und werden in einer leidenschaftlichen, intensiven Beziehung glücklich.
Die Geschichte wird allein in den Briefen erzählt, die sich beide schreiben.

Ruth Gogoll: Verbotene Leidenschaft

Erotischer Liebesroman

Sich in die eigene Chefin zu verlieben, wenn diese augenscheinlich hetero ist, gehört in jedem Fall zu den Dingen, die eine Lesbe nicht tun sollte. Doch eine erwachte Leidenschaft läßt sich nicht einfach abschalten, und so gilt es, die Chefin zu bekehren – auch, wenn das mit reichlich Widrigkeiten einhergeht.

Ruth Gogoll: Wie ein Stern, der vom Himmel fällt

Erotischer Liebesroman

Weihnachtliches Plätzchenbacken gehört eigentlich in glückliche Familien. Wenn jedoch die unfreundliche Nachbarin nur für sich allein backt, dann ist das verdächtig. Und wenn diese Nachbarin zwar spröde, aber ungemein attraktiv ist und mit ihren schönen Augen lockt, dann erwacht der lesbische Jagdtrieb: Wenn schon Plätzchenbacken, dann bitte nur zu zweit ...

Ruth Gogoll: Eine Insel für zwei

Erotischer Liebesroman

Neunzehn Jahre alt und auf der Suche nach der großen Liebe: Das ist Andy, als sie Danielle kennenlernt, Besitzerin einer Werbeagentur. Danielle hält Liebe für eine Illusion. Sie lädt Andy zu einer Reise durch die Ägäis ein, doch fordert dafür einen hohen Preis.
Andy läßt sich darauf ein, weil sie Danielle liebt und hofft, daß Danielle auch lernen wird zu lieben. Fast scheint es, als hätte Andys Liebe eine Chance, doch da geschieht etwas Unvorhergesehenes ...

Tala Storm: Der lange Weg

Liebesfantasy in drei Teilen

Cay-La erwacht eines Morgens ohne Erinnerung. Sie schließt sich zunächst der schönen Kallisto an, doch als die eine Kriegerin töten will, wechselt Cay-La die Seiten. Zusammen mit der Kriegerin und ihrer Gefährtin versucht sie ihre Vergangenheit zu erfahren, die Erinnerung an sich selbst wiederzufinden. Eine nicht ungefährliche Reise ins Reich der Amazonen beginnt, denn der Zorn Kallistos begleitet sie ...

Ruth Gogoll: Ostereier

Erotischer Liebesroman

Eine Geschichte um Ostereier? Nein, eine Liebesgeschichte. Die Begegnung in einem Supermarkt kurz vor Ostern – ist sie Zufall oder Schicksal? Befördert der Einkauf von Obst und Gemüse die Liebe – oder hindert er sie an ihrer Erfüllung? Und was ist mit der geheimnisvollen Bemerkung, mit der alles begann?
Das alles sind Fragen, denen sich die beiden Protagonistinnen stellen müssen.
Werden sie eine Lösung finden?

Victoria Pearl: Sag's mit Rosen

Erotischer Liebesroman

Blümchen heißt das alte Wohnmobil, mit dem Jessie herumfährt und geradeheraus Frauen anbaggert. Leonie ist von dieser Masche nicht begeistert, doch sie kann sich Jessies Charme nicht entziehen. Eine gemeinsame Reise in dem engen Gefährt bleibt nicht ohne Folgen, aber Leonie befürchtet die baldige Trennung; wie wird Jessie sich entscheiden?

Julia Arden: Unter Verdacht

Liebesroman

Als Professorin eher distanziert, geraten Sylvias Gefühle immer mehr außer Kontrolle, während die Zusammenarbeit mit der Architektin Karen enger wird. Das Tüpfelchen auf dem i: Karen ist lesbisch. Sollte Sylvia tatsächlich etwas für Karen empfinden? Doch die Idylle wird jäh zerstört, als Karen wegen Kreditbetrugs verhaftet wird. Mit Sylvias Hilfe aus dem Gefängnis entlassen, machen sich beide auf die Suche nach dem wahren Täter und kommen sich dabei immer näher.

Sarah Dreher: Solitaire und Brahms

Liebesroman

»Wenn eine Frau, die Frauen liebt, keine Frau ist, wer dann?«
Beruflich erfolgreich, allgemein beliebt und frisch verlobt, wehrt sich Shelby dennoch gegen das traditionelle Rollenverhalten einer gehorsamen Ehefrau, in das ihre Umwelt sie drängen will. Als sie merkt, wieviel ihre neue Nachbarin Fran ihr bedeutet, beginnt sie die Puzzleteile in ihrem Leben endlich neu zu ordnen.
Sarah Dreher zeichnet in ihrem persönlichsten Roman ein einfühlsames, humorvolles und zugleich schmerzhaft realistisches Bild der sechziger Jahre, aus der Zeit vor Stonewall und Gay Pride, als eine »richtige Frau« sich nicht gegen gesellschaftliche Erwartungen auflehnen, geschweige denn in eine andere Frau verlieben durfte.

Gerri Hill: Der Mond scheint nur für dich

Liebesroman

Die Malerin Kara malt bevorzugt morgens oder abends: Wenn es nicht mehr hell ist und der Mond scheint. Sie liebt den Mond, ihren stummen Begleiter durch die Jahre. Doch als sie Ginny kennenlernt, ändert sich alles – und der strahlende Mond wird Zeuge einer wachsenden Liebe . . .

Victoria Pearl: Sonnenaufgang in deinen Armen

Erotischer Liebesroman

Luisa lernt in der Firma, in der sie arbeitet, Ingeborg kennen und fühlt sich sofort zu ihr hingezogen. Sie verläßt den Mann, mit dem sie seit sechs Jahren zusammenlebt, und versucht sich Ingeborg vorsichtig zu nähern. Ingeborg jedoch lehnt dies stets schroff ab. Als das Chorsingen sie beide ins Schweizerische Bergell verschlägt – gemeinsames Hotelzimmer mit Doppelbett – schlägt Luisas Stunde: Kann sie Ingeborgs Zuneigung gewinnen?

Julia Arden: Das Lächeln in deinen Augen

Roman

Beate sieht in Cornelia Mertens, ihrer neuen Chefin, zunächst nur das, was alle sehen: die kühle, distanzierte Geschäftsfrau. Liebe ist etwas für Träumer – aus dieser ihrer Meinung macht Cornelia kein Geheimnis.
Nach und nach lernt Beate aber eine ganz andere Seite an Cornelia kennen. Cornelia überrascht sie mit unerwarteter Fürsorge, Verständnis und einer seltsamen Mischung aus Heiterkeit und Ernst. Also doch harte Schale, weicher Kern? fragt sich Beate. Ist das äußere Erscheinungsbild nur Fassade für all die, die sich nicht die Mühe machen dahinterzuschauen? Oder sind Sanftmut und Charme nur Trick, Teil eines Planes? Nämlich dem, sie zu verführen? Letzteres wäre fatal für Beate, denn so oder so – sie hat sich in Cornelia verliebt.

Ruth Gogoll: Tizianrot

Erotischer Liebesroman

Tanita schwärmt unsterblich für ihre Mathematiklehrerin Diana. Nach Tanitas Abitur verlieren sie sich aus den Augen. Zufällig treffen sie sich Monate später wieder, und die Überraschung ist perfekt, als sich herausstellt, daß auch Diana Interesse an Tanita hat. Schnell kommen sie sich näher, die Erfüllung aller Träume scheint nah, doch da tauchen unerwartete Schwierigkeiten auf.

Augenblicke der Liebe

Erotische Geschichten

Bereits seit dem Jahre 2001 besteht auf der Internetseite der édition el!es die Möglichkeit, jeden Monat eine neue »Erotische Geschichte des Monats« zu lesen. Diese Geschichten werden in der Reihe »Augenblicke der Liebe« in loser Folge veröffentlicht.

Behrens – Spors – Doll:
Mia
Liebe mit Umwegen
In heißem Wüstensand

Liebesgeschichten

MIA
Wie sag' ich's meiner Lehrerin? Mia ist verliebt, aber sie traut sich nicht. Ist die Angebetete nun lesbisch oder nicht? Könnte sie die Gefühle erwidern? Janina Behrens gelingt es, diese Schülerin/Lehrerin-Geschichte auf humorvolle Weise darzustellen.

LIEBE MIT UMWEGEN
Was passiert, wenn die vermeintlich Richtige doch die Falsche ist? Wenn die Falsche am Ende die Richtige ist? Irrungen und Wirrungen der Liebe werden von Julia Spors schließlich entwirrt.

IN HEIßEM WÜSTENSAND
Eine Agypten-Reise von den Eltern geschenkt – kann das gutgehen? Widerwillig tritt Connie die Reise an, die mit einigen Schwierigkeiten und Hindernissen beginnt. Doch unter afrikanischer Sonne sieht vieles dann ganz anders aus, und aus geliebten Menschen können plötzlich geliebte Menschen werden . . .

Kingsley Stevens: Liebe mich

Erotischer Liebesroman

Amy Flanagan und Morgan Holdsworth treffen sich, als Amy versucht einen Großauftrag von Morgan, Eigentümerin eines Kosmetikkonzerns, für die Werbeagentur zu erhalten, für die Amy arbeitet. Obwohl Amy Geschäft und Privates auseinanderhalten will, verliebt sie sich in Morgan. Sie beginnen eine Affäre, doch Morgan scheint wenig Interesse an einer Vertiefung ihrer Beziehung zu haben, während Amy sich wünscht, Morgan näherkommen zu können.

Kingsley Stevens: Sündige Episoden (Band 1)

Erotische Geschichten

Der *Reigen* von Arthur Schnitzler wurde schon oft adaptiert, und nun liefert die Autorin Kingsley Stevens eine lesbische Variante: Ineinander verwobene Geschichten, leidenschaftlich und lustvoll, in denen es nur um »das Eine« geht. Die **Sündigen Episoden** sind das wohl frivolste el!es-Buch, das es je gab.

Ruth Gogoll: Taxi nach Paris

Der lesbische Erotikbestseller

Sie begegnet ihrer Traumfrau, aber viel zu schnell landen beide im Bett – während sie sich verliebt hat, geht die andere nur ihrem Gewerbe nach. Jedoch sie ist sich sicher, das Herz der Angebeteten erobern zu können. Wird die Liebe stärker sein als die Zerreißproben und die beiden Frauen in der Stadt des Lichts zusammenführen?

Trix Niederhauser: Halt mich fest

Liebesroman

Wie sag ich's meinen Eltern? Früher oder später kommt jede Lesbe an diesen Punkt, auch Chris, die rockende Gitarristin mit Hang zu Unfällen. Tina tritt in ihr Leben, und alles ist anders: Das Coming-out, die verschollen geglaubte Großmutter, die Ex mit dem dritten Auge und vieles mehr machen der Heldin das Leben schwer. Tapfer erträgt sie die putzende Mutter, den pubertierenden Neffen und den schweigenden Vater. Nur daß Tina rothaarige Frauen küßt, macht ihr zu schaffen ...

Kay Rivers: Küsse voller Zärtlichkeit

Roman

Michelle Carver hat als Managerin von Disney World in Florida einen anstrengenden Job. Für ein Privatleben hat sie kaum Zeit, deshalb beschränkt sie sich auf gelegentliche Affären. Liebe kommt in ihrem Wortschatz nicht vor.

Cindy Claybourne ist Studentin und hat einen Ferienjob in Disney World. Sie merkt, daß sie sich zu Michelle hingezogen fühlt, daß sie hinter ihre harte Schale schauen möchte. Aber Michelle läßt das nicht so einfach zu. Doch Cindy gibt nicht auf und kämpft für ihre Liebe zu Michelle. Wird Michelle endlich einsehen, daß Cindy die richtige für sie ist?

Julia Arden: Laß mich in dein Herz

Liebesroman

Vor vier Jahren verlor Andrea ihre Lebensgefährtin Maren durch einen Autounfall. Seitdem lebt sie ausschließlich für ihren Beruf als Richterin, bis Gina in ihr Leben tritt und ihre Gefühle durcheinanderbringt. Aber sie will keine Beziehung eingehen, ihr Herz hängt nach wie vor an Maren. Also versucht sie Gina zu vergessen, doch dann kommt es zu einem unverhofften Wiedersehen – und Andrea braucht Ginas Hilfe, weil der Beruf sie in Gefahr bringt ...

Victoria Pearl: Zärtliche Hände

Erotischer Liebesroman

Eine große, schweigsame Frau mit graublauen Augen – eine Taxifahrerin, die sie in einer fremden Stadt zum Hotel fährt – beeindruckt Olivia tief. In heißen Träumen wünscht sie sich in ihre Arme, aber es scheint aussichtslos, sie wiederzusehen, denn Olivia kennt nicht einmal ihren Namen. Dafür tauchen andere Frauen in Olivias Leben auf, die sie nicht trösten können. Wird die geheimnisvolle Fremde einmal aus ihren Träumen auferstehen und in Fleisch und Blut zu ihr kommen? Das Rätsel scheint unlösbar, doch eine Frau gibt nicht auf – auch, wenn sich immer neue Schwierigkeiten ergeben ...

Melissa Good: Sturm im Paradies

Liebesroman

Melissa Good, Drehbuchautorin verschiedener Episoden der beliebten TV-Serie »Xena – Die Kriegerprinzessin«, bei el!es!

Firmen aufkaufen und ohne Rücksicht auf Verluste sanieren – Dar Roberts, Vizepräsidentin einer großen Gesellschaft, liebt ihren Job und erledigt ihn gründlich. Bei einem kleinen Unternehmen trifft sie jedoch auf unerwarteten Widerstand: Kerry Stuart, die junge Leiterin der Supportabteilung, kämpft engagiert für die Erhaltung der Arbeitsplätze. Gleichzeitig fühlt Kerry sich angezogen von dieser großen, starken, dunkelhaarigen Frau, in der mehr zu schlummern scheint als kalter Geschäftssinn. Zaghaft kommen sich die beiden näher ...

Ruth Gogoll: Die Schauspielerin

Erotischer Liebesroman

Als ihre Jugendliebe Simone, mittlerweile eine berühmte Schauspielerin, neuerlich in Pias Leben tritt, flammt längst erloschen geglaubte Leidenschaft wieder auf. Doch die Angebetete ist in ihrer Scheinwelt aus Glanz und Glamour gefangen, im Teufelskreis zwischen Ruhm und Untergang. Auf der Leinwand zeigt sie große Gefühle, im wahren Leben hingegen scheinen ihr diese Empfindungen fremd zu sein.

Überwältigt von Simones Charme und Schönheit verwirft Pia ihre Bedenken, daß Simone ihr ein zweites Mal das Herz brechen könnte. Während Simone ihre Probleme im Alkohol zu ertränken versucht, beginnt Pia um ihre Liebe zu kämpfen ...

Ruth Gogoll: Simone

Erotischer Liebesroman

Der zweite Teil der »Schauspielerin«.
Simone bemüht sich um einen Neuanfang mit Pia, doch ihre Vergangenheit holt sie wieder ein. Der Alkohol, den sie schon überwunden glaubte, gefährdet ihre Beziehung ebenso wie ihre neue Karriere in Amerika. Zum letzten Mal verbringen Simone und Pia eine schöne Zeit gemeinsam in Wien auf dem Opernball, doch am Tag danach kommt es zum Eklat – Pia ist tief enttäuscht und glaubt nicht daran, daß sie Simone je wiedersehen wird. Und im weit entfernten Amerika sitzt Simone einsam und trinkt ... da führt sie ein erneutes Filmangebot wieder nach Europa ...

Shari J. Berman: Hawaiianische Träume

Liebesroman

Die attraktive Freddie hofft, bei einem Urlaub auf Hawaii ihren Ex-Mann endlich zu vergessen. Unter dem Sternenhimmel der Südsee läßt sie ihr altes Leben hinter sich. Hals über Kopf stürzt sie sich in eine heftige Liebesbeziehung mit der Fotografin Stephanie. Doch nach dem ersten Liebestaumel drohen Zweifel und Konflikte: Freddie hat Probleme mit ihrem Comingout und weiß nicht, ob sie ihre lesbische Liebe leben kann und will. Und trotz allem Verständnis für die Geliebte stößt auch Stephanie irgendwann an die Grenzen ihrer Geduld ...

Diana Lee: Die Geliebte der Wölfin

Die lesbische Robin Hood

Die schöne Lady Gwendolyn wird auf dem nächtlichen Heimweg überfallen. Rettung naht in Gestalt der attraktiven Ritterin Sir Blaidd, die in geheimer Mission eine Verschwörung gegen die Königin aufdecken soll. Gwendolyn verliert ihr Herz an die tapfere Heldin, gemeinsam versuchen sie nun mit ihren Freunden den Verschwörern zuvorzukommen. Doch die Feinde sind mächtig, mittels dunkler Rituale versuchen sie, ihre Kräfte zum entscheidenden Schlag zu bündeln. Auch Gwendolyn gerät in Gefahr. Kann Sir Blaidd sie mit ihrem Mut und ihrem geschickten Schwert aus der tödlichen Falle befreien?

Ruth Gogoll: Ich liebe dich

Erotischer Liebesroman

Ira ist eigentlich viel zu schön, um Bankmanagerin zu sein, und Elisabeth will nur eine Hypothek von ihr: Da schlägt die Liebe zu wie ein Blitz. Zuerst einmal erscheint Elisabeths Liebe aussichtslos, doch dann ergibt sich eine unverhoffte Begegnung, und bald sind die beiden ein Paar. Doch das Schicksal hält noch etliche Schläge für sie bereit. Piet, Iras ehemalige Lebensgefährtin, taucht plötzlich wieder auf. Und Ira erhält unerwartet eine berufliche Chance, die sie nicht ablehnen will. Die räumliche Entfernung schürt die ohnehin vorhandene Eifersucht noch.

Victoria Pearl: 4 Herzen 12 Beine

Erotischer Liebesroman

Im Darkroom für Lesben kommt es zu heißem Sex zwischen Doris und Lucy – dann verlieren sie sich wieder aus den Augen. Zufällig entdecken jedoch die beiden Hundeliebhaberinnen die Chatrooms, wo sie sich begegnen, ohne sich zu erkennen. Nach einigen Abstechern und One-night-stands mit anderen Frauen finden Doris und Lucy doch noch zueinander, nein, die beiden Hunde sind es, die ihre Frauchen zusammenführen. Allerdings müssen die Zweibeinerinnen noch einige Abenteuer durchstehen, ehe sie das Happy End erreicht . . .

Victoria Pearl: Die Liebe hat dein Gesicht

Erotischer Liebesroman

Renate hat noch nie mit einer Frau geschlafen, und sie hatte es eigentlich auch gar nicht vor, bis ihr Marlene über den Weg läuft. Die Doktorsgattin verführt Renate nach allen Regeln der Kunst und stiftet so ein ziemliches Chaos der Gefühle in der Fahrradmechanikerin. Lange währt diese Affäre allerdings nicht, denn Frau Doktor bleibt ihrem Gatten trotz allem treu. Kein Grund jedoch für Renates erneutes Singledasein – die neue Nachbarin ist sehr attraktiv und deren Mutter erst . . . die wahre Liebe wartet derweil in Renates Träumen darauf, endlich verwirklicht zu werden . . .

Victoria Pearl: Ungeahnte Nebenwirkungen

Erotischer Liebesroman

Was geschieht, wenn sich die attraktive Zahnärztin auf einmal nicht nur für deine Zähne interessiert? Sie steht eines nachts vor deiner Tür und will hemmungslosen Sex. Doch der Morgen danach fühlt sich an wie ein Zahnarztbesuch, denn die Traumfrau ist nicht mehr da. Es beginnt eine Odyssee der Liebe, Verzweiflung, Eifersucht ... denn immer neue Überraschungen aus der Vergangenheit der Ärztin kommen ans Licht ...

Antje Küchler: Der Abgrund

Lesbisches Abenteuer

Nach dem Verlust ihrer Lebensgefährtin Andrea, einer Schriftstellerin, gibt sich Laura dem Alkohol und Depressionen hin. Nach Monaten der Trauer taucht überraschend die Germanistikstudentin Anja auf, die eigentlich nach Andrea suchte – und sich in Laura verliebt. Es könnte eine harmonische Beziehung werden, doch Laura überredet Anja zu einer Reise nach Rußland, wo das Abenteuer beginnt: Laura wird entführt, und Anja macht sich im kalten und weiten Sibirien auf die Suche nach der geliebten Freundin. Kann sie es schaffen, die Entführte zu retten?

Shari J. Berman: Tanzende Steine

Liebesroman

Sally lernt Ricki als Kind im Sommer 1978 auf einem Campingplatz kennen, während sie Steine über das Wasser tanzen läßt. Die beiden Mädchen mögen sich auf Anhieb. 18 Jahre später sehen sie sich wieder, mittlerweile sind beide mit anderen Frauen liiert. Doch die Liebe, die sie als Kinder noch nicht benennen konnten, erfaßt sie erneut. Ob es nun aber wirklich Liebe ist oder nur Sex, das müssen sie erst einmal herausfinden ...

Ruth Gogoll: Eine romantische Geschichte

Erotischer Liebesroman

Esther ist Anwältin und eine Traumfrau – für alle Frauen, die nur an Sex interessiert sind. Wenn frau sich in sie verliebt, ist es jedoch die Hölle ... wie es Alex leidvoll erfahren muß. Sie verfällt Esther mit Haut und Haar und kann sich nicht mehr von der schönen Juristin lösen. Wird Yvonne mit ihrer Liebe Alex von dieser Besessenheit heilen können?